DE MEDICI

Matteo Strukul bij Boekerij:

De Medici
Het huis De Medici
Dochter van De Medici

De liefdes van Casanova

www.boekerij.nl

MATTEO STRUKUL

De Medici

Een meeslepende historische roman
over de machtigste familie van het vijftiende-eeuwse Italië

Eerste druk 2017
Negende druk 2020

ISBN 978-90-225-8958-8
ISBN 978-94-023-0908-9 (e-book)
NUR 302

Oorspronkelijke titel: *I Medici. Una famiglia al potere*
Oorspronkelijke uitgever: Newton Compton Editori
Vertaling: Ada Duker en Henrieke Herber
Omslagontwerp: Wil Immink Design
Omslagbeeld: iStock
Zetwerk: Mat-Zet bv, Soest

Voor Silvia

Februari 1429

1

Santa Maria del Fiore

Hij keek omhoog. De hemel leek wel lapis lazuli-poeder, zo blauw. Even werd hij overvallen door een duizeling. Om zijn ogen tot rust te brengen, richtte hij zijn blik op zijn omgeving. Hij zag de metselaars die mortel stonden te bereiden door kalk te mengen met het witte zand uit de Arno. Sommige werklui zaten boven op de steigers een snel ontbijt naar binnen te werken. Ze draaiden slopende diensten, vaak brachten ze hele weken op de bouwwerf door en sliepen 's nachts tussen stapels hout, platen marmer, bakstenen en kalkgruis.

En dat op een hoogte van meer dan tachtig el.

Cosimo verdween tussen de houten steigers die leken op de zwarte, scherpe tanden van een mythisch wezen. Uiterst voorzichtig klom hij omhoog, bang om mis te stappen. De aanblik van die stad boven een stad fascineerde hem mateloos.

Voetje voor voetje bereikte hij de basis van de koepel in aanbouw, het deel dat architecten en bouwmeesters de tamboer noemen. Zijn blik dwaalde af van het bouwskelet. Op het plein beneden keken de Florentijnen vol verwondering naar de Santa Maria del Fiore. Wolkaarders, kooplui, slagers, boeren, hoeren, herbergiers en reizigers, allemaal leken ze in stilte te bidden dat het ontwerp van Filippo Brunelleschi eindelijk verwezenlijkt mocht worden. De koepel waar ze zo lang op hadden gewacht begon nu echt vorm te krijgen en het leek erop dat die gekke, kale goudsmid met zijn rotte tanden en opvliegende karakter zou slagen in zijn onderneming.

Cosimo zag hem rusteloos ronddolen tussen de bergen materiaal en hoog opgestapelde bakstenen: in gedachten, haast afwezig, verdiept in wie weet wat voor ingewikkelde berekeningen. Zijn ogen waren zo blauw dat ze leken op druppels albast die glansden op de bleke huid van zijn gezicht, dat onder de spatten zat, spatten in allerlei kleuren en van allerlei soorten materiaal.

Een ritmisch gehamer wekte hem opnieuw uit zijn gemijmer. De smeden waren met hun werk begonnen. Duizenden aanwijzingen en bevelen schalden door de lucht. Cosimo haalde diep adem en keek naar beneden, naar de voet van de achthoek. De reusachtige lier die Filippo Brunelleschi had ontworpen, draaide onafgebroken. Twee ingespannen ossen liepen onder het toeziend oog van een jonge knecht eindeloos rond in een cirkel, waarmee ze de tandwielen en het raderwerk van de lier in beweging brachten. Op deze manier konden loodzware blokken steen worden opgehesen tot hoogtes die anders op geen enkele andere manier zouden zijn bereikt.

Brunelleschi had waanzinnige machines uitgevonden. Hij had ze getekend, de beste ambachtslieden erbij gehaald, en door zijn handarbeiders aan één stuk door te laten werken had hij in korte tijd de beschikking gekregen over een heel arsenaal aan spectaculaire instrumenten waarmee platen marmer, delen van het houten raamwerk voor de steigers of tientallen zakken zand en kalk omhoog konden worden getakeld en precies op de juiste plaats afgeleverd.

Cosimo kon wel juichen, zo blij was hij dat het werk zo fantastisch vorderde. Niemand was erin geslaagd een koepel te ontwerpen voor de achthoekige tribune, niemand! Vijfenvijftig el was een immense afstand om te overbruggen en Filippo had een koepel ontworpen met een overspanning die nog groter was, en dat zonder enige vorm van zichtbare steun. Geen externe steunberen en geen verzonken houten draagconstructies, zoals Neri di Fioravanti eerder had voorgesteld. Hij had de Opera del Duomo, de commissie die opdracht had gegeven tot de bouw van de koepel, versteld doen staan.

Brunelleschi was een genie of een gek. Of misschien wel allebei. En de Medici waren met die geniale gek in zee gegaan! Cosimo als eerste. Hij grinnikte binnensmonds om zijn durf en bedacht wat deze mijlpaal zou betekenen, niet alleen voor de stad, maar ook voor hem persoonlijk. Te oordelen naar wat er daar boven allemaal gebeurde was er veel om enthousiast over te zijn, alleen al als je die continu groeiende bouwplaats zag, een soort dolgedraaide toren van Babel die verspreid over de vlonders en steigers een oneindige massa werklui telde: voermannen, metselaars, touwslagers, timmerlieden en smeden en daarnaast nog herbergiers die wijn verkochten en zelfs een kok met een oven waar het brood dat de arbeiders in de pauze te eten kregen in werd gebakken. Sommigen van hen klauterden voortdurend de houten steigers op en af, anderen waren aan het werk op de rieten platformen die uitstaken boven alle daken in de wijde omtrek. Het leken wel vogelnesten, alsof de mannen de hulp van ooievaars hadden ingeroepen om deze titanenoperatie tot een goed einde te brengen.

'Wat vindt u ervan, *messer* Cosimo?' klonk Filippo's zachte, maar indringende stem.

Cosimo draaide zich haast geschrokken om en daar stond hij, broodmager en met verwilderde ogen. Hij droeg een rode tunica en verder niets. Er lag een mengeling van trots en vijandigheid in zijn blik, die zich plotseling verzachtte wanneer hij een grote geest ontmoette.

Cosimo wist niet of hij zichzelf tot die groep mocht rekenen, maar hij was wél de oudste zoon van Giovanni de' Medici, stamvader van de familie die onvoorwaardelijk had bijgedragen aan de financiering en de realisatie van dit werk en de kandidatuur van Brunelleschi van harte had gesteund.

'Fantastisch, Filippo, fantastisch,' antwoordde hij snel. En om zijn onthutste gezicht te verklaren voegde hij eraan toe: 'Ik had niet verwacht zo'n progressie te zien.'

'Het is nog lang niet af, laat dat duidelijk zijn. Het belangrijkste is dat ik m'n gang kan gaan.'

'Zo lang de Medici er zijn, de voornaamste geldschieters voor bijzondere projecten als dit, hoef je je nergens zorgen over te maken. Mijn woord heb je, Filippo. We zijn hier samen aan begonnen en we zullen het samen afmaken.'

Brunelleschi knikte. 'Ik zal proberen om de koepel volgens de klassieke normen te voltooien, zoals gepland.'

'Daar twijfel ik niet aan, mijn vriend.'

Terwijl hij met Cosimo stond te praten, schoten de ogen van Filippo alle kanten op: van de metselaars die mortel stonden te bereiden en de ene steen op de andere plaatsten naar de smeden die onophoudelijk stonden te hameren en naar de voermannen die zakken mortel op hun karren laadden, beneden op het plein. In zijn linkerhand hield hij een vel perkament met daarop een van zijn vele voorbereidende tekeningen. In zijn rechterhand een beitel. God mocht weten wat hij daarmee van plan was.

Net zo onverwacht als hij was verschenen nam Brunelleschi afscheid met een hoofdknikje en verdween weer tussen de houten balken en het raamwerk van de binnenkoepel, opgeslokt door die kolossale bouwplaats die bruiste van energie en krioelde van leven. Cosimo restte niets dan de imponerende aanblik van de houten bogen, terwijl om hem heen kreten opklonken omdat de zoveelste lading door de lier werd opgehesen. Opeens hoorde hij achter zich een hartverscheurende kreet.

'Cosimo!'

Hij draaide zich om, leunend op de steiger, en zag zijn broer Lorenzo zijn kant op komen.

Hij kreeg niet eens de tijd om hem te groeten.

'Vader, Cosimo! Vader ligt op sterven!'

2

De dood van Giovanni de' Medici

Zodra hij voet over de drempel zette, kwam Contessina hem met betraande ogen tegemoet. Ze droeg een eenvoudig zwart onderkleed en een ragfijne, bijna onzichtbare sluier.

'Cosimo...' fluisterde ze. Meer kon ze niet uitbrengen, alsof ze al haar krachten nodig had om niet in huilen uit te barsten. Ze wilde sterk zijn voor haar geliefde echtgenoot. En dat lukte haar. Cosimo omhelsde haar stevig.

Even later maakte ze zich van hem los. 'Ga maar naar hem toe,' zei ze, 'hij wacht op je.'

Hij draaide zich om naar Lorenzo en voor het eerst die dag keek hij hem in het gezicht. Vanaf het moment dat ze de steigers waren afgedaald naar de voet van de kathedraal en in allerijl naar het Palazzo Medici in de Via Larga waren gerend, had zijn broer achter hem gelopen.

Lorenzo stond zijn lippen kapot te bijten. Cosimo realiseerde zich opeens hoe uitgeput zijn broer was. Zijn gezicht, dat van nature een schoonheid bezat waar vermoeidheid geen vat op leek te hebben, was getekend en hij had donkere kringen onder zijn diepgroene ogen. Hij had rust nodig, bedacht hij. In de afgelopen dagen, sinds zijn vaders ziekte zich had geopenbaard, had Lorenzo nog meer tijd gestoken in het toezicht op de bankzaken en onafgebroken gewerkt. Hij was daadkrachtig en pragmatisch, misschien minder getalenteerd op het gebied van kunst en literatuur, maar hij was intelligent en altijd bereid de leiding te nemen als de familie in de problemen zat. Cosimo daarentegen hield zich, samen met enkele vertegenwoordigers van de Opera del Duomo, bezig met de controle en het toezicht op de voortgang van de werkzaamheden aan de koepel van de Santa Maria del Fiore. Strategie en beleid waren zijn terrein, en daaronder vielen het mecenaat en de kunst. En al viel de aanbesteding van de bouw van de koepel formeel enkel en alleen onder verantwoordelijkheid van de Opera, iedereen in Florence wist dat Cosimo de, naar later bleek winnende, kandidatuur van Filippo Brunelleschi had gesteund en gestimuleerd. Het was dan ook Cosimo geweest die een gulle greep in de familiekas had gedaan om dat wonder dat zich aan het voltrekken was te financieren.

Cosimo omhelsde zijn broer en ging zijn vaders slaapkamer binnen.

De kamer was gestoffeerd met donker brokaat. De gordijnen waren dichtgetrokken, waardoor de hele ruimte was gehuld in het schemerduister. In gouden kandelaars brandden kaarsen en er hing een verstikkende geur van gesmolten was.

Toen hij zijn vader zag, zijn inmiddels doffe, doodse ogen, begreep Cosimo dat er geen redden meer aan was.

Giovanni de' Medici, de man die de familie naar de hoogste kringen van de stad had geleid, stond op het punt hen te verlaten. Over zijn onverstoorbare, vastberaden gezicht leek opeens een ongrijpbare, grijze sluier van matheid te hangen, een berusting die hem tot een zwakke imitatie maakte van de man die hij was geweest. Die aanblik trof Cosimo meer dan wat ook. Hij vond het onvoorstelbaar dat Giovanni, een paar dagen daarvoor nog actief en kerngezond, was overvallen door zo'n agressieve, hevige ziekte.

Hij zag zijn moeder, die aan het bed van haar echtgenoot zat en zijn hand in de hare hield. Piccarda had nog steeds een mooi gezicht, al was er van haar gebruikelijke sereniteit op dit moment weinig over: tussen haar lange zwarte wimpers welden tranen op en met haar smalle, dichtgeknepen rode lippen leek haar mond het lemmet van een bebloede dolk. Ze mompelde zijn naam en zweeg toen, omdat elk ander woord nutteloos was.

Cosimo richtte zijn blik weer op zijn vader en dacht opnieuw aan die plotseling en zonder aanwijsbare oorzaak opgekomen ziekte. Toen Giovanni eindelijk zijn ogen op hem liet rusten, alsof hij pas op dat moment doorhad dat zijn zoon de kamer was binnengekomen, leefde hij opeens op. Al was hij fysiek ondermijnd, hij was niet van plan zich gewonnen te geven, en het karakter dat hem altijd had onderscheiden, gaf hem de kracht nog een laatste keer te reageren. Hij slaagde erin zichzelf met zijn ellebogen een beetje omhoog te duwen tot hij midden op het bed zat, worstelend met de veren kussens die de zorgzame Piccarda voor hem had neergelegd om hem zo goed mogelijk te ondersteunen. Hij duwde ze met een geïrriteerd gebaar aan de kant en gebaarde Cosimo dat hij dichter naar het hoofdeinde van het bed moest komen.

Ook al had hij zich voorgenomen sterk te zijn wanneer het moment zou aanbreken, het lukte Cosimo niet zijn tranen te bedwingen. Hij schaamde zich voor zijn zwakheid en veegde ze weg met de rug van zijn hand.

Giovanni wilde hem nog één ding zeggen voor hij zou sterven. Hij boog zich moeizaam naar Cosimo toe, die hem voorzichtig ondersteunde bij de schouders.

Hij boorde zijn donkere ogen in die van zijn zoon. Ze schitterden als onyx knopen door de weerspiegeling van het flakkerende kaarslicht in de schemerige kamer.

De stem van de patriarch borrelde rauw en donker op, als water uit een put.

'Zoon van me,' murmelde hij, 'beloof me dat je je in de politieke strijd gematigd zult opstellen. Dat je sober zult leven. Als een eenvoudige Florentijn. Maar dat je niet nalaat stevig op te treden als dat nodig mocht zijn.'

Zijn woorden kwamen hortend maar toch duidelijk gearticuleerd naar buiten, uitgesproken met het laatste restje leven dat Giovanni had weten op te diepen in zijn stervensuur.

'Beloof het me,' drong Giovanni aan, met een laatste krachtsinspanning. Onder zijn priemende ogen moest zijn zoon de blik haast afwenden.

'Dat beloof ik,' antwoordde Cosimo geëmotioneerd, maar zonder aarzelen.

'Nu kan ik rustig sterven.'

Nadat hij dat had gezegd, sloot Giovanni zijn ogen. Zij gezicht ontspande zich, eindelijk, want hij had lang geduelleerd met de dood om zijn geliefde zoon deze boodschap nog mee te geven.

In die woorden lag zijn hele wezen besloten: zijn toewijding aan zijn stad en haar inwoners, zijn matigheid en discretie die hem er altijd van hadden weerhouden te pronken met zijn rijkdom en overvloed aan bezit, en, uiteraard, ook zijn meedogenloze eigenzinnigheid.

Zijn hand werd koud en Piccarda barstte in huilen uit.

Giovanni de' Medici was dood.

Cosimo omhelsde zijn moeder. Hij voelde hoe zwak en weerloos ze was. Haar gezicht was nat van tranen. Hij fluisterde haar toe dat ze sterk moest zijn, liet haar toen los en boog zich over zijn vader om zijn oogleden te sluiten, waarmee hij voorgoed de blik doofde die het leven in vuur en vlam had gezet.

Lorenzo stuurde een bediende erop uit om een priester te halen voor de bediening.

Toen Cosimo daarna de kamer uit liep, kwam Lorenzo achter hem aan. Hij wilde wat zeggen, maar aarzelde omdat hij bang was Cosimo te storen, tot die hem een aanmoedigend knikje gaf.

'Zeg het maar,' zei hij, 'wat is er zo dringend?'

'Het gaat over vader,' begon Lorenzo. Cosimo trok een wenkbrauw op.

'Ik vermoed dat iemand hem heeft vergiftigd.'

Die onverwachte onthulling trof Cosimo als een mokerslag.

'Wat? Hoe kom je daar nu bij!' Hij greep Lorenzo bij de kraag.

Zijn broer had die reactie voorzien en pakte zijn polsen vast.

'Niet hier,' zei hij.

Cosimo begreep het. Hij gedroeg zich als een volslagen idioot. Hij liet zijn armen weer langs zijn lichaam vallen.

'We gaan naar buiten,' was het enige wat hij zei.

3

In cauda venenum

In de tuin was het nog koud. Het was 20 februari en al stond de lente voor de deur, toch leek de hemel zijn donkergrijze dek maar niet te willen afwerpen en rond het Palazzo Medici waaide een kille wind.

Het water uit de fontein in het midden van de *hortus conclusus* was ijskoud en klaterde in zilveren stralen omlaag. In het bekken dreven ijsschotsen.

'Realiseer je je wel wat je zegt?'

Cosimo was ontdaan. Hij was al geschokt omdat hij van het ene op het andere moment zijn vader had verloren, en nu opperde zijn broer Lorenzo ook nog eens dat er misschien sprake was van zoiets verachtelijks als een samenzwering. Maar wat had hij dan gedacht? Zijn vader was een gezaghebbend man en had in de loop der jaren veel vijanden gemaakt, en Florence was dan misschien een stad die pracht en praal ademde, het was ook een slangenkuil vol verraders waar de machtigste families met lede ogen hadden toegekeken hoe één man erin was geslaagd om, in twintig jaar tijd, een financieel imperium op te bouwen met niet alleen banken in Florence, maar ook in Rome en Venetië. Daarbij had zijn vader altijd geweigerd zijn eenvoudige komaf te verloochenen en in plaats van zijn huis te bouwen naast die van adellijke families had hij ervoor gekozen om tussen het gewone volk te blijven wonen en zich verre te houden van politiek.

De keren dat hij voet had gezet in het Palazzo della Signoria waren op een hand te tellen.

Cosimo schudde zijn hoofd. Hij kon Lorenzo's redenering zeker volgen, maar mocht zijn vermoeden kloppen, wie kon zo'n misdaad dan hebben gepleegd? En, vooral, hoe was het gif in zijn vaders eten terechtgekomen? Cosimo keek zijn broer vragend aan.

'Ik heb me afgevraagd of het goed was om het je te zeggen, want het is natuurlijk nog maar een vermoeden,' ging Lorenzo verder. 'Maar de dood van vader was zo onverwachts, dat ik behoorlijk wat twijfels heb.'

'Maar hoe kan het dan gebeurd zijn?' vroeg Cosimo geërgerd. 'Als het waar is wat je zegt, is dat vergif door iemand naar binnen gesmokkeld! Als vader de laatste tijd al de deur uit ging, was het zeker niet om ergens anders te eten of te drinken.'

'Dat weet ik. Het is ook nog maar een vermoeden, zoals ik al zei. Aan de andere kant had vader behoorlijk wat vijanden. En juist toen ik dacht dat het allemaal maar hersenspinsels waren, vond ik dit.'

In Lorenzo's hand lag een tros glanzende zwarte bessen, verleidelijk en onweerstaanbaar.

Cosimo begreep het niet, keek zijn broer vragend aan.

'Belladonna,' zei Lorenzo. 'Een plant met donkere bloemen en giftige vruchten die je in de velden, vaak dicht bij oude ruïnes, kunt vinden. Maar dit trosje vond ik bij ons thuis.'

Cosimo was verbijsterd. 'Weet je wel wat je zegt? Dat betekent dat iemand in dit huis samenzweert tegen onze familie.'

'Des te meer reden om het voorlopig voor onszelf te houden. Mondje dicht, dus.'

'Ja,' stemde Cosimo in, 'je hebt gelijk, maar toch moeten we deze zaak tot op de bodem uitzoeken, en als het klopt, dan wordt vaders dood extra dramatisch. Ik hoop maar dat het bij speculaties blijft, want zo niet, Lorenzo, dan vermoord ik de schuldige eigenhandig.'

Cosimo zuchtte. Hij hoorde zelf wel hoe hol zijn dwaze dreigementen klonken; ze bezorgden hem een gevoel van machteloosheid en frustratie dat hij nauwelijks kon bedwingen.

'Het is vast niet zo moeilijk om een dergelijk gif te bemachtigen. In Florence bedoel ik...' zei hij ongerust. Het was behoorlijk beangstigend te constateren hoe gemakkelijk het was om in deze stad een aanslag te plegen op iemands leven. En met de grote erfenis die hem ten deel zou vallen, moest hij vanaf nu twee keer zo goed opletten.

'Elke goede kruidenmenger kan aan dit soort middeltjes komen en er thee of een geneesmiddel van brouwen.'

Cosimo liet zijn blik door de tuin dwalen. Die was leeg en grijs, precies zoals de winterochtend. De klimplanten vormden donkere, warrige spinnenwebben op de muren.

'Goed,' zei hij toen, 'we doen het zo. Jij gaat het spoor van de vergiftiging volgen. Binnenshuis zeggen we niets. Onderzoek je vermoedens, werk ze uit. Als er inderdaad een man rondloopt die onze vader heeft vermoord, dan wil ik die in de ogen kijken.'

'Dat doe ik, ik zal niet rusten voor het gezicht van die slang een naam heeft gekregen.'

'Mooi. Maar laten we nu weer naar binnen gaan.'

Lorenzo knikte.

En met die woorden gingen ze, vol duistere voorgevoelens, terug naar binnen. Ze waren er niet gerust op.

4

De laatste wil

In de dagen na Giovanni's overlijden werd een dodenwake gehouden.

Alle vertegenwoordigers van de voornaamste families in Florence waren gekomen om Giovanni de laatste eer te bewijzen. Zelfs degenen die hem bij leven hadden beschouwd als hun grootste vijand. Onder hen waren natuurlijk de Albizzi, die van oudsher de baas hadden gespeeld in Florence. Dus ook Rinaldo, met zijn minachtende en arrogante blik, had niet om het bezoek heen gekund. Twee dagen lang was het Palazzo Medici één groot komen en gaan van notabelen geweest.

Nu het allemaal voorbij was en er een prachtige, maar sobere begrafenis had plaatsgevonden, zaten Cosimo, Lorenzo en hun echtgenotes in een van de grote salons van het palazzo bij elkaar om te luisteren naar Giovanni's wilsbeschikking.

Ilarione de' Bardi, de vertrouwenspersoon van de familie en Giovanni's steun en toeverlaat, had het zegel verbroken en maakte zich gereed om de laatste wil van Giovanni voor te lezen. Op Lorenzo's gezicht lag een wrevelige uitdrukking. Hij leek verzonken in sombere gedachten. Hij zat vast op zijn onderzoek te broeden, bedacht Cosimo. Ze zouden het er binnenkort over hebben en de vorderingen bespreken. Ondertussen was Ilarione begonnen met voorlezen.

'Mijn zonen en enige erfgenamen, ik heb het niet nodig gevonden een testament te schrijven, omdat ik jullie inmiddels vele jaren geleden heb benoemd tot directie van de Bank, waarmee ik jullie aan mijn zijde heb geplaatst in alles wat te maken had met beheer en algemene werkzaamheden. Ik ben ervan overtuigd dat mijn leven zo lang heeft geduurd als God in Zijn goedheid op de dag van mijn geboorte met mij voorhad, en ik denk dat ik me niet vergis als ik zeg dat ik als een tevreden man sterf, omdat ik weet dat ik jullie achterlaat in welstand, in goede gezondheid en in staat om in Florence te leven met de eer en waardigheid die bij jullie past, gesterkt door de vriendschap van velen. Ik voel dat ik kan zeggen dat de dood mij niet zwaar valt, omdat ik zeker weet dat ik nooit iemand nadelig heb bejegend en voor zover mogelijk het goede heb gedaan voor degenen die dat nodig hadden. Om die reden spoor ik jullie aan hetzelfde te doen. Als jullie een veilig en gerespecteerd leven willen leiden, raad ik jullie aan de wetten na te leven en anderen niets af te nemen wat hun toebehoort, want alleen zo zullen jullie afgunst en gevaar op afstand kunnen houden. Onthoud dat jullie vrijheid eindigt waar die van anderen begint. Haat wordt niet opgeroepen door wat je mensen geeft, maar door wat je hun afneemt. Doe jullie werk daarom met zorg, want op die manier zullen jullie rijker worden dan degenen die zich, hebzuchtig en begerig, meester maken van het bezit van anderen en die uiteindelijk alles verliezen en vervallen tot een leven vol treurnis en zorgen. Omdat ik deze paar regels heb nagestreefd, ben ik er – ondanks de vijanden, nederlagen en teleurstellingen die bij tijd en wijle ieders leven teisteren – in geslaagd mijn reputatie in deze stad te handhaven en waar mogelijk zelfs te laten groeien. Als jullie deze eenvoudige adviezen van mij opvolgen, twijfel ik er niet aan dat ook jullie je reputatie zullen behouden en kunnen laten groeien. Als jullie menen dat je je anders moet gedragen, durf ik even stellig te voorspellen dat jullie zullen sterven als mannen die zichzelf hebben geruïneerd en hun familie in de grootst mogelijke ellende hebben gestort. Mijn zonen, ik zegen jullie.'

Ilarione was klaar met voorlezen. Piccarda was al in tranen. Ze huilde in stilte, over haar wangen liepen vochtige sporen. Ze bracht een zakdoekje van het fijnste linnen naar haar ogen en depte ze droog. Ze sprak niet, ze wilde dat de wens en de woorden van Giovanni nog even in de lucht bleven hangen, opdat haar zonen zich de visie die hun leidraad moest worden, goed zouden inprenten.

Daarna stelde Ilarione een voor de hand liggende maar ook zinnige vraag.

'Nu ik heb voorgelezen wat me was verzocht, is mijn vraag: wat doen we met de Bank?'

Het was Cosimo die het woord nam.

'We roepen de beheerders van al onze banken in Italië naar Florence, om verslag te doen over de situatie bij elk filiaal. En ik wil jou vragen, Ilarione, om die taak op je te nemen en hen bijeen te roepen.'

De vertrouwensman van de Medici knikte ernstig.

Even later nam hij afscheid.

Piccarda keek Cosimo strak aan, zoals altijd wanneer ze iets belangrijks te vertellen had. Ze had hem opgewacht in de huisbibliotheek.

Ze zat in een elegante, met fluweel beklede fauteuil. De roodgloeiende houtskool knetterde in de haard en af en toe vloog er een vonkje als een rebels vuurvliegje omhoog naar het cassetteplafond.

Piccarda droeg haar lange kastanjebruine haar opgestoken in een geborduurd en met parels omrand mutsje, met daaroverheen een kap die was versierd met glinsterend gouddraad en edelstenen. De intense kleur indigo van haar met bont gevoerde bovenkleed versterkte het contrast met de zachte tint van haar bruine ogen. Een prachtige zilveren ceintuur hield het kleed boven haar taille bijeen. De talrijke plooien verrieden discreet maar overduidelijk hoeveel kostbare stof gebruikt was om het kledingstuk te maken. De lange, wijd uitlopende mouwen eindigden bij de pols in zilverkleurig borduursel en waren op zo'n manier opengewerkt dat de fluweelbrokaten mouwen van haar grijze onderkleed zichtbaar waren. Ze zag er schitterend uit, ondanks de zware dagen die ze achter de rug had.

Ze wilde met haar zoon praten om hem duidelijk te maken wat hij moest doen. Cosimo was zeker niet dom, maar hij koesterde een liefde voor architectuur en schilderkunst die naar haar mening niet altijd even goed samenging met de erfenis waarmee hij nu was belast. En Piccarda kon geen fouten of misverstanden toestaan. Ze moest er zeker van zijn dat Cosimo had begrepen wat hem te wachten stond.

'Lieve zoon,' zei ze, 'je vader had niet duidelijker en liefdevoller kunnen zijn in zijn woorden. Toch weet ik zeker dat hij je bij zijn overlijden ook op andere dingen heeft gewezen. Florence is net een wilde hengst: prachtig om te zien, maar hij moet wel getemd worden. Elke dag. In haar straten zul je mensen vinden die bereid zijn je te helpen en je werk te steunen, maar ook lomperiken en nietsnutten die er niet voor terugdeinzen je keel door te snijden, en vijanden die geraffineerd zullen proberen te profiteren van je goedhartigheid en eerlijkheid.'

'Maar moeder, ik ben niet naïef,' protesteerde Cosimo en hij bedacht hoezeer hij al werd geconfronteerd met die waarheid.

'Ik ben nog niet klaar. Ik weet heel goed dat je dat niet bent en dat je veel hebt bijgedragen aan de welstand van deze familie, maar het wordt ingewikkelder, lieve zoon. Ik ben ervan overtuigd dat je je weg zult weten te vinden, ook als je daarin, met respect voor de wil van je vader, je eigen overtuigingen volgt. Ik raad je aan voort te gaan op de uitgestippelde weg en je gedrag te modelleren naar dat van de stoïcijnen, wat betekent dat je je inzet voor het algemeen welzijn, dat je een sober leven leidt, dat je afziet van persoonlijk gewin en uiterlijk vertoon. Ik wil je ook nog zeggen dat ik van nu af aan altijd aan je zij zal staan, en dat ik ervoor zal zorgen dat de hele familie je volgt, wat je beslissingen ook zullen zijn. Maar onthoud goed: ook als de financiële situatie rooskleurig is en je aanzienlijk prestige geniet, zijn er talrijke geslepen tegenstanders. Ik doel in het bijzonder op Rinaldo degli Albizzi. Pas op voor hem en zijn politieke spelletjes. Het is een meedogenloos man. Weet dat hij tot alles in staat is. Zijn ambitie kent geen grenzen en ik ben ervan overtuigd dat hij alles zal doen om je te beschadigen.'

'Ik zal op mijn hoede zijn, moeder, en me laten gelden.'

'Natuurlijk kun je ook op je broer rekenen. Ik heb altijd gevonden dat jullie karakter en temperament elkaar perfect aanvullen. Hij is impulsief en onstuimig, jij bent bedachtzaam en analytisch. Waar hij handelt, denk jij na, waardoor je een brede visie op de wereld ontwikkelt en dat is mooi en nuttig in het leven. Wees elkaar altijd tot steun en respecteer elkaars tempo en manier van doen. Om terug te komen op wat je te wachten staat: probeer je te concentreren op je zaken en denk eraan dat het heel belangrijk is de zetten van je tegenstander te voorzien. Giovanni heeft zich altijd afzijdig gehouden van het politieke leven in de stad, maar daar ben ik het nooit erg mee eens geweest. Ik denk juist dat het belangrijk is een middenpositie in te nemen, waarin je dicht bij het volk staat, met wie we ons van oudsher verbonden voelen, maar je ook bezighoudt met politieke taken en een publieke rol vervult, waardoor je én de zorgen van het volk op waarde kunt schatten én een antwoord hebt op de problemen van de adel, zodat je ook de goedkeuring van de machtigste families behoudt. Op deze manier weet je je verzekerd van de steun van twee kanten.'

Cosimo begreep heel goed hoe juist en wijs de adviezen van Piccarda waren. Hij knikte. Maar zijn moeder was nog niet uitgesproken.

'Ik hoef je niet te vertellen dat het ernaar uitziet dat Giovanni di Contugi in Volterra Giusto Landini heeft opgestookt. En de reden daarvan is de kadasterwet, die door je vader van harte werd ondersteund. Ik zeg dit omdat we het ons niet kunnen veroorloven hierin geen standpunt in te nemen, we moeten een keuze maken. Ik neem je je belangstelling voor de werkzaamheden aan de koepel van de Dom niet kwalijk, maar het kan ons duur komen te staan als we van het politieke toneel blijven. Denk daaraan. Ik vraag je niet om je meer dan strikt noodzakelijk te profileren, Rinaldo degli Albizzi zou je onverwachte interesse voor de publieke zaak verkeerd kunnen opvatten, maar we kunnen het initiatief ook niet geheel aan hem en zijn familie overlaten. Florence stevent af op een oorlog met Volterra en onze positie moet duidelijk zijn.'

'Maar we mogen ook de burgers en het volk niet verraden,' merkte Cosimo op. 'Giovanni steunde de kadasterwet om het volk van Florence te laten zien dat de adel de zwaarste belasting krijgt opgelegd.'

'Maar Rinaldo degli Albizzi heeft het hem nooit vergeven. Wat ik je probeer te zeggen is dat we op dit moment niet tegen hem in moeten gaan.'

'Dat weet ik. Ook niet nu Rinaldo met zijn leger tegen Giusto Landini is opgerukt, samen met Palla Strozzi.'

'Precies. Je vader zou aan de kant van de adel zijn gaan staan, maar zonder een al te uitgesproken positie in te nemen. Daar zou hij goed aan hebben gedaan. Wat nu telt is duidelijk maken aan welke kant we staan. Ik bedoel dat je je niet meer kunt permitteren om geen heldere politieke koers te varen en niet bekend te maken wat je van plan bent. Dus steun Florence, zonder het werk van je vader te verloochenen. Giovanni wilde de middelen en de lasten gelijkmatiger over de bevolking verdelen, en dat was terecht. Maar je kunt dit principe steunen én je verzetten tegen een stad die in opstand komt tegen Florence.'

'Ik weet het,' verzuchtte Cosimo, 'ik denk dat ik ervoor kies me aan te sluiten bij de andere families, maar tegelijkertijd wil ik onze positie als beschermers van het volk handhaven. Als we de gewone man verliezen, zal alles waar vader zich voor heeft ingezet verloren gaan.'

Piccarda knikte tevreden. Cosimo maakte goede en verstandige keuzes. Een glimlach gleed over haar door verdriet getekende gezicht. Maar voor ze iets kon zeggen stormde Contessina de bibliotheek binnen.

Haar ogen waren wijd opengesperd en het leek of de duivel haar op de hielen zat.

'Giusto Landini...!' schreeuwde ze. 'Giusto Landini is dood! Vermoord door Arcolano en zijn handlangers!'

5

Rinaldo degli Albizzi

'Die ouwe is eindelijk dood, dat zal een hele klap zijn voor de Medici.'

Rinaldo degli Albizzi glunderde. Hij zat ontspannen op een bank in een herberg in zijn groen brokaten wambuis en kousen in dezelfde kleur. Palla Strozzi keek hem zijdelings aan.

'Wat bedoel je? Dat dit het juiste moment zou zijn om die vervloekte uitbuiters eens flink aan te pakken?'

Rinaldo ging met zijn hand door zijn kastanjebruine krullen. Zijn ogen fonkelden. Hij trok zijn leren handschoenen uit en smeet ze op de houten tafel. Hij wachtte tot de knappe herbergierster naar hem toe kwam. Tot die tijd vond hij het niet nodig om Palla te antwoorden. Hij hield ervan hem te laten wachten. Dat was zijn manier om hem te laten voelen dat er, ondanks alles, verschil tussen hen bestond. De familie Strozzi was invloedrijk, maar zeker niet zo machtig als de zijne. Daar kwam nog bij dat Palla humanist was en een weinig overtuigend mooischrijver. Om dingen te veranderen moest je doortastend en genadeloos zijn, en over die twee eigenschappen beschikte hij niet.

'Breng ons een lamsbout,' zei hij tegen de mooie herbergierster. 'En brood en rode wijn. Snel een beetje, want we hebben stevig gevochten en zijn uitgehongerd.'

Terwijl de vrouw met haar lange zwarte krullen en ruisende rokken terug naar de keuken liep, wierp Rinaldo schuins een blik op haar. Ze had een ernstig gezicht en bruine ogen met een gouden gloed. Haar verleidelijke figuur wond hem op.

'Interessant om te zien hoe je onze status als krijgsman inzet terwijl we nog geen vinger hebben uitgestoken… Ik neem aan dat het hoort bij de dubieuze manier waarop je indruk wilt maken op volksvrouwen,' was het commentaar van Palla Strozzi, niet zonder een zweem van wrok. Hij haatte het wanneer hij geen antwoord kreeg van Albizzi. En dat gebeurde vaker dan hem lief was.

Rinaldo glimlachte bij die woorden. Toen keek hij weer naar Palla, die afwachtend tegenover hem zat.

'Mijn beste Palla,' begon hij, 'ik zal het je haarfijn uitleggen. Is het soms niet zo dat de Raad van Tien ons heeft opgedragen met onze mannen op te trekken tegen Volterra om de stad te straffen voor haar opstandigheid, en dat de situatie zich daarna vanzelf heeft hersteld? Je hebt het gezien, toch? Het hoofd van Giusto Landini op de punt van een lans! En je weet toch ook nog wel waarom Giusto tegen Florence in opstand wilde komen?'

'Zeker!' riep Strozzi. 'Vanwege de nieuwe belastingen die werden opgelegd door de kadasterwet.'

'Gesteund door...?' hielp Rinaldo degli Albizzi.

'Giovanni de' Medici.'

'Precies.'

'Maar uiteindelijk is Giusto's arrogantie afgestraft door zijn eigen burgers. Arcolano heeft zijn manschappen verzameld en die hebben hem een kopje kleiner gemaakt.'

'En, als ik zo vrij mag zijn, daarmee hebben ze zoals je terecht opmerkte ons het vuile werk bespaard, komen wij er schoon als een hemel in de maand mei vanaf én worden we als overwinnaar gezien omdat we Volterra weer onder de vleugels van Florence hebben gebracht.'

'En dat zonder een vinger te hebben uitgestoken,' herhaalde Palla Strozzi.

'Zo is het. Nu is het geen geheim,' ging Rinaldo verder, 'dat Niccolò Fortebraccio zich zit op te vreten in Fucecchio omdat het uitgerekend Giovanni de' Medici, de belangrijkste voorstander van vrede in Florence, was die hem heeft laten ontslaan door de Florentijnen. Kun je dat ontkennen?'

'Ik zou wel uitkijken,' zei Strozzi geërgerd, 'maar je moet geen spelletjes met me spelen, Albizzi.'

‘Ik speel geen spelletje. Ik ben bloedserieus, en daar kom je gauw genoeg achter. Feit is dat de stad Volterra, die dreigde in opstand te komen, ons net is teruggegeven, *obtorto collo*, door een slimme manoeuvre van messer Arcolano, ik kan niet anders zeggen.’

‘Als je met manoeuvre onthoofding bedoelt…’

Rinaldo wuifde die opmerking weg met zijn hand, alsof die hem irriteerde. Hij wás ook geïrriteerd, en niet zo’n beetje ook, hij kon er slecht tegen dat Palla voortdurend inging op onbenullige details.

‘Onzin,’ zei hij. ‘Als je niet bereid bent bloed te vergieten kunnen we wel vergeten dat Florence van ons wordt.’

‘Daar heb ik ook geen enkel probleem mee, Albizzi, ik vind het alleen prettig dat de dingen bij hun naam genoemd worden.’ Palla wist dat hij zijn kompaan ergerde met zijn opmerkingen, maar wilde het hem niet te gemakkelijk maken. Hij voelde zich tenslotte allesbehalve minder dan hij.

‘Kom op vriend, laten we nu niet op alle slakken zout leggen. Bewaar die tactiek maar voor anderen. Om op onszelf terug te komen: Niccolò Fortebraccio snakt ernaar terug te keren en kan niet wachten om steden in brand te steken en vrouwen te verkrachten…’

‘Geef hem eens ongelijk,’ viel Palla hem in de rede met een blik op de mooie herbergierster die geurig brood en een kruik met wijn die zwarter was dan de zonde op tafel zette, met daarbij twee houten kroezen. Terwijl ze dat deed onthulde het ruime decolleté van haar eenvoudige kleed een blanke, volle boezem die Palla met de tong deed klakken, alsof hij zojuist een onweerstaanbare lekkernij had geproefd.

Zij leek het zich niet aan te trekken en ging terug naar de keuken, terwijl hij zijn ogen niet van haar kon afhouden.

‘Luister naar wat ik zeg, in plaats van me te onderbreken en herbergiersters lastig te vallen, ouwe rokkenjager,’ zei Albizzi korzelig. ‘Ik begrijp dat je bepaalde liefhebberijen deelt met Fortebraccio, maar daar gaat het nu niet om!’

‘En waar gaat het dan wel om?’ vroeg Strozzi. Hij schonk ondertussen de wijn in de kroezen, zette zijn eigen kroes meteen aan de mond en leegde die in een paar ferme slokken.

'Wat ik je probeer duidelijk te maken is dat we moeten zorgen dat de strijd weer oplaait. Alleen door het ontketenen van een nieuwe oorlog zullen we onze stad in staat van opperste verwarring kunnen brengen, waar we dan van profiteren om ons er in één klap meester van te maken.'

'Denk je dat echt?' Palla keek ongelovig. 'Ben je er echt van overtuigd dat dit de beste strategie is? Eens zien of ik het heb begrepen: jij wilt Fortebraccio's wrok gebruiken tegen de Florentijnen, hem omkopen, hem een oorlog laten beginnen met Florence, en je met bloedvergieten en het zaaien van angst meester maken van de stad?'

'Ja, dat is het idee, maar het zou natuurlijk een schijnoorlog zijn. We laten hem wat gepeupel ombrengen en wie weet zitten daar heel toevallig ook Cosimo en zijn bondgenoten bij. Zodra dat gebeurt, maken we een einde aan het bloedbad omdat ons doel bereikt is en grijpen we de macht. Simpel en vlekkeloos, vind je niet?'

Palla schudde zijn hoofd.

'Daar ben ik absoluut niet van overtuigd,' zei hij. 'Zou het niet beter zijn te wachten tot zich een gunstiger gelegenheid voordoet? Je weet dat Niccolò da Uzzano bevriend is met de Medici en met hem aan hun zijde zal het niet gemakkelijk zijn om het te winnen van iemand als Cosimo en ons meester te maken van de stad, zoals jij zegt.'

'Nou, wat stel jij dan voor?' vroeg Albizzi ongeduldig.

'Giovanni de' Medici is dood en zijn zonen zullen de leiding krijgen over de familie en zijn vermogen beheren. Lorenzo is een sukkel, maar Cosimo kan gevaarlijk zijn. Hij heeft meer dan eens bewezen dat hij van wanten weet. Zijn naam is verbonden met de koepel van de Dom en we weten allemaal hoe zijn verhouding met de paus is. Zeker, hij maakt goede sier als weldoener en doet alsof hij zich afzijdig houdt van oorlog, maar in werkelijkheid is hij net zo sluw en meedogenloos als zijn vader en misschien nog wel erger. Het is gewoon een corrupte woekeraar en als we hem zijn gang laten gaan zal hij niet alleen onze families, maar de hele Republiek ruïneren.'

Palla snoof.

'Vooropgesteld dat de koepel van de Santa Maria del Fiore niet alleen

een zaak is van de Medici, aangezien de Opera del Duomo heeft bepaald hoe de uitvoering moest verlopen en Filippo Brunelleschi voor zover ik weet bezig is aan een glanzende carrière...'

'Ja, een beetje té glanzend!' Nu was het Rinaldo die Palla onderbrak.

'Inderdaad,' viel Palla hem bij, 'en ook nog ten koste van Lorenzo Ghiberti, die samen met Filippo de opdracht had gekregen om toezicht te houden op de werkzaamheden!'

'Ja, ja, ik weet dat dat je grootste zorg is, maar je moet je erbij neerleggen dat we onze problemen niet gaan oplossen met cultuur!' riep Rinaldo, die de voortdurende gedachtesprongen van zijn vriend niet kon waarderen, temeer omdat die vaak verband hielden met kunst, iets wat hem gestolen kon worden.

'Hoe dan ook,' ging Strozzi verder, 'ik zie niet in wat het ons oplevert als we onze eigen stad verwoesten, enkel en alleen om de Medici te vermoorden. Wat dat betreft zou je net zo goed kunnen volstaan met een paar huurmoordenaars. En zou het trouwens niet zinniger zijn om Fortebraccio niet in te zetten tegen Florence, maar voor een ander doel? Eventueel met een machtiging van de Raad van Tien?'

En terwijl de woorden van Palla Strozzi verleidelijk en suggestief in de lucht bleven hangen verscheen de herbergierster met een houten dienblad met daarop een bord waarop een enorme in tweeën gesneden lamsbout prijkte. Uit twee kleinere kommen steeg de intense geur op van gestoofde linzen.

'Fantastisch,' liet Rinaldo zich ontvallen toen het voedsel voor zijn neus stond. 'Maar excuus, wat zei je?'

'Ik zei dat we misschien meer succes hebben als we Fortebraccio overhalen zijn bloeddorstigheid uit te leven op Lucca.'

'Met welk doel?'

'Ons grondgebied uit te breiden, wat een geldige legitimatie voor een nieuwe oorlog is, zonder dat we onze eigen stad hoeven aan te vallen, want dat zou gewoon idioot zijn. Maar ik ben nog niet klaar. Het eerste deel van je plan is goed: Fortebraccio's zakken vullen om hem te overtuigen dat hij moet aanvallen. Alleen zou ik hem dus Lucca laten aanvallen. Hij heeft geen zin nog langer te weg te rotten in Fucecchio, hij is gevaarlijk en een ongeleid projectiel, dat heb je zelf gezegd, en daarmee rechtvaardigen we de beslissing om hem in te zetten tegen de stad van Paolo Guinigi. Ik zit momenteel in de Raad van Tien en heb daar mijn bondgenoten, en jij hebt de jouwe: het zal niet moeilijk zijn de Raad te overtuigen om te stemmen voor een aanval op Lucca, om die stad voor eens en altijd onder ons gezag te brengen. Net zoals met Volterra is gebeurd. Fortebraccio zal Lucca aanvallen en belegeren. Als hij de stad eenmaal heeft ingenomen zullen wij, afgevaardigden van de stad Florence, de gemoederen weer kalmeren en na de overwinning de vrede herstellen, waarmee we de gunst van alle inwoners van Florence zullen terugwinnen en als redders van de Republiek onze positie in de stad ten koste van de Medici zullen versterken.'

Rinaldo dacht erover na. Het idee was niet slecht, maar Palla's redenering was hem net iets te vergezocht.

Hij zweeg en scheurde met zijn tanden een stuk vlees van het witte bot.

Ze hadden net de strijd tegen Volterra gewonnen, maar de oorlog moest doorgaan, daarover was hij het met Palla eens, en het was een slimme zet om zijn prestige en daarmee zijn eigen politieke macht nog eens te vergroten door middel van militaire superioriteit en de uitbreiding van de Florentijnse hegemonie, waardoor de rol van Cosimo de' Medici steeds verder werd verkleind. En daarbij, in een oorlog was een schot in de rug of een onverwachte fatale messteek aan de orde van de dag… Overal was moord en doodslag en hij was zeker van plan daarin het heft in eigen hand te nemen. Hij zou niet blijven toekijken.

'Oké, dat wordt dus oorlog,' zei hij en hief zijn kroes. Palla Strozzi deed hetzelfde en ze bekrachtigden hun plan met een toost.

'We zullen die vervloekte Medici-telg het zwijgen opleggen.' Rinaldo leegde zijn kroes. De wijn kleurde zijn lippen. In het gelige licht van de kaarsen leek het op gestold bloed. Hij grijnsde. 'Cosimo's dagen zijn geteld.'

6

De kruidenmengster

Op het gebied van gif was Lorenzo geen groentje. Naast vele andere deugden had hij van zijn moeder de interesse voor poeders en kruiden geërfd. Hij was geen apotheker en de geheimen van de alchemie kende hij evenmin, maar toch was iets van zijn moeders voorliefde hem bijgebleven, al was het alleen maar de wetenschap welke apothekers in Florence gemakkelijk aan giftige poeders of kruiden konden komen.

Een mager aanknopingspunt, maar het was in elk geval iets. Eén ding wist hij vrijwel zeker: zijn vader kon geen natuurlijke dood gestorven zijn. Iets zei hem dat zijn ziekte, zo plotseling en zo uitzichtloos, mensenwerk was geweest.

Wie het had gedaan, en met welk doel, dat wist hij nog niet.

De vragen verdrongen zich in zijn hoofd en de mogelijke antwoorden riepen nog meer vragen op, en daarom had hij besloten het probleem systematisch aan te pakken: hij zou vanaf het eind terugwerken naar het begin van het misdadige plan.

Allereerst had hij, in de dagen na Giovanni's dood, een paar apothekers stevig aan de tand gevoeld. Zeker, dat was een riskante onderneming, in een paar gevallen was hij zelfs te ver gegaan, maar iedereen wist wie hij was en, belangrijker nog, wie hij vertegenwoordigde. Daarom hadden ook degenen die iets te stevig onder handen waren genomen er wel voor gewaakt te protesteren, uit angst in conflict te komen met de Medici. Helaas was Lorenzo hiermee geen stap verder gekomen.

In de tussentijd had hij, samen met Cosimo, al het personeel van het Palazzo Medici in de gaten gehouden. Dat was een ingewikkelde klus geweest, maar uiteindelijk hadden de vermoedens zich geconcentreerd op een mooi kamermeisje met ravenzwart haar, dat kort daarvoor was aangenomen. Zij vervulde een aantal eenvoudige taken, een paar dagen in de week. Na enig onderzoek had Lorenzo ontdekt dat deze vrouw in het verleden een kruiden- en parfumzaak had gedreven in Florence. Ze heette Laura Ricci. Als iemand iets wist van brouwsels en andere duivelse middeltjes, dan was zij het, hadden de broers tegen elkaar gezegd. Uiteraard waren ze heel discreet te werk gegaan. Lorenzo zou haar gaan schaduwen om te achterhalen waar ze woonde en, als het lukte, haar een paar vragen te stellen. Hij moest voorzichtig handelen, want uiteindelijk was er geen enkel bewijs dat zij het was geweest. Maar zij was zonder twijfel de meest verdachte persoon.

En nu sloop Lorenzo stiekem achter de mooie kruidenmengster aan. Hij volgde haar al een tijdje door modderige en donkere steegjes, waar bloed en vleesresten aan de straatstenen vastgekoekt zaten. De aanwezigheid van slachters was in de stad een groot probleem, omdat die mannen voortdurend met hun karren heen en weer reden en daarbij smerige bloedsporen en stinkende vleesresten langs de wegen van het centrum achterlieten.

De Raad van Tweehonderd had de kwestie al een tijd geleden aan de kaak gesteld, maar geen van de bevoegde instanties had vervolgens een oplossing aangedragen. Iemand had voorgesteld om alle slachthuizen te verplaatsen naar de Ponte Vecchio, maar daar was nog niets van gekomen.

Nadat Lorenzo de stromarkt was gepasseerd, volgde hij de vrouw naar de Ponte Vecchio, de Arno over. Voorbij het pelgrimsgasthuis liep ze verder naar de Ponte Santa Trinita, waarna ze links een steegje insloeg, tot ze uiteindelijk bleef staan voor de deur van, zo vermoedde Lorenzo, haar vroegere werkruimte.

Ze haalde een sleutel tevoorschijn en stak die in het slot.

Ze keek om zich heen, duidelijk op haar hoede, en stapte naar binnen. Zou ze vermoeden dat ze gevolgd werd?

In Laura's kamertje was het schemerig. Vanuit een ijzeren kroonluchter aan het plafond verspreidden vier schamele kaarsen een flauw licht. In een poging de ruimte wat minder spookachtig te maken, trok Laura een la open, haalde een paar talgkaarsen tevoorschijn, stak ze in een zilveren kandelaar met drie armen en zette die op een werkbank tussen een aantal glazen potjes waarin kruiden en gekleurde poeders zaten. De luiken hield ze angstvallig dicht.

Ze had net alle kaarsen aangestoken, toen ze opschrok van een stem.

In een fluwelen stoel in een hoek van de kamer zat een man met een opvallend uiterlijk. Hij had grote blauwe ogen en lang rood haar. Hij was volledig in het zwart gekleed, inclusief de mantel die over zijn ene schouder hing. Aan zijn met ijzeren platen verstevigde wambuis was te zien dat hij soldaat was. Dat werd nog eens extra bevestigd door de dolk die hij normaal gesproken aan zijn riem droeg, maar nu in zijn hand had. Hij had het wapen zo te zien gebruikt om een appel in stukjes te snijden, die hij smakelijk zat op te eten.

'Zo, je bent thuis, *mein Kätzchen*?'

De woorden klonken bars en onaangenaam, ook omdat hij vreselijk schor was waardoor zijn stem oversloeg.

'Mijn god, Schwartz,' zei Laura, 'je hebt me laten schrikken.'

De Zwitserse huurling keek haar lang aan zonder iets te zeggen. Hij zag haar huiveren onder zijn ijzige blik.

'Ben je bang voor mij?' vroeg hij haar.

'Ja.'

'Heel goed. Vermoeden ze iets?'

'Ja.'

'Dat dacht ik al. Maar goed, je hebt gedaan wat je moest doen en als ze al iets hebben ontdekt, is het toch te laat.'

'Wat bedoel je daarmee?'

'Kom eens hier.'

Ze bleef waar ze was.

Hij zou het nooit toegeven, maar dat beviel hem nog meer. Hij hield van temperamentvolle vrouwen. En Laura wás temperamentvol, en hoe!

Hij kon zijn ogen niet van haar afhouden. Ze was echt een schoonheid. Ook in het flakkerende kaarslicht werd hij verblind door haar olijfkleurige huid en hij verloor zich graag, in elk geval voor even, in die ogen, groen als een zomerbos. Een waterval van zwarte krullen golfde rond een perfect ovaal gezicht, maar het was haar geur, intrigerend en verleidelijk, die hem het hoofd op hol bracht, die verrukkelijke mengeling van munt en brandnetel die leek rond te wervelen door de kamer.

'Waarom heb jij je apotheek gesloten?' stapte hij over op een ander onderwerp.

'De zaken gingen niet goed, maar daar heb jij niets mee te maken.'

'Al goed, al goed,' zei hij en stak zijn handen op als teken van overgave. Het lemmet van de dolk blonk in het kaarslicht.

'Waarom ben je hier?'

'Ik kom je redden.'

'O ja?'

'De Medici hebben inmiddels iets door. Het feit dat Lorenzo je is gevolgd bewijst dat ik gelijk heb. Sterker nog: hij staat je hier buiten op te wachten. Ik heb hem gezien.'

'Mijn god!' Laura schrok. 'Daar heb ik niets van gemerkt! Ben je bang voor hem?'

'Absoluut niet.'

'Dat zou wel moeten.'

'En waarom?'

'Heb je enig idee wie zij zijn? Blijkbaar niet.'

'Kom hier,' gebood hij haar opnieuw.

'En als ik dat niet wil?'

'Laat me het niet nog een keer zeggen. Ik heb geen zin om me een dienst te laten weigeren door een vrouw die mij nodig heeft.'

Laura leek even na te denken over wat Schwartz had gezegd.

Toen sprak ze drie woorden.

'Een bélla donna,' zei ze nadrukkelijk, met een glimlachje op haar lippen, 'een veel te mooie vrouw voor iemand als jij, Schwartz!'

'Tja,' spotte hij,' op de een of andere manier duikt altijd weer die belladonna op, hè? Maar verbeeld je maar niets, want anders zal ik dat gezichtje van je eens een mooi aandenken geven, en dan ben je in één keer al je schoonheid kwijt.'

Laura bekroop een gevoel dat ze niet kon beschrijven. Een gevoel dat onlosmakelijk verbonden was met een ver verleden, dat ze hoopte voorgoed te hebben uitgewist. Een diepe woede, waarvan alleen zij de reden kende, deed haar blik opvlammen. Even maar. Ze hoopte dat ze zich snel genoeg had hersteld en dat Schwartz niets had gemerkt. Ook omdat ze zich, op onverklaarbare wijze, tot die man aangetrokken voelde. Ze liep naar Schwartz toe.

Hij greep haar bij haar haar en dwong haar op de knieën.

'Deze keer wil ik dat je mij je dankbaarheid eens goed toont.'

'Wat zal…?'

'… ons beider heer daarvan zeggen?' vulde hij aan. 'Maak je geen zorgen, richt jij je hier maar op,' en terwijl hij dat zei bracht hij het lemmet naar haar keel.

Laura begreep het. Ze knielde neer. Trok zijn kousen omlaag. Ze deed het langzaam, om Schwartz te laten wachten, om zijn genot – en dat van haarzelf – te rekken. Ze wist heel goed hoe ze een man moest behagen. Ze nam zijn lid in haar handen. Het was al gezwollen. De eerste druppels vocht parelden langs de eikel.

'Zuigen, nu,' gebood hij haar, 'of je keel ligt in tweeën.'

Laura nam zijn lid in haar mond en liet Schwartz genieten als nooit tevoren.

7

Geloof en ijzer

Cosimo had behoefte om even alleen te zijn. Er was te veel gebeurd in die dagen vol verdriet en waanzin. Giovanni's dood had een grote leegte achtergelaten. De wetenschap dat vergiftiging niet kon worden uitgesloten had een diepe wond geslagen en hem bewust gemaakt van zijn eigen kwetsbaarheid. Iemand in huis had het op hen gemunt. Misschien verbeeldde Lorenzo het zich, maar Cosimo betwijfelde dat. Giovanni was inderdaad in rap tempo achteruitgegaan en onverwachts gestorven, terwijl hij een paar dagen daarvoor nog gezond en sterk was geweest.

Ze hadden weinig bewijs, op de belladonnabessen en de verdenking van het kamermeisje na, en toch… toch had ook zijn moeder tegen hem gezegd dat ze veel vijanden hadden, dus werd het niet eens tijd om de waarheid onder ogen te zien?

Lorenzo had al het personeel gecontroleerd en er waren een paar nieuwe voorproevers aangesteld. En alsof dat nog niet voldoende was, ook een hele nieuwe ploeg keukenpersoneel. Toen Piccarda om opheldering vroeg, had Cosimo haar niet te veel willen alarmeren en gezegd dat het hem goed leek, vanwege een paar kleine nalatigheden, een groot deel van het personeel te vervangen.

Piccarda had hem ongelovig aangekeken, maar niet doorgevraagd. Ze had beloofd hem te vertrouwen en dat zou ze doen.

Hij keek omhoog en tuurde naar de koepel. Het heldere winterlicht filterde door de lantaarn en door de ronde openingen in de tamboer, en daalde in een zachte regen van stralen neer.

De aanblik monterde hem op. Hij dacht aan Filippo Brunelleschi, aan zijn kunst, waarin genialiteit en doorzettingsvermogen perfect samenkwamen. Wat een bevlogen man was dat, geobsedeerd door architectuur, door getallen en oplossingen. Hij beulde zich dag aan dag af, maar haalde daar een verbazingwekkende energie uit, die zich vertaalde in prachtige vormen, zoals de perfecte geometrie van de rondbogen in de kapel in de San Lorenzo die, in wisselwerking met de sobere, vierkante plattegrond, een perfect samenspel creëerde van lijnen en cirkels.

Hij zou daar ook iets van moeten hebben, dacht hij: de eenvoud van een rechte lijn en de durf van een cirkel. Dat was precies wat zijn vader hem had aangeraden, maar dan in andere woorden.

Hij was bang hem teleur te stellen, dat was een feit. Het was niet het beheer van de Bank dat hem zorgen baarde. Hij wist hoe hij moest omgaan met de rentmeesters en verder was Lorenzo er om hem te helpen, maar waar hij tegen opzag waren de politieke keuzes en compromissen. Hij wilde het beste voor zijn familie, hij wilde mensen helpen die dat het meest nodig hadden, maar voelde ook de adem in zijn nek van allerlei anderen, waaronder de Raad van Tien, die niet konden wachten om hem op de proef te stellen en zo mogelijk voorbij te streven.

En dan waren er nog zijn kinderen, Giovanni en Piero.

Over Piero zat hij het meest in. Hij was bijna veertien, werd al haast een man en had onlangs het idiote plan opgevat om te leren zwaardvechten. Hij wilde een eigen wapenmeester en meer van dat soort onzin. Niet dat er zo veel kwaad in stak, hijzelf had ook de beginselen van het duelleren geleerd en was goed in staat zich te verdedigen als hij zou worden aangevallen, maar hij was zeker geen professioneel soldaat. Maar sinds Albizzi de agressie in Volterra had aangewakkerd die was geëindigd in een samenzwering, was Piero begonnen te bazelen dat hij in het leger wilde.

Hij zuchtte en vouwde zijn handen.

Hij sloot zijn ogen.

Luisterde naar de stilte.

Die absolute stilte had iets mystieks. Hij hoefde niet te praten en ook geen positie in te nemen tegenover iemand. Het was zo rustgevend.

Hij realiseerde zich opeens dat hij hier al een behoorlijke tijd zat te mijmeren en dat Lorenzo nog niet terug was. Hij hoopte met heel zijn hart dat de mooie kruidenmengster geen problemen had veroorzaakt. Maar Lorenzo was veel beter dan hij in dit soort zaken en wist zich uit moeilijke situaties te redden.

Toch maakte hij zich ongerust.

Lorenzo had lang gewacht. Hij was zijn gevoel voor tijd volledig kwijt, maar wist dat hij niet kon weggaan. Hij zou het mysterie alleen kunnen oplossen als hij bleef wachten tot die vrouw naar buiten kwam. Al kostte het een hele dag. Geduld. Hij was niet van plan deze kans te laten lopen en wilde zeker niet met lege handen bij zijn broer terugkomen. En daarbij was hij niet het type dat zich zomaar gewonnen gaf. Wanneer hij iets in zijn hoofd had, moest en zou hij het afmaken. Een wijze raad van zijn vader.

De zon was inmiddels ondergegaan en Lorenzo had de hoop bijna opgegeven, toen de deur eindelijk openging. Het was zonder twijfel Laura die hij naar buiten zag komen. Hij herkende haar figuur en de lange zwarte krullen onder de kap die haar moest beschermen tegen brutale blikken.

Zonder nadenken liep hij op haar toe. Hij handelde impulsief, omdat hij niet van plan was haar te laten ontglippen. Hij was gefrustreerd door het lange wachten en razend omdat hij zeker wist dat zij achter deze hele geschiedenis zat. Hij greep haar hardhandig bij haar pols, een gebaar waarin alle angsten en vermoedens van de laatste dagen samenkwamen. Als hij haar arm had moeten omdraaien en haar had moeten bedreigen, had hij niet geaarzeld. Maar zover kwam het niet.

‘Laura, jij en ik moeten eens even praten, denk je ook niet?’ Hij zag dat ze zich naar hem omdraaide, maar voor hij in haar diepgroene kattenogen kon kijken voelde hij dat hij bij de schouder werd gegrepen, alsof hij werd aangevallen door een wild beest. Meteen daarna werd hij met zijn schouder tegen de muur van een huis gesmakt en voelde hij hoe er een pijnscheut door zijn lijf trok.

Voor hem stond een man.

Hij was werkelijk imponerend: lang en goed gebouwd en te oordelen naar de dolk die hij aan zijn gordel droeg, was het een soldaat.

Hij was helemaal in het zwart gekleed, zijn mantel viel losjes over zijn schouders. Hij kwam zelfverzekerd over, uitdagend zelfs, alsof hij ruzie zocht.

Lorenzo stond op en zette zich schrap.

'Wie bent u?' vroeg hij met een stem die trilde van woede. Hij bracht zijn hand naar het mes dat hij verborgen hield in de voering van zijn gewaad.

'*Schwein!*' schreeuwde de man. 'Als u denkt dat het u lukt dat ding tevoorschijn te halen voor ik u heb toegetakeld bent u een volslagen idioot. Precies wat ik dacht.' Er verscheen een gemeen glimlachje op zijn gezicht, dat wit oplichtte in het zwakke schijnsel van de fakkels die de duistere steeg verlichtten.

Lorenzo negeerde zijn opmerking, trok zijn mes en dook naar voren in de richting van zijn buik, maar de soldaat maakte een schijnbeweging, ontweek de steek behendig en werkte hem met een onverhoedse uithaal van zijn been tegen de grond.

'U hebt er dus niets van begrepen!'

'Nee,' zei Lorenzo, terwijl hij opkrabbelde en een straaltje bloed van zijn lip veegde.

De man permitteerde zich een schaterlach, een luid en ijzingwekkend geblaf.

'Jullie Medici zijn werkelijk een stel onnozele halzen, hè! Denken jullie echt dat deze vrouw jullie vader heeft vergiftigd?'

Lorenzo spuugde naar hem. Hij was duidelijk gefrustreerd en de ontdekking dat zijn tegenstanders stappen op hem voorlagen was bijzonder bitter.

'Als u me bang wilt maken, moet u echt met iets beters komen,' vervolgde de soldaat, 'hoe dan ook zitten jullie er helemaal naast… stelletje stomme zwijnen.' Hij legde al zijn minachting in dat laatste woord. 'Hebben jullie je wel afgevraagd waarom jullie zo gemakkelijk bij haar zijn uitgekomen?'

'Dood hem,' zei het meisje, wijzend op Lorenzo. In haar ogen vlamde nu een kil vuur, alsof moord voor haar de veiligste en gemakkelijkste manier was om zich te ontdoen van een lastige getuige.

‘Nee, nee,’ zei hij tegen haar en richtte zich toen weer tot Lorenzo: ‘Omdat wij daarvoor hebben gezorgd. Er heeft helemaal geen vergiftiging plaatsgevonden, *messere*. We hebben jullie op een dwaalspoor gebracht door die belladonnabessen in de slaapkamer te leggen! Jullie vader is gewoon aan een ziekte gestorven. Het enige wat we wilden met deze poppenkast was jullie waarschuwen. Wij kunnen tot de Medici doordringen wanneer we maar willen, begrijp je wel? Wees maar voorzichtig, want de volgende keer zouden we jullie wel eens echt kunnen vermoorden.’

Bij het horen van deze woorden stortte Lorenzo zich naar voren in een poging tot een laatste aanval. Deze keer maakte hij eerst een schijnbeweging en deed meteen daarna een uithaal die de man met gemak wist te pareren. De dolk ketste schel tegen het mes. IJzer op ijzer. Daarna trok de soldaat zijn wapen terug en zette zijn lemmet op Lorenzo’s keel.

‘Hou maar op,’ zei de man, ‘u maakt geen schijn van kans dit duel te winnen. Wij gaan er nu vandoor en u mag toekijken hoe wij weglopen. Maar vrees niet, Lorenzo de’ Medici, we zien elkaar terug. U mag hopen dat het niet te snel zal zijn, want de volgende keer zal ik u echt moeten doden, en geloof me, dat doe ik, zo waar mijn naam Schwartz is!’

Na die woorden liep hij weg, met de dolk op Lorenzo gericht. Hij hield Laura strak tegen zich aan, maar zij leek die nabijheid niet erg te vinden. Toen ze zich uit de voeten maakten zag Lorenzo haar glimlachen, hij wist het zeker.

Augustus 1430

8

Een belangrijk onderhoud

De rijpaarden stoven over het onverharde pad. Rechts lagen blonde graanvelden zo ver het oog reikte. Links staken fiere groene cipressen als donkere vlammen af tegen het indigoblauw van de hemel.

Cosimo voelde het zweet langs zijn nek druppelen. Zijn kraag was doorweekt en plakte aan zijn huid. Hij gaf zijn paard de sporen om het tempo te verhogen. Lorenzo kon hem op zijn vos nauwelijks bijhouden. Er was geen tijd te verliezen, hij wilde er zo snel mogelijk zijn.

Hij wist dat Niccolò da Uzzano zich tegen de oorlog met Lucca had uitgesproken, maar nu Francesco Sforza oprukte naar de Val di Nievole om de mannen van Fortebraccio in te maken, kon een beslissing niet langer uitgesteld worden. Maar hij wilde zijn trouwste bondgenoot niet tegen zich in het harnas jagen.

En bovendien was Niccolò oud, zwak en moe van al die nutteloze veldslagen. Teleurgesteld omdat er niet naar hem werd geluisterd en in de wetenschap dat Albizzi tegen hem was, had hij in die bloedhete zomerdagen besloten zich terug te trekken in zijn villa op het platteland, in de omgeving van Montespertoli, alsof hij in de voetsporen wilde treden van de Romeinse veldheer Cincinnatus.

Cosimo gaf zijn glanzende paard nog eens de sporen. Hij genoot van het prachtige Florentijnse landschap en de wind die weldadig in zijn gezicht waaide. Zijn lange zwarte haren wapperden als een inktvlek in de blauwe lucht.

Lang was er in de velden niet veel meer te zien dan een enkele boerderij, tot hij een smal pad insloeg en er opeens een donker hek voor hem opdoemde met ervoor twee wachters in een leren pantser met ijzerbeslag en laarzen. Ze hielden elk een lange piek vast en wekten de indruk bijna weg te smelten in de brandende zon. Cosimo bracht zijn paard abrupt tot stilstand waardoor het schrok, steigerde en, toen het weer met de voorbenen op de grond landde, een grote stofwolk deed opwaaien.

'Wie zijn jullie?' vroeg de ene wachter terwijl hij lusteloos zijn piek naar voren stak.

Terwijl het paard snoof, schuimbekkend door de lange rit, wierp Cosimo de soldaat een vernietigende blik toe.

'Wat zullen we nu krijgen!' riep hij woedend uit. 'Herken je de kleuren van de Medici niet?' En terwijl hij dat zei wees hij op het dek van zijn paard met daarop het familiewapen: zes rode ballen op een gouden veld.

De andere wachter schudde zijn hoofd, alsof hij zich voor zijn maat wilde verontschuldigen. Hij streek met zijn gehandschoende vingers over zijn dikke kastanjebruine snor. 'Vergeef hem, messer Cosimo. Onze heer en meester Niccolò da Uzzano hoopte al u te ontmoeten. Uw bezoek zal hem zeker een plezier doen. Rijdt u maar door en volg de geplaveide weg.'

Zonder verder af te wachten stuurde Cosimo zijn paard in volle vaart de weg op. Lorenzo volgde hem. De hoeven klepperden op het plaveisel terwijl de paarden galoppeerden tussen mirte- en laurierhagen en struiken die zwart zagen van de bramen.

Toen ze op het voorplein van de villa waren aangekomen sprong Cosimo uit het zadel en gaf de leidsels over aan een staljongen.

'Denk erom dat onze paarden haver en water krijgen. Dat hebben ze wel verdiend.'

Ze werden opgewacht door een bediende die hun voorging, de villa van Niccolò in.

'Alsjeblieft, Cosimo, probeer het te begrijpen. Ons geliefde Florence zal geen enkel profijt hebben van een oorlog met Lucca. Rinaldo degli Albizzi gooit zich met volle overgave in de strijd omdat hij in zijn oorlogszucht niets anders weet te verzinnen dan de op buit beluste hand van

Niccolò Fortebraccio te bewapenen. Hij spant al een tijdje samen met Palla Strozzi om Lucca in handen te krijgen. Maar dat is niet de manier waarop we voorspoed en vrede zullen bereiken, geloof me. We hebben wel geleerd hoe afschuwelijk het is andermans orders te moeten opvolgen toen we tegen Milaan hebben gevochten. Een oorlog die ons onnoemelijk veel florijnen heeft gekost en nergens toe heeft geleid, behalve tot het verlies van de jongste en moedigste mannen van ons volk. Wat is het doel, het nut van een aanval op Lucca? En dan heb ik het nog niet over Francesco Sforza die op dit moment optrekt tegen Fortebraccio. Je weet hoe meedogenloos en geducht die man is.'

De oude Niccolò da Uzzano liet zijn armen langs zijn lichaam vallen. De plukjes zilvergrijs haar die onder zijn kaproen uit kwamen leken de verbeelding van zijn vermoeide wijsheid. Zijn paarse mantel deinde om zijn schouders terwijl hij met grote passen de salon op en neer liep. Cosimo luisterde aandachtig naar hem. Hij wist heel goed hoezeer Uzzano eraan hechtte de vrede te bewaren in Florence en hoezeer Albizzi er aan de andere kant alles aan deed om die te verstoren. Eerst Volterra, toen Lucca: het leek haast of Rinaldo leefde voor oorlog. Ten koste van de levens van anderen, welteverstaan.

Cosimo wisselde een blik met Lorenzo.

Ze hadden Uzzano in het diepste geheim ontmoet, want het was niet verstandig te worden gezien in het gezelschap van de ene partij ten gunste van de andere partij, en iedereen in Florence wist dat Albizzi oorlog wilde en Uzzano naar vrede streefde. Aan de andere kant moest Cosimo hem wel op de hoogte brengen van de uitspraak van de Raad van Tien. Een uitspraak waar hijzelf, met behulp van zijn eigen mensen, voor had gezorgd.

'We hebben gedaan wat we konden, Niccolò. Overigens, de Raad van Tien heeft een besluit genomen. Op advies van mijn partij natuurlijk, en je zult zien dat de oplossing die we erdoor hebben gekregen en waarvoor ik garant sta, waardevol zal blijken. Je hebt gelijk als je zegt dat het verkeerd is om Lucca aan te vallen, vooral nu Sforza de verdediging van de stad op zich heeft genomen, maar moeten we dat dan maar laten gebeuren en er verder van afzien onze hegemonie uit te breiden? Je weet hoezeer ik de pest heb aan Rinaldo degli Albizzi, maar als we accepteren dat de Milanezen oprukken, zitten we spoedig weggedrukt in een hoekje te bedelen om alleen al in leven te blijven, in onze eigen stad.'

Niccolò kneep zijn ogen tot spleetjes. De implicatie van die woorden was hem niet ontgaan. Cosimo leek op zijn vader, maar daarbij leek hij een zekere dubbelhartigheid niet te schuwen: aan de ene kant verklaarde hij zich tegen de oorlog, maar tegelijkertijd liet hij doorschemeren dat hij er wel achter kon staan.

'Voorzichtig, Cosimo. Ik snap waar je heen wilt, en ik zeg niet dat wat je beweert ongegrond is, maar onthoud dat je niet tegelijkertijd aan mijn kant én aan die van Rinaldo degli Albizzi kunt staan. Kies daarom je bondgenoten zorgvuldig.'

Cosimo voelde duidelijk de irritatie die doorklonk in de woorden van de oude, wijze Uzzano. Hij wist dat hij hem moest paaien en laten weten hoe hij van plan was te werk te gaan en waarom, want hij kon hem niet helemaal buiten zijn strategie houden.

'Ik begrijp wat je bedoelt, Niccolò en geloof me, de Medici zijn jouw bondgenoten en voorstanders van de vrede. Aan de andere kant weten we allemaal hoe gevaarlijk de aanwezigheid van Francesco Sforza kan zijn. Milaan heeft ons in het verleden al beschadigd en het zou een vergissing zijn om Lucca nu aan hem te geven. Het staat vast dat Sforza de stad zal bevrijden van de belegering door Fortebraccio. Hij heeft veel meer manschappen die ook nog eens beter bewapend zijn en het is niet ondenkbaar dat hij, terwijl wij hier staan te praten, net triomfantelijk optrekt naar Lucca.'

'Ook ik twijfel daar niet aan. Het is een ongelijkwaardige strijd en verder wordt Fortebraccio binnenkort het leiderschap ontnomen, als ik het wel heb.'

Dat feit was nieuw voor Cosimo, maar voor zijn betoog was het irrelevant.

'Wat ik geloof, Niccolò, en de Raad van Tien is het hiermee eens, is dat we ons kunnen bevrijden van Francesco Sforza zonder ook maar een zwaard te trekken, begrijp je wat ik bedoel?'

'Je moet toegeven dat dat een groot voordeel zou zijn, denk je niet?'

voegde Lorenzo eraan toe, die het, zonder dat hij het verhaal van zijn broer wilde onderbreken, niet kon nalaten te benadrukken hoe goed de oplossing was waarmee ze kwamen.

Uzzano trok ongelovig een wenkbrauw op. Maar Cosimo sprak verder.

'Ik geloof niet dat we hoeven te twijfelen over de buit waarop die aanvoerders van huurlegers azen. Het echte probleem is dat niemand van ons een militaire vorming heeft gehad en dat het opnemen van de wapens daardoor een vak is geworden, en goed betaald ook nog. En dat is precies wat ik van plan ben.'

'Hem betalen?' vroeg Niccolò.

'Hoe ik ervoor zorg dat Sforza zich terugtrekt, is mijn zaak. Wat ik je probeer duidelijk te maken is dat ook ik vrede nastreef en onnodig bloedvergieten wil voorkomen. Helemaal als degenen die strijd voeren, dat uiteindelijk alleen maar voor het geld doen. Daarom weet ik zeker dat hij zal toehappen.'

De oude Niccolò da Uzzano zuchtte.

'Goed dan, mijn zegen heb je!'

Lorenzo glimlachte.

'Maar denk erom,' voegde hij er onmiddellijk aan toe, 'ik wil niet dat er bij het uitvoeren van je plan ook maar één zwaard getrokken wordt.'

'Dat heb ik je beloofd, toch? In naam van de vriendschap die onze families van oudsher met elkaar verbindt.'

Niccolò knikte. 'Goed dan,' zei hij op een toon die op Cosimo als tevreden overkwam. 'Maar voor jullie teruggaan naar Florence blijven jullie hier eten en daarna rusten jullie wat uit. Ik heb de kamers al in orde laten maken en met een beetje geluk krijgen jullie de lekkerste patrijzenpastei die je ooit hebt geproefd.'

Dat liet Lorenzo zich geen twee keer zeggen.

'Heel graag,' zei hij, 'ik heb honger gekregen van de lange rit.'

'En wees erop voorbereid dat Francesco Sforza zich bij jullie onderhandelingen niet zonder slag of stoot gewonnen zal geven. Die man heeft een enorme eerzucht en een ongelooflijke ambitie. Hij is niet gemakkelijk in te palmen, het is belangrijk dat jullie dat weten.'

'Ik onderschat hem heus niet, als dat is waar je bang voor bent, mijn vriend,' antwoordde Cosimo.

'Onthoud het in ieder geval goed. En als het anders loopt, dan hoop ik dat God met ons is.'

De woorden van Niccolò da Uzzano bleven somber en dreigend in de lucht hangen.

9

Het slagveld

Uit de buksen kringelde blauwe rook op naar de hemel. De jonge Neri zag hoe de ruiters van Francesco Sforza met gebogen hoofd hun wapens laadden. Die duivels waren in rap tempo dichterbij gekomen, al werden ze voortdurend bestookt met bombardes. Het was zover, Neri maakte zich op voor de confrontatie. Opeens zag hij de schuimende neus van een paard voor zich en boven zijn hoofd de kling van een neerdalend zwaard. Hij zwaaide zijn loodzware *Zweihänder* met beide armen omhoog. Blauwige vonken spatten in het rond toen de zwaarden op elkaar stootten, maar Neri bleef overeind. Om zich heen zag hij zijn strijdmakkers bij bosjes onderuitgaan.

De ruiter die hem had aangevallen reed eerst door, maar bracht daarna zijn paard tot staan. Het beest steigerde, maaide met zijn voorbenen in de lucht, draaide zich om en kwam opnieuw op Neri af.

Neri wist niet wat hij moest doen. Hij stierf van angst. Hij voelde hoe de urine langs zijn benen sijpelde en zijn kousen doorweekte. Op een paar passen van Neri hield de soldaat plotseling in, slingerde met een volkomen beheerste, soepele beweging zijn been omhoog en sprong terwijl het paard nog door stapte uit het zadel.

De man landde op de grond, een bruine stofwolk waaide op. Toen stootte hij toe met zijn zwaard. Het was een enkele, vloeiende beweging, die Neri totaal overrompelde. De jongen tilde met twee handen zijn slagzwaard op om zich te verdedigen en wist de aanval zo goed en zo kwaad als het ging te pareren, maar de stoot met het zwaard was zo hard en zijn eigen wapen zo zwaar, dat hij zijn evenwicht verloor en viel.

Hij hapte in het stof, maar had geen tijd te verliezen. In een wip stond hij weer overeind, net op tijd om zich te verdedigen tegen de volgende reeks stoten. Het wapen van die ruiter was een verschrikking en Neri had het gevoel dat de man met hem speelde, alsof hij er plezier in had zijn eerste fout af te wachten, om hem vervolgens aan zijn zwaard te rijgen.

Neri kon geen kant op in de wirwar van harnassen, ijzer en leer. In de tussentijd had zijn tegenstander zich opgemaakt voor een nieuwe aanval. Neri pareerde opnieuw, maar toen hij een tegenaanval probeerde, stapte de ruiter opzij, waardoor Neri in de lucht stak en een steek in zijn onderlijf toegediend kreeg.

De pijn kwam plotseling, fel. Het leek of zijn linkerbeen opeens niet meer meedeed. Hij voelde dat zijn bovenbeen nat werd en zag meteen de donkere vlek op zijn lichtgrijze kous, alsof er een rivier buiten zijn oevers was getreden en over zijn been stroomde. En die rivier had de kleur van wijn.

De jongen stortte op zijn knieën. De snee in zijn dij was zo diep dat hij niet kon geloven dat zijn been nog vastzat aan de rest van zijn lijf. De wond bloedde heftig. Hij huilde van pijn. En terwijl hij daar machteloos op de grond lag, zag hij het zwaard van de ruiter op zich neerdalen, als de dag des oordeels.

Francesco Sforza haalde uit, van rechts naar links. Het hoofd van de soldaat kwam los en rolde weg. Een fontein van bloed spoot uit het onthoofde lijf en wat er nog over was van de Florentijnse soldaat viel vervolgens met een plof op de aarde.

Francesco Sforza klapte het vizier van zijn helm op. Om zich heen zag hij de verslagen soldaten van Niccolò Fortebraccio. Paarden en infanteristen keerden om in een poging de verwoestende aanval van Sforza's mannen te ontvluchten.

Hij spuwde op de grond. Het was een smerige oorlog. Dat wist hij beter dan wie ook. Er viel geen eer te behalen, alleen geld, en die paar stuivers die de hertog van Milaan en Guinigi van Lucca hem hadden geboden, wogen in de verste verte niet op tegen de moeite die het hem en zijn mannen kostte om die stad te veroveren.

Maar zo was het nu eenmaal. Orders waren orders en Francesco had een contract waaraan hij zich moest houden, anders had hij maar een ander beroep moeten kiezen.

Hij gooide zijn helm op de grond, zijn bruine haar droop van het zweet.

Florence moest wel aan het eind van haar krachten zijn dat er nu ook al jongens op hem werden afgestuurd, dacht hij bitter. De tegenstander die hij zojuist had verslagen oogde niet ouder dan zestien en had duidelijk geen enkele kennis van krijgskunst. Zijn lot was bezegeld op het moment dat hij in de brandende zon had geprobeerd hem met ongecoordineerde bewegingen af te weren, in het wilde weg maaiend met een zwaard dat groter was dan hijzelf.

Sforza stikte zowat in die vervloekte maliënkolder. Het zweet gutste langs zijn lijf en parelde op zijn gezicht, dat strak stond van spanning.

Er was geen respect meer, bedacht hij. En hij was moe, doodmoe. Hij had zich al dagen niet gewassen en had behoefte aan een bad. Hij probeerde de dag van de positieve kant te bekijken: nu zou hij in elk geval als een held Lucca binnentrekken en Guinigi zou hem met alle egards behandelen. Hij zou eten tot hij plofte en daarna nog een paar boerinnen neuken.

Hij glimlachte even en keek om zich heen. Hij zag Bartolomeo D'Alviano, zijn steun en toeverlaat, op hem afkomen. Slepend met zijn voeten baande de man zich een weg tussen de doden.

'*C-capitano*,' stamelde Bartolomeo. Hij was zo moe dat zijn adem en zijn stem stokten. 'Ik ben kapot!'

'Dat zie ik, mijn beste D'Alviano, maar we hebben ons vandaag uitstekend geweerd,' zei Sforza. 'Die hond van een Niccolò Fortebraccio zal zich hier niet zo snel meer vertonen, denk ik.' Bij die woorden kon hij een tevreden grijns niet onderdrukken.

'Dat denk ik ook niet, kapitein.'

D'Alviano produceerde met moeite een glimlach en toonde een rij zwarte, door wijn en verwaarlozing verrotte tanden.

'Ben je een beetje heel gebleven?'

'Een paar schrammen, niets ernstigs. We kunnen bepaald niet zeggen dat Fortebraccio naar behoren partij heeft gegeven.'

‘Nee, zeker niet. Als ik dat had geweten had ik mijn maliënkolder niet eens aangedaan,’ lachte Sforza.

‘Zeg dat wel, het is bloedheet,’ verzuchtte D’Alviano.

‘In elk geval hebben we deze klus weer geklaard. Heb je een idee hoe veel man we verloren hebben?’

‘Daar kan ik nu nog niets over zeggen, mijn heer, maar ik durf wel te stellen dat deze schermutseling ruimschoots in ons voordeel is beslist.’

‘Dat denk ik ook. Geef jij opdracht onze mannen te begraven en de andere slachtoffers alles af te nemen wat bruikbaar is. In de tussentijd leid ik de voorhoede naar de poorten van Lucca. Daar wacht ik op je, zodat we samen de stad binnen kunnen gaan.’

Bartolomeo D’Alviano knikte en nam afscheid. Hij keerde terug naar zijn mannen om zijn orders uit te voeren.

Francesco Sforza riep zijn paard bij zich en klom in het zadel.

Uiteindelijk was het leven zo slecht nog niet. Met een beetje geluk zou hij over twee dagen in een bed met schone lakens slapen.

10

De familie-eer

‘Ik wil vechten voor mijn stad, snap je dat niet?’

‘Maar denk je dan niet aan mij? Sforza is opgerukt tegen Fortebraccio en zal spoedig Lucca bevrijden. Ze zeggen dat iedereen die hem voor de voeten loopt onvermijdelijk valt, als een blad in de herfst.’

Piero keek naar zijn moeder Contessina. Haar gezicht was rood. Op haar wangen schitterden tranen zo groot als edelstenen. Haar mooie rode lippen trilden van angst en verdriet. Hoe was het mogelijk dat ze het niet begreep! Hij moest vechten! Hij wilde aan zijn vader en heel Florence laten zien uit welk hout hij gesneden was!

‘Ik ben een Medici net als mijn vader en zíjn vader, ja? Maar ik ben geen politicus en ook geen koopman, ik ben niet zoals zij, moeder! Ik ben niet goed in rekenen en heb geen talent voor kunst of voor het politieke spel. Ik heb alleen deze handen en dit hart, en geloof me, dat klopt voor ons volk.’

Contessina zat op de rand van het hemelbed. Ze hield haar hoofd in haar handen en snikte.

Piero draaide zich om. Het deed hem pijn haar zo te zien maar zijn besluit stond vast. Hij staarde naar de oranjekleurige vlammetjes van de kaarsen die als brandende tongen weerkaatsten in zijn pupillen. Hij wist dat hij niet op zijn vader leek. En ook niet op zijn oom Lorenzo. En dat zat hem dwars.

Hij wilde dat iedereen wist dat hij een Medici was. En die oorlog was een ongelooflijke kans. Die wilde hij niet zijn neus voorbij laten gaan. In geen geval.

Nog nooit had iemand in zijn familie gekozen voor een militaire carrière. Waarom kon híj die weg dan niet inslaan? Zeker, hij was fysiek niet de sterkste, maar hij kon goed met het zwaard omgaan.

Op dat moment kwam zijn grootmoeder Piccarda binnen.

Contessina leek wat op te leven toen ze haar zag. Ze keek op, alsof haar moed opeens was teruggekeerd.

Door de grote open ramen waaide een zacht briesje dat de vochtige warme geuren van die augustusavond de kamer binnen bracht. Piccarda keek naar haar kleinzoon en haar mooie schoondochter wier ogen nog altijd rood waren van het huilen.

'Wat is er aan de hand?' vroeg ze een beetje argwanend.

'Ach, *madonna* Piccarda,' zei Contessina, gebruikmakend van haar komst. 'Piero wil niet naar me luisteren. Hij wil ons verlaten om tegen Sforza te vechten. Maar heeft dat zin, vraag ik me af, als het lot van Fortebraccio al bezegeld is?'

'Moeten we dan maar blijven toekijken hoe Milaan bezit neemt van Lucca en daarna misschien wel onze kant op komt?'

Piero's stem klonk geërgerd.

Piccarda keek hem misprijzend aan.

'Is het waar, Piero?'

'Wat?'

'Dat je dienst wilt nemen in het leger van Fortebraccio.'

'Ik wil vechten voor mijn stad,' herhaalde hij en deze keer zei hij het met alle woede die hij in zich had.

Piccarda gaf geen krimp.

'Heb je enig idee wat er gebeurd is?' Dat had Piero niet.

'Francesco Sforza is opgetrokken naar de Val di Nievole en ondervindt nauwelijks weerstand. Sinds een paar dagen is hij ingekwartierd in de Lunigiana. Ik hoef je niet te vertellen dat Fortebraccio's dagen zijn geteld. En daarom zijn je vader en je oom in actie gekomen.'

Piero zette grote ogen op.

'Verbaast je dat?'

'Maar... waar zijn ze dan heen gegaan?' was alles wat de jongen kon uitbrengen.

Piccarda kneep haar ogen tot spleetjes. Piero had nog veel te leren.

Zijn moeder zou harder tegen hem moeten optreden, maar wat Contessina niet lukte, was voor haar misschien gemakkelijker.

'Cosimo en Lorenzo zijn naar Montespertoli vertrokken om onze belangrijkste politieke bondgenoot, Niccolò da Uzzano, uit te leggen dat de Medici niet van plan zijn de oorlog aan te moedigen, maar óók niet kunnen tolereren dat Sforza straffeloos tegen Lucca optrekt.'

'En hoe gaan ze dat dan doen?' vroeg Contessina argeloos, vol bewondering luisterend naar haar wijze schoonmoeder.

Piccarda staarde haar aan. Ze zuchtte.

'Meisje, dat zullen ze doen met het enige wat voor Sforza echt belangrijk is, met geld. Maar we weten niet of dat voldoende zal zijn. En daarom maakt Lorenzo zich klaar om naar Rome te gaan, voor het geval ze geen succes hebben in de Lunigiana. Niet alleen om de resultaten en het bestuur van onze bank te controleren, maar om, zo nodig, zijn opwachting te maken bij de paus. Gelukkig heeft onze familie altijd de pauselijke gunst genoten, in elk geval sinds Giovanni met een vooruitziende blik besloot steun te betuigen aan Baldassarre Cossa, die later onder de naam Johannes XXIII de pauselijke zetel besteeg, en ook de huidige paus Martinus V is ons goedgezind. Maar of dat voldoende is? Ik vraag het me voortdurend af en ik hoop van harte dat het zo is. Als Cosimo's plan niet werkt, dan zal de paus zeker de afloop van het bloedige conflict dat ons grondgebied teistert kunnen beïnvloeden.'

'En dus...?' vroeg Piero aarzelend. Hij wist heel goed dat hij maar beter niet in discussie kon gaan met zijn grootmoeder. Ze had altijd het laatste woord en al zijn onverschrokkenheid leek, eenmaal geconfronteerd met het sterke karakter van deze vrouw, als sneeuw voor de zon te smelten.

'En dus, lieve kleinzoon van me, snap je wel dat al je ijver vergeefs zou zijn? De strijd is vaak al beslist voor er gestreden is. Onthoud dat maar goed! Je behoort niet tot een familie van krijgers, maar van bankiers, politici en kunstenaars. Pluk de vruchten van de opvoeding die je van je vader kreeg. Het is niet iedereen gegeven om huisonderwijzers als Carlo Marsuppini en Antonio Pacini te hebben. Je zou hem dankbaar moeten zijn voor het onderwijs dat je krijgt en elke minuut van je tijd moeten benutten om te leren en te studeren. Er komt een dag dat de verantwoordelijkheid van deze familie bij jou ligt, en als je zo veel ontvangen hebt, zul je iets terug moeten geven!'

Bij die woorden hief Piccarda vermanend haar vinger op tegen haar kleinzoon. Ze was zo overtuigend en zo serieus dat ze de jongen in een oogwenk de mond had weten te snoeren.

Contessina zweeg vol bewondering.

Piccarda had nog maar een paar maanden geleden haar geliefde echtgenoot verloren, en toch leek die vreselijke gebeurtenis haar niet te verzwakken, maar juist met de dag sterker te maken.

'En nu moet je je klaarmaken voor de nacht en gaan slapen,' besloot ze. 'Je moeder en ik zullen bidden dat de onderhandelingen van je vader vruchten afwerpen.'

11

Triomf

Francesco Sforza deed zijn best een glorieuze indruk te wekken tijdens zijn intocht in Lucca. Fier zat hij op zijn kaneelkleurige paard, maar in zijn lijf voelde hij de pijn van de gevechten van de afgelopen dagen. Zijn lange haar was doorweekt van het zweet en zijn fijn bewerkte wapenrusting schitterde in de meedogenloze zon. Hij zou het liefst alles afdoen en in zijn tunica verder rijden. Hij had last van de hitte, maar probeerde te denken aan de rijkelijke beloning die hem te wachten stond. Bij een overwinning hoorde nu eenmaal een eerbetoon vol pracht en praal. De triomfantelijke entree in Lucca was een noodzakelijk kwaad, dus zat er niets anders op dan op zijn te tanden bijten... en te zweten.

Volgens Paolo Guinigi, de tiran van Lucca en zijn opdrachtgever, was het juist dit spektakel dat de mensen dolgraag wilden zien.

En het volk stond hem inderdaad op te wachten. Lange rijen mensen stonden langs de smalle straten van Lucca, ze dromden samen op de pleinen, verdrongen zich in de stegen, zwaaiden met witte en rode lappen, de kleuren van de stad. Het duizelde hem bijna.

Bartolomeo D'Alviano, die naast Francesco Sforza aan het hoofd van de colonne reed, kwam ogen te kort en draaide voortdurend zijn hoofd van links naar rechts.

De dames prevelden liefdesverklaringen en wierpen bloemen vanuit de smalle ramen van de hoge huizen, de volksvrouwen juichten opgetogen bij het zien van zo veel pracht en ontblootten extatisch hun blanke borsten, de mannen schreeuwden enthousiast de naam van Sforza die hen had bevrijd van het Florentijnse juk. De kinderen op de schouders van hun vaders staarden met grote ogen naar de indrukwekkende *condottiere.*

Ze moesten eens weten waar zijn werk echt uit bestond, dacht Francesco. Plunderen en dolkstoten in de rug uitdelen, dat was zijn beroep. Altijd en overal vuil spel spelen. In oorlogen was er geen sprake van eervol gedrag, alleen van trucs om het vege lijf te redden. Hij wist dat als geen ander. Hij had veel meer veldslagen gewonnen door hinderlagen en corruptie dan door man-tegen-mangevechten in het open veld. Maar nu had hij daar lak aan. En trouwens, de keren dat hij met zijn blote handen had moeten vechten, had hij zich zeker niet teruggetrokken. Dat deed hij nooit, om eerlijk te zijn.

Florence, Lucca, Siena en Pisa vlogen elkaar voortdurend aan, als een stel dolle honden, uit op macht die niemand werkelijk wist af te dwingen.

De juichkreten waren niet van de lucht. De rood-witte vlaggen van Lucca wapperden fier in de helse hitte van die augustusdag.

Trots en waardig waren ze in de brandende zon de stad door getrokken en nu stonden ze eindelijk voor Guinigi's Citadel, een imposante aaneengesloten vesting met negenentwintig torens. Voor de poorten stonden soldaten in de kleuren van de Signoria.

'Hij mag dan de heer van deze stad zijn, maar zo te zien heeft hij zich verschanst in zijn eigen huis,' liet D'Alviano zich ontglippen.

'Zijn dagen zijn inmiddels geteld,' mompelde Francesco Sforza, 'weet je hoe ze hem noemen?'

'Geen idee,' antwoordde Bartolomeo.

'Vrouwendoder,' zei Sforza.

'Wat een rare bijnaam... Waarom is dat?'

'Omdat hij er in twintig jaar tijd vier heeft versleten: Maria Caterina degli Antelminelli, die hij trouwde toen ze elf was en die kort na het huwelijk is gestorven, Ilaria del Carretto die de bevalling van haar tweede kind niet overleefde en daarna nog Piacentina da Varano en Jacopa Trinci.'

'Goeie god, een ware slachting.'

'Precies. Begrijp je nu met wie we te maken hebben? Met een levensgevaarlijke slang, dat zeg ik je. Laat mij daarom het woord maar doen, want ik vrees dat we voor elke dukaat moeten knokken. Om dezelfde reden laat ik je ook alvast weten dat ik vanavond de Florentijnen in ons kamp aan de overkant van de rivier de Serchio verwacht. Ze willen me een voorstel doen. Dus pas op: mondje dicht.'

'De Florentijnen?' vroeg D'Alviano ongelovig.

'Cosimo de' Medici.'

'Nee maar!'

'Zeg dat wel.'

Met die woorden zette Francesco Sforza koers naar de ingang van de Citadel. D'Alviano en zijn mannen volgden hem en werden al snel opgeslokt door de grote valhekpoort van de vesting, terwijl het feestende volk werd buitengesloten en door bleef jubelen in de stad.

'Mijn beste vrienden,' begroette Paolo Guinigi hen, toen Francesco Sforza en Bartolomeo D'Alviano hun opwachting maakten in de Sala della Signoria. Zijn stem, die niet hartelijker had kunnen klinken, was in strijd met zijn stuurse gezicht, dat omlijst werd door een krullerige puntbaard die zijn grimmige aasgiertrekken versterkte.

Hij zat al een poosje op hen te wachten. Hij droeg een prachtig donkerblauw wambuis, versierd met zilverkleurige biezen en stiksels, in de taille losjes bijeengehouden door een mooie zijden sjerp.

'Mijn dierbare heer, hoe maakt u het?' vroeg Francesco Sforza.

'Goed, helemaal nu jullie hier in mijn stad zijn. Florence zal er nu wel voor waken om tegen ons ten strijde te trekken.'

'Dat denk ik ook,' antwoordde Sforza. 'Niccolò Fortebraccio heeft in de Lunigiana zo'n zware nederlaag geleden dat hij het niet snel opnieuw zal proberen, tenminste niet zo lang ik er ben om u te verdedigen.'

'Precies!' riep Guinigi, met een vinger naar de hemel wijzend alsof hij zojuist was getroffen door goddelijke inspiratie. 'Zo lang u over Lucca waakt zal ik rustig kunnen slapen. Ik weet dat het volk, ondanks het enthousiasme waarmee u vandaag bent ontvangen, niet echt dol op me is.'

'Meent u dat?' vroeg Sforza met voorgewende verbazing.

Paolo Guinigi leek de geamuseerde grijns die om de mond van de condottiere speelde niet op te merken en ging verder alsof er niets aan de hand was.

'Ondankbare schepsels, dat zijn het!' zei hij vol afkeer. 'Ik heb me kapot gewerkt voor hen, ik heb kunstwerken laten vervaardigen, ik heb opdracht gegeven deze onneembare vesting te bouwen om hen te verdedigen, en wat krijg ik ervoor terug?'

'Hebt u de vesting voor hen of voor uzelf laten bouwen, mijn heer?' Sforza wilde zich nog even vermaken met Guinigi's grootspraak.

De tiran ontging de ironie van die opmerking niet, maar hij was een intelligent man en liet zich niet bespotten zonder daar iets spitsvondigs tegenover te zetten.

'Maar capitano, een heer en zijn volk zijn toch een en dezelfde, denkt u ook niet?'

'Natuurlijk, natuurlijk,' gaf Sforza toe, en vond het toen tijd om ter zake te komen.

'Zou u me dan nu de overeengekomen beloning van tienduizend dukaten willen betalen en daar nog eens tienduizend bovenop doen als voorschot op de toekomstige bescherming van uw stad? Ik heb minstens honderd man verloren dezer dagen en zoals u weet moet ook voor de verdediging betaald worden.'

'Belofte maakt schuld,' antwoordde Paolo Guinigi zonder aarzelen. Hij knipte met zijn vingers en een tel later kwamen twee mannen de zaal binnen met een kist die ze voor de condottiere op de grond zetten.

'Kijk eens, *messeri*,' zei de heer van Lucca, 'hier zijn tienduizend gouden dukaten. U hebt ze wel verdiend.'

Bartolomeo D'Alviano werd bijna verblind door de enorme berg blikkerende munten in de geopende kist.

Maar Francesco Sforza was nog niet tevreden.

'Goed, de vorige schuld is hiermee ingelost. Maar hoe zit het met het geld voor de toekomst?'

'Wat zegt u?'

'U hebt me wel gehoord.'

Guinigi's mond wrong zich in een grijns die een glimlach moest voorstellen. Het werd een grimas die niet had misstaan op de snuit van een sluwe vos.

'Tienduizend dukaten om de toekomst van deze stad veilig te stellen? Kom nu, capitano, de vorige keer hebt u ook niet zo veel gevraagd en nu wilt u de betaling nog vóór u de wapens tegen de vijand hebt opgenomen. Vindt u dat zelf ook niet wat overdreven?'

'Bedoelt u dat u over de prijs wilt onderhandelen en daarmee de veiligheid van uzelf en uw volk in gevaar wilt brengen? Want, en dat weet u nog beter dan ik, de Florentijnen zullen zich spoedig hergroeperen en terugkeren om de stad te belegeren. Misschien sturen ze dan niet Fortebraccio, maar ze zullen zeker iemand vinden die in staat is een handvol barbaren aan te voeren die u best in ruil voor een paar gouden munten willen komen lastigvallen. Wilt u dat risico echt lopen?'

Paolo Guinigi zuchtte. Zijn gezicht sprak boekdelen, en uiteindelijk mompelde hij een bedrag en een belofte.

'Vijfduizend,' siste hij tussen zijn tanden, 'en nog eens vijftienduizend als de klus geklaard is. Maar dan wil ik ook geen Florentijn meer rond mijn stad zien.'

Sforza hield zijn hoofd schuin. Hij koos zijn woorden zorgvuldig.

'Vijfduizend is beter dan niets. Maar het is te weinig, dat kan ik nu al zeggen. Voorlopig neem ik er echter genoegen mee.'

'Doet u dat alstublieft, dan verhoog ik het tweede bedrag tot twintigduizend dukaten. U weet hoe groot mijn eerbied voor de hertog van Milaan is.'

'Even groot als uw portemonnee, mijn heer.' En terwijl hij dat zei keek Francesco Sforza om zich heen, van de kleurige fresco's op de wanden met afbeeldingen van de seizoenen naar de harnassen en rekken met zwaarden, als wapenschouw uiteraard, en vervolgens naar de dressoirs en kasten van Frans-Vlaamse makelij met houtsnijwerk in de vorm van wijnranken en afgewerkt met smeedijzeren details. Van een paar op houten panelen geschilderde drieluiken naar de imposante tafel in het midden van de zaal, onberispelijk gedekt met porselein, massief gouden bestek en prachtige glazen. Eromheen stonden twaalf houten stoelen, bewerkt met historische afbeeldingen. Aan de houten balken van het plafond hingen indrukwekkende smeedijzeren kroonluchters met elk twaalf kaarsen.

Voor een tiran die inmiddels gehaat werd door zijn volk leek het nog behoorlijk goed te gaan met Paolo Guinigi. En dat had hij te danken aan mannen zoals hij, condottieri die het vuile werk opknapten en elke keer weer het risico liepen aan het zwaard te worden geregen.

'Mooi hè, die fresco's van Priamo della Quercia? Zoals u ziet stellen ze de vier seizoenen voor.' De stem van Guinigi klonk honingzoet. 'En nu mijn mannen zoals afgesproken bezig zijn de laatste vijfduizend dukaten te tellen om die hierheen te brengen, wil ik u vragen mijn gast te zijn bij het middagmaal. Ik hoop dat u zich bij mij wilt voegen.'

Zonder een ja af te wachten pakte Paolo Guinigi een gouden belletje van de tafel en zwaaide er zo heftig mee dat het elk moment uit elkaar kon vallen.

Na een paar seconden verscheen er een dienstknecht, vergezeld van een heel legertje keukenpersoneel: een voorsnijder, een vleesmeester, een schenker, een keldermeester en het hoofd van de voorraden.

Als een stel gedresseerde honden gaven ze om beurten een toelichting bij de gerechten die zouden worden geserveerd, en uiteraard ook bij de wijnen.

Na de eindeloze beschrijving van hammen en worsten, gevulde pasta's, pasteien in korstdeeg, gebraad en stoofvlees, kazen, fruit en gebak, stond D'Alvanio haast op het punt zijn zwaard te trekken om het zestal naar de andere wereld te helpen.

Sforza keek begripvol naar hem maar seinde met zijn ogen dat hij zich moest beheersen.

Toen de zes eindelijk klaar waren met hun lofzang op de heerlijkheden die hun te wachten stonden, vroeg Paolo Guinigi zijn twee gasten plaats te nemen.

Dat liet Francesco Sforza zich geen twee keer zeggen en toen hij een stoel, zeg maar gerust een troon, aangewezen had gekregen, bedacht hij dat kunst, kleding, stoffen, meubels, kroonluchters, fresco's, exquise wijnen en verfijnd voedsel dan misschien prachtige en aantrekkelijke luxeartikelen waren, maar tegelijkertijd een gif dat een man kon veranderen in een weke slappeling, niet in staat voor zichzelf te zorgen en zijn eigen volk te verdedigen. Zo zou híj niet willen worden.

Hij zat dan ook met een dubbel gevoel aan tafel terwijl de bedienden de heerlijke spijzen serveerden.

Hij wist heel goed dat die maaltijd slechts een aangename onderbreking was van een dag die zou eindigen met belangrijke onderhandelingen. Hij hoopte van harte dat het allemaal goed zou aflopen. Als Guinigi ook maar iets had vermoed van zijn dubbelspel, zou hij zwaar in de problemen zitten. Hij wilde zijn gulle gastheer niet het mes op de keel zetten, maar als Guinigi hém zo'n rare streek zou leveren, zou hij zeker niet aarzelen.

12

Het kamp

Na het bloedbad en de oorlogsbuit, na zijn glorieuze intocht in Lucca en na het bezoek aan die losbol van een Paolo Guinigi, was Francesco Sforza teruggekeerd naar zijn kamp aan de overkant van de rivier de Serchio, bij de Colle del Lupo, voor de poorten van Pescia.

Het was een lange dag geweest en al die overdreven hoffelijke praatjes en de eindeloze maaltijd hadden hem zo afgemat dat hij haast terugverlangde naar het slagveld. Zo verging het hem bijna altijd: als hij vocht keek hij uit naar rust, en als hij rust had wilde hij weer op de vuist. En ja, het hoorde bij zijn vak, maar die eindeloze gesprekken met heren en hertogen die hem opdrachten gaven en contracten bezegelden konden hem gestolen worden. Hij liet zich graag betalen, maar besteedde zijn tijd liever aan andere dingen en, nóg liever, aan ander gezelschap. Guinigi was een idioot, net als zijn eigen heer, Filippo Maria Visconti, althans, in zijn ogen. En wat had het uiteindelijk voor zin om steeds meer geld te verdienen met veldtochten als hij nooit tijd had om zich terug te trekken in een kasteel en zich te wijden aan de jacht en lekkere meiden? Om ooit, op een dag, een van hen tot zijn uitverkorene te maken, of, wie weet, zelfs tot zijn vrouw? Waarom zou zo'n toekomst niet voor hem zijn weggelegd? Wat was er niet goed aan hem? En waarom zat hij niet op de plek van Guinigi en Visconti... Wat miste hij? Helemaal niets, sterker nog, hij kon zich uitstekend redden. Het enige wat hij kon bedenken was dat het hem misschien ontbrak aan politieke intuïtie, aan belangstelling voor intriges en berekening.

Bondgenoten! Die had hij nodig! Ambitieuze mannen die hem konden helpen, en die hij dan op zijn beurt weer een dienst kon bewijzen.

Diep in gedachten strekte hij zich uit op het veldbed dat was opgemaakt in zijn ruime tent, in afwachting van de beloning die hem zou worden gebracht. In een hoek had een trouwe ziel een tafeltje neergezet met daarop een paar flessen chianti.

En eindelijk kwam die beloning.

Ze waren precies zoals hij had gevraagd: een jonge boerin, lang van stuk, met zwart haar, volle lippen en weelderige rondingen, en een blonde schone uit het noorden, al even voluptueus en wellustig.

Francesco liet er geen gras over groeien, hij was ongeduldig geworden van al dat wachten en gepieker. Hij stortte zich op de mooie boerenmeid met het donkere haar, die hem mateloos opwond. Hij tastte in haar schort en greep haar grote, donkere borsten, kneep met zijn plompe vingers in haar tepels tot ze een kreetje slaakte van genot. Daarna begon hij als een uitgehongerde baby aan haar borsten te zuigen. Het meisje begon kirrend te lachen. Haar gewilligheid maakte het voor Sforza extra prikkelend.

Terwijl de kapitein aan de borsten van de boerin hing, trok het andere meisje zijn kousen omlaag. Hij kreunde van verlangen toen ze met haar nagels zijn ballen kietelde en vervolgens zijn lid tussen haar volle, vochtige lippen nam.

Sforza had het gevoel in het paradijs te zijn beland. Vrouwen en wapens: dat was zijn passie. En terwijl ze zo bezig waren, besloot hij dat hij die passie meer wilde koesteren, want de jaren gingen voorbij en hij moest per slot van rekening denken aan zijn oude dag.

Cosimo's paard draaide nerveuze rondjes. Samen met zijn broer was hij op weg naar Pescia. Twaalf ruiters van het Florentijnse leger hadden zich bij hen gevoegd, ze droegen glimmende, donkere kurassen en strakke helmen. Het kamp van Francesco Sforza was niet ver. De kapitein had even buiten Pescia zijn tenten opgeslagen, aan de overkant van de Serchio, bij de Colle del Lupo.

Cosimo en zijn mannen droegen een witte band om hun arm, zodat Sforza wist dat ze kwamen om te overleggen en een akkoord te bereiken. Op twee zwarte paarden zaten een paar zakken vastgesjord. Boven in de zakken zat zaaizaad, eronder, verborgen, gouden florijnen. Het doel van de reis was duidelijk: Sforza spreken, hem omkopen en ertoe bewegen Lucca weer in Florentijnse handen te brengen. Zo had de Raad van Tien, onder druk van Cosimo, bepaald en nu ook Niccolò da Uzzano op de hoogte was, kon het nieuwe hoofd van het Medici-huis alles doen wat nodig was om zich te bevrijden van de Milanese invloed op Toscaans grondgebied.

Cosimo was overigens geenszins van plan om Filippo Maria Visconti, die Francesco Sforza erop uit had gestuurd, tegen zich in het harnas te jagen. Hij wilde doen wat het beste was voor alle partijen en geen evenwicht op het spel zetten dat voor de toekomst nog nuttig zou kunnen blijken. Om goede zaken te doen moest er vrede zijn en sinds zijn vader was overleden probeerde iedereen die vrede te verstoren. Albizzi en Strozzi, niet in staat hun eigen kapitaal te vergroten zoals de Medici dat met de Bank hadden gedaan, profiteerden het meest van een politiek die werd gedicteerd door angst en oorlog.

Dit overdacht Cosimo toen hij zijn mannen een teken gaf hem te volgen.

De zon zakte langzaam weg achter de zwarte heuvelrij, een schijf van gesmolten koper die de hemel deed baden in een rode gloed.

Ze moesten voortmaken.

Cosimo spoorde zijn paard aan tot galop, Lorenzo en de twaalf mannen volgden hem. Een tijdlang reden ze dwars door een pijnbomenbos, tot de begroeiing langzaamaan dunner werd. Al snel kwam er een open plek in zicht. Daar doemde het kampement van Francesco Sforza op: tenten die als trillende vulkanen omhoog staken, een paar vermoeide soldaten die zich naar een kampvuur sleepten waar, zo te ruiken aan de heerlijke geur, een bokje aan het spit was geregen. In de grond gestoken toortsen en vuurpotten verspreidden een flakkerend licht dat de inmiddels inktzwarte duisternis in een rossige gloed zette. Zodra Cosimo en zijn ruiters, stapvoets, dichterbij kwamen, geboden een paar schildwachten hen halt te houden.

Toen die zagen met hoeveel ze waren, kwamen er een paar andere soldaten bij, maar Cosimo stak direct zijn arm met de witte band omhoog, en zijn metgezellen deden hetzelfde.

'Wie zijn jullie?' vroeg een schildwacht met een stem die hees was van drank en vermoeidheid. Bij het flauwe licht van de toortsen zag Cosimo een man met waterige ogen van overmatig drankgebruik, en met smerig, plakkerig haar dat onder zijn helm uit piekte.

'Wij komen in vrede uit Florence, we worden verwacht door Francesco Sforza, en als u ons naar het verblijf van de kapitein kunt brengen zou ik u dankbaar zijn.'

De soldaat kreeg een hoestaanval. Hij spuwde op de grond, herstelde zich toen. Hij begon te smoezen met zijn metgezel, het duurde een eeuwigheid in de ogen van Cosimo en zijn mannen. Een derde man die zich ermee bemoeide liep al snel bij de andere twee weg, in de richting van de tenten. Er gebeurde niets tot hij terugkeerde en kort sprak met de eerste schildwacht, die instemmend knikte. Toen de man het allemaal goed had begrepen, richtte hij zijn blik weer op Cosimo.

Waarom krijg ik toch altijd met dit soort sukkels te maken? vroeg Cosimo zich af.

'U bent Florentijn, zegt u.'

'Klopt.'

'U komt hier om kapitein Francesco Sforza te spreken.'

'Ja,' bevestigde Cosimo zonder moeite te doen zijn ergernis te verbergen, en voegde eraan toe: 'Maar als u niet snel in actie komt, maak ik rechtsomkeert, loopt uw heer een aanzienlijk bedrag mis en krijgt u vervolgens met de zweep. Is dat wat u wilt?'

'Nee zeker niet. Mijn kompaan zal u voorgaan naar de tent van Francesco Sforza. Alleen u en de bepakking!' gebood hij, eerst wijzend op Cosimo en vervolgens op de twee paarden met de zakken.

'Hoe durft u?' brieste Lorenzo, die op het punt stond zijn degen te trekken, maar Cosimo hield hem met een handgebaar tegen.

'Uitstekend,' zei hij, 'laten wij eens kijken uit wat voor hout Francesco Sforza gesneden is.'

Eindelijk deed de schildwacht een stap opzij.

13

Cosimo en Francesco

Francesco Sforza was werkelijk een imposante man, dat moest Cosimo hem nageven. Zijn gezicht, open en vastberaden, verried een leven dat in het teken stond van oorlog. Hij had een blik die respect inboezemde en, indien nodig, angst, daar was Cosimo zeker van, want zijn ogen straalden iets hards uit, al krulde hij net op dat moment zijn lippen tot een soort van glimlach. Zijn schouders, breed en sterk als die van een stier, en zijn aanzienlijke lengte deden de rest. Toch lag er ook een zweem van vermoeidheid op zijn gezicht, en zijn eenvoudige, om niet te zeggen haveloze groene wambuis was nat van het zweet. Alsof al dat oorlogvoeren ook hem uiteindelijk uitputte. De tent was spartaans ingericht. Een armzalig bed dat weinig meer was dan een brits, een paar vuurpotten die zorgden voor wat licht en een tafeltje met twee wijnbekers en een fles. In een hoek stond zijn wapenrusting, vol krassen en nog onder het stof van het slagveld.

'Mijn heer,' stak Sforza van wal, 'wat bijzonder dat u op bezoek komt in deze hels hete nacht.'

'Dank dat u mij hebt willen ontvangen, capitano,' zei Cosimo, 'want, ziet u, het is een feit dat u met uw optreden, overigens onberispelijk in het licht van uw beroep, mijn geliefde Florence helaas in ernstige verlegenheid hebt gebracht.'

'Dat spijt me, messer Cosimo, en dat meen ik, al kan ik niet ontkennen dat Paolo Guinigi van Lucca mij voor mijn diensten heeft betaald en dat het Filippo Maria Visconti zelf was die mij heeft opgedragen in te grijpen en Fortebraccio op de vlucht te jagen.'

'Daar ben ik natuurlijk van op de hoogte. Bent u bereid mij eerlijk te zeggen hoeveel Guinigi u heeft betaald om Niccolò en zijn mannen te verslaan en weerstand te bieden tegen de Florentijnse milities?'

Sforza leek een ogenblik te aarzelen, maar daarna sprak hij het bedrag uit dat Cosimo had verwacht.

'Vijfentwintigduizend dukaten. Vijfduizend vooraf en na afloop nog eens twintigduizend.'

Cosimo knikte.

'Een redelijk bedrag, maar zeker niet spectaculair, ik had gedacht dat de tiran van Lucca genereuzer was,' zei hij met een glimlachje.

'Eerlijk gezegd heb ik het idee dat hij er slecht voorstaat, messer.'

Cosimo trok zijn wenkbrauwen op. 'Is dat zo?'

'Hij verschanst zich in zijn Citadel waar de geesten van vier echtgenotes rondwaren, en afgaand op de manier waarop D'Alviano en ik vandaag in de stad als helden zijn ontvangen, is Lucca volgens mij klaar om in opstand te komen.'

'Waarom denkt u dat?'

'Een echte heer hoort niet bang te zijn voor zijn volk. Kijk naar uzelf, messer Cosimo, we weten donders goed met welk doel u hiernaartoe bent gekomen, en omdat u de kunst van het compromis en het politieke spel beheerst weet ik zeker dat u zult krijgen wat u wilt, gesteund door de Raad van Tien in uw stad, want hoe je het ook wendt of keert, u bént Florence.'

Cosimo vertrok geen spier. Of die bewering hem plezier had gedaan of niet viel moeilijk te zeggen. Maar hij knikte.

'Ik ben verbaasd hoe goed u van onze situatie op de hoogte bent.'

'Ik ben een man van de wapens, mijn heer, en uiteindelijk gewoon een huursoldaat: het hoort bij mijn werk om op de hoogte te zijn,' en bij die woorden sloeg Francesco Sforza zich op de borst. 'Hebt u zin in wijn?'

'Dank voor uw aanbod, maar ik zou het eerst graag met u hebben over de reden van mijn bezoek.'

De condottiere liep naar het tafeltje en schonk zich een beker wijn in. Hij proefde eerst en nam direct daarna een paar flinke slokken. Hij klakte met zijn tong en veegde met de rug van een hand zijn lippen af.

'Ik luister.'

'Ik ben gekomen om u het bedrag van vijftigduizend florijnen te bieden in ruil voor de belofte Lucca weer onder de heerschappij van Florence te brengen. En denk niet dat er over dit aanbod te onderhandelen valt. Wat is uw reactie hierop?'

Cosimo boorde zijn donkere ogen in die van Francesco Sforza. Het leek of geen van beiden de blik als eerste wilde neerslaan. De condottiere bespeurde een ijzeren wil in de man die hij tegenover zich had en een vastberadenheid die hij niet gemakkelijk aan het wankelen zou kunnen brengen. Zo te merken had Cosimo de' Medici het temperament van zijn vader geërfd.

Het geldbedrag dat Florence hem bood was vele malen hoger dan wat Paolo Guinigi als voorschot had beloofd, en er was geen enkele reden om te weigeren. Zijn manschappen zouden tevreden zijn en hij zou eindelijk een nieuw paard kunnen kopen en dat kasteel waarin hij hoopte oud te kunnen worden. Misschien samen met een mooie vrouw. Of zelfs met meer dan één... Want waarom zou hij niet in het groot denken? Francesco Sforza wist dat hij het aanbod zou accepteren, er was alleen één ding waarover hij nog twijfelde en dat hij duidelijk moest maken.

Zonder die clausule zou het niet doorgaan.

14

Het akkoord

'Ik zou het graag accepteren,' zei Sforza. 'Er is alleen één probleem.'

Cosimo keek hem afwachtend aan.

'Mijn eer.'

'Kunt u wat duidelijker zijn?'

'Ziet u, messer Cosimo, het lijkt misschien ongebruikelijk, maar ook huursoldaten zoals ik hebben plichten, verplichtingen tegenover de opdrachtgever waar we ons op geen enkele manier aan kunnen onttrekken.'

'Verplichtingen die u beletten het bedrag dat ik noemde te accepteren?'

'Dat zeker niet.'

'Dat vermoedde ik al,' zei Cosimo spottend.

'Ik neem aan dat u nu gaat zeggen...'

'Denkt u dat echt?' viel de heer van Florence hem in de rede. 'Want zo eenvoudig ligt het niet. Luister...' Hij haalde diep adem en stak van wal. 'Ik kan me goed voorstellen dat u niet gemakkelijk kunt instemmen met wat ik van u vraag, omdat u een duidelijke opdracht hebt. Ik begrijp heel goed dat ook een condottiere principes heeft waarnaar hij zich dient te gedragen. Aan de andere kant zie ik ook heel duidelijk dat u zeer wel genegen bent die vijftigduizend florijnen tot de uwe te maken. Welnu, dit is mijn idee: als u nu eens, in plaats van mij Lucca te bezorgen, Florence gewoon haar gang laat gaan met Paolo Guinigi en zijn stad, zou dat geen goed compromis zijn en een gemakkelijke en slimme oplossing die ons beiden in staat stelt legitiem profijt te trekken uit dit nachtelijke gesprek?'

Toen Cosimo was uitgesproken liep hij naar de uitgang van de tent. Hij had de paarden aan een houten paal vastgezet en kon gemakkelijk een van de dichtgebonden zakken loshalen. Met de zak liep hij de tent weer in.

Terwijl Francesco Sforza afwachtte wat de heer van Florence van plan was, stortte Cosimo de inhoud van de zak uit op de tafel. Eerst vielen de zaden eruit, en daarna stroomde er rinkelend een waterval van florijnen naar buiten.

Bij het zien van al dat goud kon de condottiere zijn blijdschap niet bedwingen. Zijn ogen glinsterden van begeerte.

'Wat zegt u hiervan? Ik heb nog negenenveertig van deze zakken op de rug van de paarden die hier buiten staan vastgebonden.'

Sforza slikte, het was duidelijk dat dit aanlokkelijke aanbod hem in verleiding bracht. Cosimo wist dat hij hem in zijn macht had toen hij die hebberige flikkering in zijn ogen zag. Het was nu zaak om de onderhandelingen met zorg af te ronden zonder zich rijk te rekenen, want Sforza was niet naïef. Sterker nog, naarmate het spel vorderde zoals hij had gehoopt, kwam er een nieuw idee bij hem op: waarom zou hij geen vriendschap sluiten met de condottiere als hem dat in de toekomst nog goed van pas kon komen?

Hij besloot wat druk op hem uit te oefenen.

'Nou, bent u uw tong verloren, capitano?'

Francesco Sforza leek weer wat bij zinnen te komen. 'Wat u zegt is even waar als wijs, mijn heer, en om eerlijk te zijn denk ik dat de oplossing die u voorstelt niet alleen briljant is maar ook klopt met wat ik over u heb horen zeggen.'

'U stemt er dus mee in?'

'Ik stem ermee in.'

'Op mijn voorwaarden?' Cosimo voelde dat Sforza zo goed als overstag was en wilde er alles aan doen om deze kans niet voorbij te laten gaan. Het was geen gering bedrag dat hij had geboden en daarom wilde hij volledige garantie, en zelfs nog iets meer.

'En die zijn?'

'Voornamelijk de volgende: morgenochtend breekt u het kamp op en verlaat spoorslags de Colle del Lupo. U hoeft Guinigi uiteraard niet te waarschuwen en u vertrekt naar een bestemming die u goeddunkt, als het maar ver van hier is. Wat Florence betreft, u belemmert noch werkt onze plannen tegen. Ter bekrachtiging van onze overeenkomst ontvangt u uit naam van de Republiek de vijftigduizend florijnen die zitten vastgesjord op de rug van de twee zwarte paarden hier buiten. Lijkt u dat voldoende en denkt u dat u in staat bent aan deze voorwaarden te voldoen?'

Francesco Sforza deed of hij die vraag overdacht, maar het was duidelijk dat zijn besluit al vaststond.

'Mijn heer,' zei hij, 'ik accepteer niet alleen uw voorwaarden, maar voeg eraan toe dat ik ervan overtuigd ben dat wij hiermee vannacht de kiem hebben gelegd voor een lang en vruchtbaar bondgenootschap.'

'Daar ben ik ook van overtuigd,' zei Cosimo. 'Bent u er ook zeker van dat wat ik heb gezegd ook voor al uw manschappen geldt?'

'Dat garandeer ik, zo waar mijn naam Francesco Sforza is.'

'Mooi zo.'

'Ik denk dat ons akkoord wel een handdruk waard is.' De condottiere stak Cosimo de' Medici zijn rechterhand toe.

De heer van Florence beantwoordde het gebaar. Hij wist dat hij die dag niet alleen had voorkomen dat Florence werd ingenomen door Milaan, maar ook een waardevol bondgenootschap had gesloten.

Sforza was niet de hertog van Milaan, de Visconti waren machtig en diepgeworteld in dat grondgebied en Filippo Maria was zeker niet naïef. Aan de andere kant beschikte deze soldaat niet alleen over moed en onverschrokkenheid, maar ook over politiek en zakelijk inzicht, waarmee hij het, als hij het goed benutte, ver zou kunnen schoppen. Cosimo hoopte dat hij wat dat betreft in de toekomst een belangrijke bondgenoot en vriend zou zijn.

September 1430

15

DE PEST

Als je plotseling rillend wakker werd was de dood langs geweest, zo zeiden ze. Schwartz schrok die ochtend wakker. Hij voelde hoe het koude zweet zijn bleke huid als een lijkwade omhulde. Door de spleten in de luiken kierde nog geen zonlicht, dus het was nog vroeg. Schwartz rook het ranzige zweet van de andere mannen in de hooischuur. Er hing een zware, warme lucht van al het bier dat de soldaten hadden gedronken. Dat maakte zijn koude zweet en rillingen nog minder verklaarbaar.

Het was al een tijdje geleden dat hij samen met strijdmakkers had geslapen, maar Rinaldo degli Albizzi had hem dringend verzocht om Guidantonio da Montefeltro te helpen bij de belegering van Lucca, dat werd verdedigd door de troepen van Niccolò Piccinino. Schwartz had gehoorzaamd. En zo was hij de afgelopen nacht met een paar wapenbroeders in die hooischuur terechtgekomen, nadat ze tot laat in de avond hadden zitten slempen.

De Zwitserse huurling was bepaald niet enthousiast over zijn opdracht, hij verlangde zelfs terug naar de smerige klusjes van een tijdje geleden, maar omdat Albizzi niet op geld keek en de opdracht van korte duur was, had hij zich aan de zijde van de Florentijnen geschaard om hen te ondersteunen bij de belegering van Lucca, nadat Francesco Sforza, met de vijftigduizend florijnen die hij had ontvangen van Cosimo de' Medici, uit de Val di Nievole was vertrokken.

Hij vermoedde overigens dat deze opdracht hem niet toevallig was toegeschoven: Albizzi was erachter gekomen dat Schwartz een affaire had met Laura Ricci. Hij had hem waarschijnlijk voor straf hierheen gestuurd. Laura Ricci was van Rinaldo degli Albizzi en van niemand anders. Althans, dat dacht die arrogante kwast. Al was hij bij hem in dienst, Schwartz was niet bang voor Albizzi, en hij vond ook niet dat hij zich altijd aan de regels van zijn heer hoefde te houden.

Hij kon besluiten ervandoor te gaan, maar de smerige stuivers van Albizzi kwamen goed van pas, sterker nog, ze waren onmisbaar, want het was in deze tijd niet zo gemakkelijk om van heer te wisselen. Er waren zo veel huursoldaten die het zwaard wisten te hanteren en al had hij een goede naam, hij was zeker niet de enige.

Daarom had hij besloten dat hij die kleine vernedering maar moest ondergaan en de missie moest volbrengen. Over twee weken zou hij met nieuws van het slagveld terugkeren naar het Palazzo Albizzi, in afwachting van eventuele nieuwe instructies.

Hoe dan ook was hij geenszins van plan om te breken met de bekoorlijke Laura Ricci. Die vrouw had hem stevig in haar greep. Hij moest uitkijken dat haar leiband niet te kort werd, anders zou ze hem er nog mee wurgen.

Na deze gedachten besloot hij de zwijnenstal vol zweterige, opeengepakte lijven te verlaten en bij de put wat vers water te drinken.

De septemberlucht buiten was nog warmer en vochtiger dan in die hooischuur. De hemel kleurde goudachtig en rood, in afwachting van de zonsopgang. Schwartz knoopte zijn zwarte mantel los.

Hij rilde opnieuw en liep naar de put, pakte de houten emmer en liet die naar beneden vallen.

Hij begon te trekken. Het dikke koord gleed over de katrol en de emmer kwam tergend langzaam weer omhoog. Schwartz greep het hengsel en zag de weerspiegeling van de hemel, inmiddels wit, in het water. Hij stak zijn hoofd diep in de emmer.

Het lauwe water dat van zijn gezicht droop leek doortrokken van ziekte en koorts en was zo goor dat hij haast bang was onderuit te gaan. Het voelde alsof al het vuil van de afgelopen nacht over zijn huid krioelde, alleen maar doordat hij zijn hoofd in die emmer had gestoken.

Hij had een handdoek bij zich waarmee hij zichzelf zo goed mogelijk afdroogde.

Daarna stak hij, ondanks alles, zijn drinknap in het water, bracht die naar zijn mond en nam een slok.

Hij voelde hoe hij langzaam wakker werd en dat was toch aangenaam. Het was ongelooflijk hoe hij, door alle ellende van de oorlog, de simpelste en kleinste dingen ging waarderen.

Hij stond te bedenken hoe hij aan eten moest komen, misschien waren er een paar eieren waarmee hij kon ontbijten, toen hij iemand zag naderen. Het leek een soldaat, maar zijn kleren waren gehavend en hij zag verontrustend bleek.

Toen de man dichterbij kwam, zag Schwartz zijn glimmende, waterige, lichtblauwe ogen, weggezonken in de kassen.

Zijn zwaard hing werkeloos aan zijn riem, alsof het een lepel was om in een helse soep te roeren.

Hij was buitengewoon mager, en met die bleke, ingevallen, door geelzucht uitgeteerde wangen zag zijn gezicht eruit als een doodshoofd. Dat effect werd nog versterkt door een mantel met een kap die over zijn hoofd viel, waaronder zijn ogen zo glinsterden dat ze onecht leken.

Schwartz wilde hem vragen waar hij vandaan kwam, maar zijn stem stokte in zijn keel. De man kwam pal voor hem staan en toonde hem zijn bleke hals. Toen ontdekte Schwartz iets wat hij nooit meer in zijn leven had willen zien.

Uit de bleke huid stak een monsterlijke, paarsige buil, zo groot als een ei. De buil stond strak en klopte, de dood zelf leek erin te nestelen.

Schwartz wankelde een paar passen achteruit. Maar de man bleef niet staan en kwam nog dichterbij. Hij keek hem aan met zijn duivelsogen en viel op zijn knieën.

Toen sloeg hij, zonder een woord te zeggen, zijn mantel open. Op zijn borst zag Schwartz nog meer plekken, nog meer zwarte builen die als gruwelijke planten uit de huid van die stakker groeiden.

'M-messer,' stamelde de man. Het geluid dat hij uitbracht leek op te borrelen uit de buik van de duivel. 'I-ik smeek u, d-dood mij,' ging hij verder, wijzend op het zwaard van Schwartz.

De Zwitserse huurling wist werkelijk niet wat hij moest doen. Maar wat de man hem vroeg was maar al te duidelijk.

De soldaat begon te huilen.

Toen haalde hij zijn handen uit zijn mantel, het waren niet veel meer dan stompjes vol wonden en aangekoekte klonten bruin bloed. Hij zwaaide ermee voor Schwartz' neus, alsof hij hem ervan wilde overtuigen dat hij zelf niet in staat was een einde te maken aan zijn marteling.

Vol medelijden haalde Schwartz zijn fonkelende zwaard uit de schede en deed een stap naar voren. Met één uithaal reet hij de borst van de man open, van zijn rechterschouder tot aan zijn linkerheup.

De soldaat viel voorover en stierf.

Schwartz deed een paar stappen achteruit. Toen werd het mistig voor zijn ogen, hij voelde hoe zijn maag zich omkeerde. Hij zakte op zijn knieën en gaf over, het water dat hij had gedronken en al het eten van de avond ervoor kwamen eruit.

Zodra hij zich had hersteld, stond hij op en rende naar de stal waar hij zijn paard had achtergelaten. Hij stak zijn voet in de stijgbeugel. De aanblik van die man had hem zo bang gemaakt dat hij haast geen kracht meer in zijn benen had. Met veel moeite lukte het hem om zich op zijn paard te hijsen. Toen reed hij de stal uit en spoorde zijn paard aan tot galop, op weg naar Florence.

Dat beeld van de man en de rillingen die hij had haalden oude herinneringen naar boven, herinneringen aan vervloekte dagen, waarin hij een ander mens was, dagen die hij voor altijd uit zijn geheugen had willen wissen maar die af en toe nog opdoken.

Hij had gedacht, gehoopt dat hij bepaalde beelden uit zijn hoofd kon bannen, maar de huiveringen die door zijn ledematen trokken brachten hem terug naar een ver verleden, toen ook hij door ziekte werd verteerd.

Hij bracht zijn hand naar zijn voorhoofd, veegde het koude zweet weg.

Hij dacht weer aan de man die hij had gedood.

Dat beeld bleef hem de rest van de reis bij.

De pest, bedacht Schwartz, de pest was onder hen gekomen.

16

Karren vol doden

De pest had Florence aangevallen als een roedel wilde honden, de tanden gezet in mannen, vrouwen en kinderen, hun lichamen aangevreten, hun ledematen verminkt en de stad in angst en verdorvenheid gedompeld. Bijna alle adellijke families waren naar hun buitenhuizen op het platteland gevlucht in de hoop besmetting te voorkomen. De pandemie had zich ongelooflijk rap verspreid, nog versneld door de broeierige septemberhitte.

In Florence heerste totale chaos. De bevolking was in korte tijd uitgedund. De werkzaamheden aan de kathedraal verliepen traag door de vele sterfgevallen. De straten waren verworden tot open riolen en ondanks de inspanningen van de burgers was het einde van het drama nog lang niet in zicht.

Over het Piazza di San Pulinari hing een nachtelijke deken van vocht. Cosimo zag dat het er, ondanks de hel die op aarde was neergedaald, zo druk was dat hij vond dat hij maar beter aan de rand van het plein kon blijven. Al maakte de ziekte talloze slachtoffers, toch zwierven de mensen als geestverschijningen rond en de hoeren leken het drukker te hebben dan ooit. Een paar doodgravers laadden lijken op karren. De vlammen in de vuurpotten flakkerden en zetten het plein in een rode gloed. De kadavers lagen opgestapeld en vormden donkere, stinkende hopen. De vochtige lucht versterkte de muffe lijkengeur nog extra.

De stadswachten patrouilleerden door de stad in hun zwarte uniformen. De kleur van hun kleding maakte de macabere puinhoop die Florence geworden was nog afschuwwekkender.

De stad, die gebukt ging onder de oorlogen en de pest, leek inmiddels een schaduw van zichzelf. Overal lagen stapels stenen en materialen, daarheen gebracht voor de bouw van de nog altijd niet voltooide koepel, te wachten tot het werk werd hervat.

Cosimo had zijn familie gedwongen de stad te verlaten en hun toevlucht te nemen in de villa in Trebbio. Een paar dagen geleden waren ze vertrokken. Alleen hij en Lorenzo waren achtergebleven met als doel de dringendste zaken af te handelen, maar nu realiseerde hij zich hoe dom hun idee geweest was, en had ook hij besloten te vertrekken. Maar eerst was hij nog naar Filippo Brunelleschi getogen, in de hoop hem te kunnen overtuigen met hem mee te gaan. Dat was niet gelukt. Die idioot wilde op zijn post blijven. Om de koepel af te maken. Al stierven de arbeiders bij bosjes.

Cosimo had van alles geprobeerd. Als hij dood zou gaan, had hij gezegd, wie moest dan die verdomde koepel afmaken? Hij had gebeden, gesmeekt, gedreigd. Maar Filippo had hem aangekeken met zijn vurige, fanatieke, vastberaden ogen, en had zeer beslist elke mogelijkheid tot vluchten geweigerd.

Daarom liep Cosimo daar nog.

Samen met het gewone volk dat geen ander heenkomen had dan hun eigen huis en de vervloekte straten van de stad die inmiddels veel weg had van een hel der verdoemden.

Hij wist dat in de duisternis, achter de vergrendelde ramen en deuren, hele families zaten die met gevouwen handen prevelend om genade baden. Op sommige deuren hadden de wachten een wit kruis gezet als teken dat in die huizen de pest had toegeslagen. Langs de weg lagen lijken, hun nachthemden doordrenkt met het zwarte bloed en lichaamsvocht van de pest. Uitgehongerde zwerfhonden slobberden het bloed op.

Cosimo keek voorbij het Piazza di San Pulinari en zag in het flikkerende licht van de toorts die hij bij zich had de dreigende contouren van de immense kathedraal van Santa Maria del Fiore opdoemen. Hij liep er snel heen, en daar zag hij nog meer doden, nog meer karren. Nog meer zwarte figuren die onzeker op en neer liepen, niet wetend wat te doen.

Een paar lafaards begonnen een oude man te schoppen van wie gezegd werd dat hij de ziekte had. Hij zag de grijsaard naar adem snakken onder de trappen die zijn botten verbrijzelden.

De wereld was gek geworden.

De pandemie had woede en anarchie met zich meegebracht. Was het eerder de oorlog met Lucca die de arbeiders had getroffen met nieuwe belastingen, nu was het de pest waardoor ze geen werk meer hadden.

Er was geen hoop, zo veel was zeker.

In de primitieve chaos was het al gevaarlijk om je huis uit te gaan. Profiterend van de verwarring die heerste in de stad trokken huurlingen en ander geteisem de stegen in en drongen huizen binnen om de bewoners te overvallen en te plunderen wat ze plunderen konden, wetend dat het voor de stadswachten onmogelijk was om de gebruikelijke controle uit te oefenen.

Het was of iemand zijn gedachten had gelezen.

Hij wilde namelijk net van de Dom naar de Via Larga lopen, toen er twee kerels opdoken die hem de weg versperden.

Hij had geen idee wie het waren, maar afgaand op de manier waarop ze gekleed waren, was het niet het beste slag volk.

'Messere...' fluisterde een van de twee flemend, 'wat een geluk dat we u op deze prachtige avond tegenkomen.' De man trok een scherpe dolk uit zijn gordel. Hij had een ooglap en droeg een haveloos kort leren jak. Daaronder was een grauw hemd zichtbaar dat ooit wit moest zijn geweest.

Zijn maat zei geen woord, maar Cosimo zag ook in zijn hand een dolk glanzen. Hij was kaal, had gelige ogen en droeg een versleten tunica.

Cosimo wist niet wat hij moest doen.

Hij deed een paar passen achteruit. Hij was niet ver van huis en als het hem zou lukken hen te overrompelen zou hij hen misschien in de stegen van zich af kunnen schudden. De man met de zalvende stem kwam dichterbij waardoor de afstand tussen hen kleiner werd, de ander bleef zwijgend achter hem staan.

Cosimo had geen wapen bij zich. Juist terwijl hij zich afvroeg hoe hij in vredesnaam kon ontsnappen uit deze situatie, gebeurde er iets onverwachts. Iemand riep zijn naam en stortte zich, tegelijkertijd, op de tweede man en werkte die tegen de grond. De vent sloeg met zijn gezicht op de stenen en uit een diepe snee stroomde bloed.

De eerste man werd daardoor verrast en weifelde. En dat moment van aarzeling werd hem fataal. Cosimo sprong naar voren en duwde hem zijn toorts tegen de borst.

De man probeerde de aanval te pareren en stak de hand waarmee hij de dolk vasthield omhoog, maar de brandende toorts deed hem kermen van pijn.

'Snel,' schreeuwde zijn redder, 'we moeten hier weg!'

Toen pas herkende Cosimo de stem van zijn broer en zette het zonder achterom te kijken op een rennen.

Samen met zijn broer schoot hij een steeg in, en daarna een andere. Hij hoorde het klossen van hun schoenen op de straatstenen. Hij raakte buiten adem door het rennen. Al snel verscheen het palazzo in hun blikveld en merkten ze dat de twee aanvallers waren afgedropen.

Toen ze eindelijk thuis waren keek Lorenzo hem aan.

'Het was maar goed dat ik je ben gaan zoeken,' zei hij, 'en nu hoop ik echt dat je met mij meegaat en op het platteland blijft tot de epidemie voorbij is. Het is pure idioterie om met deze hitte en de pest in Florence te blijven.'

'Daar hebben we het al over gehad,' antwoordde Cosimo.

'Ja, maar blijkbaar was dat niet voldoende.'

'Wat telt is dat we het hebben gered.'

'Dat is zo,' zei Lorenzo geërgerd, 'maar denk jij dat die twee daar zomaar waren?'

Cosimo keek hem verbijsterd aan. 'Wat bedoel je?' vroeg hij ongelovig.

'Dat de ontmoeting van vanavond zeker geen toeval was. Of je het nu gelooft of niet, broer, er zit iemand achter je aan en vanavond heeft hij geprobeerd je om zeep te helpen.'

17

Een nachtelijk gesprek

Rinaldo degli Albizzi kon zijn oren niet geloven.

'Wat? Zijn jullie er deze keer weer niet in geslaagd die uitzuiger te doden?'

De twee huurmoordenaars stonden voor hem. De man met de ooglap droeg nu een opzichtig verband om zijn hand. Het gezicht van de ander was opgezwollen door de wond die hij had opgelopen toen hij tegen de straatstenen sloeg.

De eerste probeerde hun falen te verdedigen.

'Messere, het is niet onze schuld, geloof me. We hadden hem bijna te pakken toen iemand hem opeens te hulp kwam, en daar hadden we niet op gerekend.'

Zijn maat knikte zwijgend.

Rinaldo glimlachte maar er was niets geamuseerds aan de grijns om zijn lippen.

'Ja, ja, en die stomme is het daar helemaal mee eens natuurlijk. Mooie boel! Mijn complimenten voor jullie werk! Inmiddels vraag ik me af of ik zoiets niet beter door een vrouw kan laten opknappen,' zei hij met een blik op het beeldschone meisje dat rechts van hem bij het grote raam van de salon stond. Ze droeg een lang smaragdgroen kleed dat was afgezet met parels en zilverdraad. Het wijde decolleté accentueerde de ronding van haar gulle boezem.

Ze lachte klaterend.

'Dat was vast beter geweest,' hervatte Rinaldo. 'Jullie twee hebben me in elk geval zwaar teleurgesteld.'

'Maar... excellentie,' dreinde de kerel, 'we hadden niet verwacht dat ze met z'n tweeën zouden zijn.'

‘Stelletje idioten. Dat hadden jullie kunnen bedenken. Het zijn twee broers, dat wéten jullie. Waar de een is, is de ander ook. Jullie hadden een paar vrienden kunnen meebrengen. Misschien was het dan gelukt om dit eenvoudige klusje te klaren. En wie weet wanneer we weer zo’n fijne pestepidemie krijgen!’

Rinaldo schreeuwde inmiddels. Hij gooide al zijn frustratie eruit. En hij had gelijk. De situatie was gunstiger dan ooit. Wanneer zou dat weer het geval zijn? En die twee imbecielen hadden het verprutst.

Hij was het gestuntel meer dan zat.

Hoe had hij kunnen denken dat hij dit soort kerels kon inzetten om af te rekenen met de Medici? Hij had strijd geleverd om Lucca en die vervloekte Cosimo had de Raad van Tien zover gekregen om Sforza om te kopen in een poging de vrede te herstellen. Gelukkig voor hem had die manoeuvre ertoe geleid dat de Florentijnen na de dood van Paolo Guinigi een nieuwe poging konden ondernemen om Lucca te belegeren. Maar ook de nieuwe Florentijnse aanvoerder, Guidantonio da Montefeltro, ontpopte zich als ongeschikt, omdat zijn tegenstander in Lucca, Niccolò Piccinino, hem wederom op elk terrein versloeg. Dat was tenminste wat Schwartz hem had verteld, die eerder van het slagveld was teruggekeerd omdat de pest was uitgebroken.

En nu zich deze grote kans had voorgedaan, hadden die twee idioten die verspeeld.

Rinaldo was woest, en terwijl hij dacht aan alles wat de laatste tijd was misgegaan, werd er op de deur geklopt.

‘Binnen!’ zei hij geïrriteerd.

Ondanks het feit dat Florence werd geteisterd door de pest, leek Schwartz, die daar ook had rondgelopen, verdraaid goed in vorm. Dat zullen de Germaanse wortels wel zijn, dacht Albizzi. Zijn zwarte kleren in combinatie met zijn bleke gezicht, zijn lange rode haar en helderblauwe ogen maakten zijn uiterlijk nog vervaarlijker. Hij leek meer op een piraat dan op een huursoldaat. Niet dat dat veel verschil maakte overigens. Hij groette hem met een kort hoofdknikje omdat hij op dat moment andere zaken had af te handelen. Maar toen bedacht hij dat zijn komst misschien wel heel gelegen kwam.

Hij zag dat Schwartz naar een tafel liep, ging zitten en een appel van een zilveren schaal pakte die hij begon te schillen met de dolk die hij aan zijn gordel droeg.

Rinaldo degli Albizzi haalde diep adem. Hij moest die twee duidelijk maken dat ze hier niet mee konden wegkomen. Want als dat gerucht de wereld in kwam, zouden alle mannen die hij in dienst had zich gerechtigd voelen om fouten te maken.

De man met de zwarte ooglap kreeg argwaan.

'Ik zal u niet meer teleurstellen, mijn heer, dat zweer ik.'

'En ík zweer dat dit de laatste keer is dat jullie een fout maken.'

'W-w-wat b-bedoelt u, m-mijn heer?'

Zijn stem haperde en ging over in een gesmoord gerochel.

Het scherpe lemmet van de dolk kleurde rood nadat Schwartz hem de keel had doorgesneden, en het bloed spoot op de grond. De andere kerel wilde opstaan en vluchten, maar vóór hij dat kon doen was Schwartz' dolk al bij zijn been om hem tegen te houden, en direct daarna stak hij het lemmet in zijn zij en viel de man languit op de grond. Meteen dook de Zwitserse huursoldaat boven op hem, pakte hem bij zijn voorhoofd, trok zijn hoofd naar achteren en ontblootte zijn keel. Met een snelle flitsende beweging sneed hij de halsslagader door.

Daarna liet Schwartz de man los en dreef het hoofd in een scharlakenrood meer.

Rinaldo degli Albizzi was opgestaan.

'Goed gedaan,' zei hij tegen Schwartz, 'een vuil werkje, maar ook dat moet gebeuren. Roep nu de bedienden en zeg dat ze deze zwijnenstal schoonmaken. We zien later wel hoe we die vervloekte Medici uit de weg ruimen. Ik heb er genoeg van me vanwege hen tevreden te moeten stellen met kruimels, en het lukt me niet om mannen te vinden die in staat zijn mijn opdrachten uit te voeren, maar júllie hebben me in ieder geval nooit teleurgesteld,' besloot hij en wees eerst naar Schwartz en toen naar Laura.

'Zoals u weet sta ik U Edele in alle opzichten ter beschikking,' zei Laura, 'elke wens van u is voor mij een bevel.'

‘Dan verwacht ik je vannacht in mijn slaapkamer,’ liet Albizzi haar weten, ‘en neem een vriendin mee.’

April 1431

18

De adel en het volk

Niccolò da Uzzano schudde zijn hoofd en sloeg zijn ogen op naar het plafond. Wat hij hoorde deed pijn aan zijn oren.

De Raad van Tien was bijeengekomen in het Palazzo della Signoria. Door de ramen stroomde warm licht naar binnen. In de stralenbundels dansten kleine stofjes die eruitzagen als minuscule gouden muntjes. De zaal oogde sober, spartaans, met enkel een grote tafel waaraan de leden van de Raad van Tien zaten, maar vanaf het cassetteplafond leken de cherubijnenhoofdjes reikhalzend uit te kijken naar de beslissingen van die mannen die de macht hadden over de Republiek.

Niccolò Barbadori nam het woord, hij wilde uiteenzetten hoe dramatisch de situatie was.

'Vrienden,' begon hij, 'ik vind het van belang om hier, in deze Raad, te benadrukken hoe slecht het er voor onze Republiek voorstaat. We weten allemaal dat Lucca nog lang niet verslagen is, maar juist sterker dan ooit. Sinds Niccolò Piccinino het slagveld heeft betreden, heeft hij alleen al in de afgelopen maand Nicola, Carrara, Moneta, Ortonovo en Fivizzano bezet, met in totaal honderdachttien kastelen, waarvan er vierenvijftig toebehoren aan de Florentijnen, aan de familie Fieschi en aan de plaatselijke Welfen, en de rest aan de familie Malaspina. Ik zeg u dat dit een dwaze, verdorven oorlog is, met als dieptepunt de omkoping van kapitein Francesco Sforza door Cosimo de' Medici. Die actie heeft ons niet alleen het enorme bedrag van vijftigduizend florijnen gekost, maar ook nog eens niets opgeleverd, want onze mannen zijn nog steeds verwikkeld in een uitzichtloze strijd. Voeg daarbij de pest, en het sombere beeld is compleet.'

Bij het horen van die woorden kon Niccolò da Uzzano zich niet langer bedwingen. Ondanks zijn hoge leeftijd wilde hij toch graag zijn stem laten horen, ook om onvoorzichtige en overhaaste zetten te voorkomen. Lorenzo de' Medici zat naast hem en wachtte zwijgend af wat hij te zeggen had.

'Ik heb het betoog van mijn goede vriend Niccolò Barbadori aangehoord,' zei hij, 'maar ik moet het oneens zijn met wat hij stelt. De huidige problemen zijn niet af te wentelen op Cosimo de' Medici, of op zijn broer Lorenzo die hier naast mij zit. Zij hebben slechts gedaan wat hun een paar maanden geleden door deze Raad is opgedragen. Het is veel te gemakkelijk om alle schuld op hen te schuiven, alsof de oplossing toentertijd niet door iedereen werd goedgekeurd, door mij als eerste, geef ik toe. Het was juist Cosimo die mij er samen met zijn broer, hier aanwezig, over inlichtte. En ik zal u nog wat vertellen: die beslissing is ook genomen uit mededogen met het volk, dat door u zo minachtend wordt behandeld terwijl het een belangrijk onderdeel van deze stad vormt. Het volk lijdt als eerste onder het geweld van een oorlog, omdat het geen middelen heeft om zich te verdedigen of beschermen. Datzelfde kan worden gezegd over de pest, die juist onder de armsten veel slachtoffers heeft geëist, omdat zij niet in de gelukkige omstandigheid verkeerden zich te kunnen terugtrekken op het platteland, maar gedwongen waren weg te rotten in een stad die verworden was tot één groot varkenskot dat werd bestookt door helse krachten.'

Niccolò stopte even. Het praten matte hem af. Hij was niet meer de jongste en dit soort gesprekken vermoeiden hem meer dan vroeger. Maar iedereen had de hoogste achting voor de oude man, zijn betoog was altijd helder en evenwichtig. Niemand kon zo goed verwoorden welke gevolgen de keuzes en de houding van de Republiek hadden. Daarom hulden de andere negen zich in eerbiedig stilzwijgen, wachtend tot hij weer verderging.

'Eerlijk gezegd heb ik de indruk dat deze woede jegens de Medici eerder wordt ingegeven door het feit dat zij, meer dan wij allemaal, geliefd zijn bij het volk, omdat zij rekening houden met hun sentimenten en hun wensen. Het is mij bekend hoezeer u gekant bent tegen de hervorming van het kadaster die Giovanni de' Medici eerder zo heeft aangemoedigd, maar we moeten ook begrijpen dat zonder het volk onze Republiek niet zou bestaan. Onthoud dat goed, vrienden, en wees u ervan bewust. Wat betreft de pest, ik heb de indruk dat die wurggreep nu aan het verslappen is. Ik denk dan ook dat dit het juiste moment is om een poging te doen weer enigszins toenadering te zoeken tot de armste klassen. Laten we, als eerste stap in de goede richting, vooral niet om dwaze en onzinnige redenen hun held gaan beschuldigen van dingen die hij niet eens heeft gedaan.'

Na die woorden zweeg Niccolò da Uzzano. Het was iedereen duidelijk aan welke kant hij stond. En zowel Niccolò Barbadori als Bernardo Guadagni had wel door dat het spel nog niet gespeeld was. Zo lang Niccolò da Uzzano nog leefde hadden de Medici een sterke bondgenoot, zo sterk dat Lorenzo er wel voor waakte zelf iets te zeggen, maar slechts met een glimlachje om zijn mond naar zijn tegenstanders keek.

Nu was het de beurt aan Palla Strozzi om het woord te nemen.

Hij wist dat hij zijn betoog moest matigen maar wist ook waar hij kon toeslaan.

'Wat Niccolò da Uzzano zegt is zeker waar en het zou onterecht zijn om Cosimo en Lorenzo de' Medici te berispen terwijl ze simpelweg hebben uitgevoerd wat door deze Raad is besloten. Ik denk dat het echte probleem veel meer ligt in Cosimo's gedrag van de afgelopen tijd. Juist nu heeft hij Filippo Brunelleschi de opdracht gegeven om voor zijn familie een nieuw palazzo te ontwerpen, dat grootser wordt dan wij ooit in Florence hebben gezien. Natuurlijk mag een man een huis voor zichzelf laten bouwen, zo lang de regels van maat en fatsoen maar worden gerespecteerd. En afgaand op de afmetingen en details waarover wordt gesproken, wordt het palazzo dat Cosimo de' Medici wil laten bouwen zó pompeus en weelderig dat het eerder lijkt op een paleis van een koning of een prins, en zó hoog dat het uittorent boven de huizen van alle andere families in Florence.'

Lorenzo wilde hem in de rede vallen, maar Niccolò da Uzzano greep hem bij zijn pols om hem tegen te houden. Palla was nog niet klaar.

'Ook Cosimo's houding ten aanzien van de bouw van de koepel van de Dom is bepaald niet neutraal, alsof hij de enige financier is van de opdracht, die inmiddels volledig in handen is van Filippo Brunelleschi, waarbij wordt vergeten dat de Opera del Duomo de opdracht niet alleen aan Filippo had gegeven maar ook aan Lorenzo Ghiberti, die op een zijspoor is gezet. Ghiberti heeft een ondergeschikte rol gekregen en het is klip en klaar dat Cosimo de' Medici hierachter zit. Wat ik wil zeggen, en daarmee sluit ik af, is dat Cosimo, los van zijn goede verstandhouding met het volk, niet zoals zijn vader gematigd en bescheiden is, maar zich eerder achterbaks en arrogant boven ons allen meent te moeten stellen. Dergelijk gedrag doet de Republiek mijns inziens geen goed, want op die manier krijgen we een Medici-imperium.'

Zodra hij zweeg ging er een koor van verbazing en ontzetting op. De overige leden van de Raad hadden dergelijke kritiek nooit verwacht van Palla Strozzi, een gematigd man die zich voornamelijk wijdde aan literatuur en kunst. Zijn betoog, dat rustig begon, was gaandeweg steeds feller geworden, en had ieders hart en geest geraakt. Het waren woorden die geen eensgezindheid maar juist verdeeldheid predikten. Sommigen waren het met hem eens, anderen waren duidelijk tegen, maar zijn kritiek, zo subtiel geformuleerd, had wel effect. En aangezien de man nooit eerder dergelijke afkeuring had geuit, begreep het grootste deel van de Raad dat voor hem de maat echt vol moest zijn.

Lorenzo was rood aangelopen en buiten zichzelf van woede. Hij stond op, in zijn donkerrode wambuis, en begon tegen Strozzi uit te varen, waarbij hij de nuance volledig uit het oog verloor.

'Ik ben geschokt uit de mond van een man die wij als vriend beschouwden dergelijke laster te horen,' zei hij scherp. 'En dat terwijl u juist degene was die, samen met Rinaldo degli Albizzi, Fortebraccio heeft opgehitst om Lucca aan te vallen, waarmee u Florence in deze moeilijke positie hebt gebracht. En nu durft u de Medici te beschuldigen van arrogantie en machtswellust... Beseft u niet hoe inconsequent u bent?' Maar het had al geen zin meer. Zijn woorden versterkten het onbegrip en de rancune in de zaal alleen maar. Het was voor iedereen duidelijk dat de partijen vanaf dat moment zo tegenover elkaar stonden dat het onmogelijk was weer tot een eenheid te komen. Dat was bepaald niets nieuws, maar vanaf nu zou de tegenstelling omslaan in een openlijke oorlog. Zover was het tot dan toe nog nooit gekomen.

Niccolò da Uzzano begreep hoe ernstig de zaak was. Hij keek naar Lorenzo, die niet eens de moeite nam om zijn woede te verbergen, en legde een hand op zijn schouder.

'Vandaag is een trieste dag voor de Republiek, mijn vriend. Ik moet bekennen dat ik vrees voor haar voortbestaan.'

19

De nachtmerrie

Contessina zag de Santa Maria del Fiore massief en dreigend boven zich uittorenen. Even leek het alsof de kathedraal leefde, ademde als een primitief wezen dat door een geheimzinnige betovering het kloppende hart van de stad geworden was.

Ze huiverde bij de gedachte, maar toch keek ze omhoog. Rode sneeuwvlokken dwarrelden door de lucht, wervelden rond in vermiljoenkleurige wolken.

Ze voelde haar hart zo heftig bonzen dat ze bang was dat het uit haar borst zou springen. Haar voorhoofd was nat van het zweet en toen ze het wegveegde, zag ze dat haar hand onder het bloed zat.

Haar keel zat dichtgeschroefd van afgrijzen. Ze kon haast niet ademen en de angst in haar binnenste groeide als een wreed kind dat haar buik van binnenuit met scherpe tandjes aanvrat. Ze plengde rivieren van blauwe tranen maar dat hielp niets. Ze kon zich niet losmaken van het beangstigende beeld en opeens ontdekte ze, boven op de koepel in aanbouw, zwart en gekarteld als een apocalyptische kroon van tanden, haar geliefde Cosimo.

Contessina kon haar ogen niet geloven. Ze schreeuwde in de hoop dat hij haar hoorde, maar Cosimo leek haar niet op te merken.

Wanhopig rende ze in de richting van haar man, de liefde van haar leven. Haar lange kastanjebruine haren deinden als woelige golven achter haar aan.

Contessina werd bijna gek van angst, maar ze hield te veel van Cosimo, en ondanks het afschuwelijke schouwspel rende ze verder.

Hoe ze ook haar best deed, hoe ze ook uit alle macht probeerde de achthoekige basis van de koepel te bereiken, ze kwam niet dichterbij. Cosimo bleef ver weg, te ver bij haar vandaan.

Wanhopig strekte ze haar handen uit naar zijn mooie, lieve gezicht met die donkere, intelligente ogen waarmee hij iedereen voor zich wist te winnen, maar wat ze ook deed, ze slaagde er niet in de onmetelijke afstand tussen hen te overbruggen.

Ze was buiten adem en haar benen en armspieren deden pijn. Hoe lang had ze al niet gerend? Ze had geen idee, maar het had niet geholpen. Ze faalde, haar kracht en haar wil waren niet voldoende. Ze was niet bij machte haar man te beschermen.

Was ze niet goed genoeg? Verdiende ze geen man zoals hij? Was ze bang voor Florence en voor deze vervloekte kathedraal die zo veel vroeg van de mannen in de stad en hen niet alleen lichamelijk, maar ook geestelijk uitputte?

In Contessina's hoofd leken al die vragen samen te spannen om haar gek te maken. Maar van welk mysterieus complot ze ook slachtoffer was, van één ding was ze zich duidelijk bewust: van haar onmacht.

Cosimo keek vanuit de verte in haar richting, maar leek haar nog steeds niet te zien, alsof de tegenslagen van het lot en van de wereld hem koud lieten, of juist omdat hij besefte dat hij er maar een nietig onderdeel van was, een simpel laagje vernis, een minuscuul stukje leven dat boven op de fantastische kathedraal van het lot gehurkt zat en zich er willoos en zonder hoop door liet opslokken.

Ze zag dat hij viel.

Ze schreeuwde.

Cosimo bleef vallen.

Omlaag, omlaag, tot op de straatstenen.

Contessina deed haar ogen dicht.

Toen ze ze weer opendeed baadde ze in het zweet. Haar nachthemd plakte als een tweede huid aan haar lichaam. Haar lange haar was kletsnat, de kussens leken de bedding van een rivier. Ze realiseerde zich dat ze schreeuwde, haar stem was schor en haar keel deed pijn.

Cosimo, haar Cosimo, probeerde haar te kalmeren. Hij streelde haar hoofd, fluisterde lieve woordjes. Ze gaf zich over aan zijn zachte handen, liet zich wiegen in zijn omhelzing. Hij had de bedienden en kamermeisjes bevolen buiten te blijven en nu zorgde hij voor haar, zoals altijd.

Contessina dankte God dat de nachtmerrie geen werkelijkheid was.

'Ik zag je vallen,' zei ze, 'en het lukte me niet om bij je in de buurt te komen, ik wist niet wat ik moest doen om je weer in mijn armen te sluiten.'

'Maar liefje, wat zeg je nou, zie je niet dat je hier bent, in je kamer? Zie je niet dat ik bij je ben? Waar ben je bang voor schatje, je weet toch dat ik alles voor je zou doen? Dat je het allerbelangrijkste bent in mijn leven?'

Ze drukte hem stevig tegen zich aan.

'Liefste... Wat moest ik zonder jou... Het was echt een afschuwelijke nachtmerrie. Er was iets wat ons scheidde en toen viel je van de koepel van de Santa Maria del Fiore en ik kon je niet redden.'

'Goeie hemel,' zei Cosimo geamuseerd, 'als ik van meer dan honderd el naar beneden zou vallen, zou er ook weinig aan te doen zijn. Ik moet maar goed opletten als ik weer bij messer Brunelleschi ga kijken hoe de werkzaamheden vorderen.'

'Je lacht erom, maar het was echt een verschrikkelijk beeld. Ik ben bang Cosimo, ik ben bang dat iemand jou van mij wil scheiden, ons uit elkaar wil drijven.'

'Niets kan ons scheiden Contessina, rustig maar, je zult zien dat je angst en bezorgdheid zo verdwenen zijn.'

Bij die woorden nam hij haar als een klein vogeltje in zijn sterke armen. Hij wiegde haar, kuste haar, gaf haar het gevoel dat ze beschermd en bemind werd. Ze hoorde zijn hartslag resoneren in zijn sterke, brede borstkas, en terwijl ze daarnaar luisterde beet ze zachtjes in zijn tepel.

Hij glimlachte genietend.

'Ga door,' fluisterde hij, 'niet stoppen.'

Met haar kleine handen streelde ze zijn brede borst. Cosimo was een mooie, sterke man en zijn heerlijke, kruidige lichaamsgeur vond ze onweerstaanbaar. Met haar vingers trok ze kleine, onzichtbare cirkels op zijn huid. Ze maakte zich los uit zijn omhelzing en kuste hem hartstochtelijk op zijn mond. Eén, twee, drie, tien keer, tot hun tongen elkaar vonden en zich verloren in een opgewonden, sensuele dans.

Daarna zoende ze opnieuw zijn borst, daalde af naar zijn buik en daarna verder naar beneden, en nog verder…

Zijn lange, sterke vingers verkenden ondertussen haar meest verborgen schat, gleden bij haar naar binnen. Ze voelde een steek van begeerte, als een heerlijke wond. Overweldigd door een golf van lust gaf Contessina zich over aan hem en aan het wonder dat haar zowel bondgenoot als slaaf van de liefde maakte.

20

De dood van Niccolò da Uzzano

Cosimo was er kapot van toen hij het hoorde.

Na het overlijden van zijn vader was Niccolò een van de weinige eerzame mannen die nog over waren in Florence. Hij was rechtvaardig en eerlijk, en zijn dood was niet alleen een zware slag voor hem, maar ook voor de hele Republiek.

Met die gedachte stak Cosimo het plein naar de Santa Lucia de' Magnoli over. Niccolò was hier zeer geliefd. Hij had lang in Borgo Pitiglioso, zoals dit deel van de stad werd genoemd, gewoond. Cosimo werd vergezeld door zijn moeder Piccarda, door Contessina, door Lorenzo en zijn vrouw Ginevra en ook door zijn zoon Piero.

Eenmaal in de kerk begaven ze zich naar de kapel waar het lichaam van Niccolò was opgebaard. Binnen stonden de mensen in groepjes bij elkaar, er waren veel notabelen die, in afwachting van de begrafenis die de volgende dag zou plaatsvinden, afscheid kwamen nemen van deze grote man.

Het lichaam van Niccolò lag op een baar van geurend dennenhout in de grote kapel, die in opdracht van hem door Lorenzo di Bicci van fresco's was voorzien. Hij lag met zijn armen gekruist, op zijn hart een crucifix. Ze hadden hem een zilverkleurige tunica aangetrokken, versierd met parels en edelstenen.

Zelfs op zijn doodsbed had zijn gezicht zijn waardigheid van wijze man behouden.

Hij deed Lorenzo aan zijn vader denken.

De flakkerende vlammetjes van de kaarsen in de kapel zetten de fresco's van Lorenzo di Bicci in een rode gloed.

Terwijl Piccarda, Contessina en Ginevra, gadegeslagen door Lorenzo en Piero, in een kerkbank knielden om te bidden, bleef Cosimo staan kijken bij de man die onder de adel wellicht hun laatste bondgenoot was geweest.

Een paar dagen geleden nog maar had hij hen verdedigd toen Palla Strozzi en Niccolò Barbadori een verwijtende donderpreek tegen de Medici hadden afgestoken en vrijwel de hele Raad van Tien tegen hen hadden opgezet.

Cosimo schudde zijn hoofd.

Zijn bondgenoten vielen de een na de ander, de rij vijanden werd steeds langer en stond steeds harder te trappelen om hem en de zijnen klein te krijgen. De recente mislukking van Filippo Brunelleschi leek de zoveelste nagel aan zijn doodskist. Filippo's onhandige poging Lucca onder water te zetten had de Florentijnen flinke schade berokkend.

Cosimo zag de blikken vol haat en verwijt van Giovanni Guicciardini en Bernardo Guadagni. Ze keken of ze hem elk moment een mes in de rug konden steken.

Hij kuste Niccolò nog een laatste keer op het voorhoofd en wenkte daarna zijn moeder, zijn vrouw en de rest van de familie om hem te volgen en weg te gaan.

Piccarda sloeg een kruis en stond op. Ze was zoals altijd prachtig gekleed. Ze droeg een met bont gevoerde mantel, een met parels en gouden biezen versierd zwart overkleed en een donkergrijs onderkleed, alles afgestemd op de droeve gelegenheid.

Zijn moeder had altijd iets statigs en onbereikbaars over zich. Ze was een lange, trotse vrouw en naast haar leken ook Contessina en Ginevra extra te stralen. Piccarda's verschijning had een subtiel raffinement dat losstond van afkomst en niets te maken had met de spreekwoordelijke rijkdom van de Medici. Dat moest de daar aanwezige mensen ook opvallen.

Cosimo had het gevoel dat iedereen hem koel behandelde, alsof hij anders was dan zij. Niemand kwam hem begroeten. Toen hij de kerk uit was en bij de trap naar het plein stond, botste iemand opzettelijk hard tegen hem aan.

Cosimo moest zoiets hebben voorvoeld, want het verraste hem niet.

Hij had Lorenzo net toegeschreeuwd dat hij de familie in veiligheid moest brengen, toen de onmiskenbare stem van Rinaldo degli Albizzi hem kribbig toebeet: 'Wat doe jij hier?' Er klonken verwijt en afgunst door in zijn stem, en de rode adertjes in zijn ogen leken wel vonken die elk moment vlam konden vatten. Hij droeg een karmijnrood wambuis met daarover eenzelfde kleur mantel en had een korte zwarte baard die door een duivel op zijn gezicht leek gepenseeld.

Lorenzo gaf geen gehoor aan de woorden van zijn broer en liep snel naar Cosimo toe, zijn rechterhand op het heft van de dolk die hij sinds de Zwitserse huurling hem te grazen had genomen altijd aan zijn gordel droeg.

Cosimo keek naar zijn broer en zei kwaad: 'Wat had ik nou gezegd! Blijf bij moeder, bij Ginevra en Contessina!'

Daarna richtte hij zich tot Rinaldo: 'Ik ben hier om een groot man de laatste eer te bewijzen, wat had ik hier volgens jou anders moeten doen?'

Rinaldo spuugde op de grond.

'Jij!' zei hij en wees naar hem als naar een melaatse. 'Jij hebt deze stad de ondergang bezorgd! En zelfs de pest! Jij denkt dat je beter bent dan anderen, maar je stelt niks voor, je bent een arrogante gek, zoon van een wolhandelaar uit de Mugello! Ga toch terug naar waar je vandaan komt!'

Maar Cosimo was deze keer niet van plan over zich heen te laten lopen. Hij had genoeg van de voortdurende provocaties van zijn rivalen, van hun hooghartige gedrag, alsof alleen zij de waarheid in pacht hadden.

'Ik ben niet bang voor je, Albizzi! Nooit geweest ook. Ik weet dat je daar gek van wordt, maar dat is niet mijn probleem. Ik zal mijn leven voortzetten zoals ik tot nu toe heb gedaan, ík kan in elk geval zeggen dat ik mij altijd heb laten leiden door onzelfzuchtigheid en fatsoen.'

Juist op dat moment kwam Schwartz de kerk uit, de reusachtige Zwitserse huurling met zijn vettige lange, rode haar en volle snor. Ook die dag droeg hij een donker wambuis met daaroverheen een wapenrok met ijzeren platen. Hij liep naar Rinaldo toe.

'Valt deze man u lastig, excellentie?'

Albizzi knikte.

Schwartz maakte al aanstalten om zijn zwaard te trekken, toen Piccarda zich ermee bemoeide en precies tussen hen in ging staan, zonder zich iets aan te trekken van het gevaar dat ze liep. Haar ogen spoten vuur en haar mooie, ingetogen gezicht stond verontwaardigd.

'Jullie vervloekte zwetsers, met al jullie bedreigingen en kwaadsprekerij! Ik heb genoeg van jullie!' Piccarda's stem donderde over het kerkplein. 'Als jullie zonodig je zwaard willen trekken, doe dat dan nu en hak mij in mootjes, stelletje laffe honden!'

'Moeder...!' schreeuwde Cosimo, maar Piccarda leek hem niet te horen.

Albizzi was zo verbluft dat hij een geamuseerde grijns niet kon onderdrukken.

'Dat ik had niet verwacht,' riep hij, en lachte inmiddels voluit. 'Heren, hier staat iemand die écht lef heeft! Jullie begrafenis wordt nog even uitgesteld,' zei hij tegen Cosimo en Lorenzo. 'Bedank deze dame maar, want zij is moediger dan jullie twee bij elkaar.'

'Pas op je woorden, Albizzi.' Lorenzo trilde van woede.

'En nu wegwezen,' beval Rinaldo, 'jullie einde is alleen maar opgeschort.'

Zonder verder nog iets te zeggen liep Rinaldo de kerk weer in.

Cosimo en zijn familie liepen naar het rijtuig dat midden op het plein voor hen klaarstond, onder de kille blik van Schwartz die hen als een jachthond nakeek.

Terwijl hij daar stond, zijn zwaard half uit de schede, kwam Laura Ricci bij hem staan. Ook die dag was haar schoonheid oogverblindend en spreidde ze een luxe tentoon die grensde aan het obscene.

Om haar schouders droeg ze een stola van wit vossenbont. Haar lange vermiljoenrode onderkleed had een duizelingwekkend decolleté dat alle aandacht naar haar volle boezem trok. Haar groene ogen glansden als edelstenen in het kille voorjaarslicht.

‘Er komt een dag dat je die twee broers zult vermoorden,’ zei ze met haar zwoele stem.

‘Geloof het of niet, je kijkt naar de rug van twee dode mannen.’

April 1433

21

De laatste woorden

Al was haar lange kastanjebruine haar grijs geworden en had ze het laatste jaar veel van haar schoonheid verloren, toch was Piccarda Bueri misschien wel nooit zo mooi geweest als nu, vlak voor haar dood.

Ze zat in haar lievelingsstoel, in de bibliotheek. De stoel bij de haard. Jarenlang had ze daar genoten van de behaaglijke warmte, vaak met een goed boek en een kop kruidenthee die de kamermeisjes voor haar zetten. Piccarda was een sobere vrouw die genoot van kleine dingen.

Ze had een rijk en waardevol leven gehad en nu ze op het punt stond haar aardse bestaan te verlaten, voelde ze geen verdriet of spijt, want ze had veel meer ontvangen dan ze ooit had durven hopen: te beginnen bij een echtgenoot die haar had aanbeden, en die haar, ook toen na verloop van tijd de passie was gedoofd, met liefde, tederheid en respect was blijven omringen. En nu was ze, dankbaar en gelukkig, klaar voor de laatste stap. Ze voelde dat het moment was gekomen en had haar geliefde zonen, schoondochters en kleinkinderen bij zich geroepen om daarna, omgeven door rust en vrede, haar ogen te kunnen sluiten.

Haar blik dwaalde even door de ruimte waarvan ze zo had gehouden, en daarna keek ze ieder van hen afzonderlijk in de ogen, als teken van afscheid.

Terwijl ze hen voor de laatste keer toesprak, keken Cosimo en Lorenzo, Contessina en Ginevra, en ook Piero, Giovanni, Francesco en Pierfrancesco vol liefde naar haar.

'Kinderen,' begon ze, 'want zo beschouw ik jullie allemaal, zonder onderscheid, want jullie zijn mijn eigen vlees en bloed, of jullie hebben dat vlees en bloed moedig en vol overtuiging gekozen, wat minstens zo prijzenswaardig is. Ik voel dat de tijd die mij door God is gegeven ten einde loopt. Ik wil jullie nog een paar dingen zeggen, niet veel, maar ik hoop dat ze als gouden graankorrels in jullie hart zullen kiemen. Ik vraag jullie om altijd bij elkaar te blijven. Daarmee zouden jullie mij heel gelukkig maken, ook als ik weer bij jullie vader ben in de hemel. Niets in het leven is belangrijker dan familie, het is de bakermat van liefde, een bron van onuitsprekelijk genoegen en vreugde, en geloof me als ik zeg dat ik daar dankzij jullie in mijn leven veel van heb ontvangen.'

Op dat moment kon Giovanni zich niet meer beheersen en begon te snikken. Blinkende, zoute tranen biggelden over zijn gezichtje. Hij haalde een zakdoek tevoorschijn en probeerde ze weg te vegen.

Piccarda keek hem liefdevol aan.

'Laat je tranen maar lopen, Giovanni, schaam je er niet voor. Want er is niets mis met ontroering, ik heb liever dat je het laat zien dan dat je het voor je houdt. Ze zeggen dat huilen niet mannelijk is, maar ik denk dat een man die zijn ontroering niet durft te tonen een man is om bang voor te zijn, want wie niet in staat is tegen iemand te zeggen dat hij van hem of haar houdt, mist iets moois in zijn leven. Zo'n man, lieve kleinzoon van me, is niets anders dan een lafaard.'

De woorden van zijn grootmoeder leken Giovanni op te monteren, en hij kalmeerde.

'Familie is ons kostbaarste bezit, een band die we dagelijks op de proef stellen. Elke dag leven we samen onder dit dak en elke dag confronteren we elkaar met onze angsten, onze twijfels, maar ook en vooral met onze veroveringen en successen, met vreugde en vergeving. En er is niets mooiers dan samen te leven met je kinderen of met partners die uit eigen keuze hun levenspad met je bewandelen, een pad dat prachtig is, maar ook verraderlijke gedeeltes kent. Probeer dus altijd van elkaar te houden. Jij, Cosimo, denk eraan dat je de familie beschermt met je intelligentie, je scherpzinnigheid en je inzicht. Kijk steeds vooruit en houd in deze stad de goede naam van de Medici overeind, zoals je vader die aan jou en je broer heeft nagelaten, en vergroot, als je kunt, ons aanzien en onze macht, want macht, mits op de juiste manier en met inzicht ingezet, komt de hele gemeenschap ten goede. Jij, Lorenzo, bent snel en pienter, houd met je gebruikelijke passie en ijver toezicht op de bankzaken, breid waar je kunt onze activiteiten uit en zorg ervoor dat je onze familie middelen garandeert om een waardig en rechtschapen leven te leiden. Heb jullie prachtige vrouwen lief met alle passie en liefde die je in je hart hebt, en jullie, Contessina en Ginevra, vergeef jullie mannen hun zwaktes en wees voor hen een toevluchtsoord. Eis respect en trouw en wees nooit bang om in jullie rol als vertrouweling jullie mening te geven, want die is waardevol en biedt onverwachte oplossingen.'

Hier pauzeerde Piccarda even. Ze boog zich naar het tafeltje dat voor haar stond en strekte haar hand uit naar het kopje rozenthee. Ze deed er een eeuwigheid over, maar alle aanwezigen wisten dat ze haar niet hoefden te helpen, want als ze hulp nodig had zou Piccarda erom vragen.

Ze bracht het kopje naar haar lippen en nam een paar slokjes. Haar mooie ogen lichtten op en Cosimo glimlachte toen hij zag hoe ze nog kon genieten van zoiets eenvoudigs. Het was of hij naar een blij kind keek.

Toen ze genoeg had gedronken liet ze het kopje weer zakken, zonder het weg te zetten. Blauwe damp sloeg van de thee af en Piccarda deed haar ogen half dicht, genietend van het heerlijke aroma, dat zich nu ook verspreidde in de bibliotheek.

'Tot slot jullie, lieve kleinkinderen,' ging ze verder. 'Wees gehoorzaam en respectvol naar je ouders toe, en vergeet niet om hun jullie dankbaarheid en liefde te tonen, want het hart van een vader en een moeder vult zich zelfs bij het kleinste gebaar met liefde, en het zou wreed zijn hun dit te ontzeggen. Leer je eigen mogelijkheden kennen, profiteer van wat je familie je elke dag geeft. Voel je bevoorrecht en gelukkig, maar wees het waard en betaal het terug met toewijding, oefening en studie, zodat je zelf zo snel mogelijk een onmisbare bron voor de familie bent. Hier wil ik het bij laten, nu denk ik dat ik ga slapen. Dank dat jullie met zo veel aandacht naar mij hebben geluisterd.'

Met die woorden sloot Piccarda haar ogen.

De kinderen werden naar buiten gestuurd en Cosimo, Lorenzo,

Contessina en Ginevra bleven bij haar waken. In die vergulde stilte was haar slaap diep en vredig, haar gezicht ontspannen en kalm.

Na een tijdje gingen Contessina en Ginevra slapen.

De uren gingen voorbij.

Cosimo en Lorenzo bleven bij haar. Ze pakten ieder een hand van hun moeder.

Langzaam werd haar huid koud als marmer. Haar gezicht verloor kleur en haar adem stokte.

Piccarda was dood.

Cosimo liet een priester roepen voor de bediening.

De twee broers bleven bij hun moeder zitten, en toen ze elkaar even aankeken, herkenden ze in de ogen van de ander haar blik.

22

Filippo Brunelleschi

De dagen verstreken. Piccarda was met bescheiden ceremonieel begraven. Cosimo's moeder rustte nu naast zijn vader in de sacristie van de San Lorenzo. Nu waren ze weer bij elkaar. Iets mooiers kon twee mensen die tijdens hun leven veel van elkaar hadden gehouden niet overkomen, vond Cosimo. Hij hoopte dat hij evenveel geluk zou hebben. Hij miste zijn moeder vreselijk, en alleen al bij de gedachte aan haar voelde hij een steek in zijn hart. De tijd zou ook die wond helen, wist hij, maar hij beloofde zichzelf dat hij, wat de toekomst ook zou brengen, altijd de herinnering aan haar zou koesteren, als een gouden draad die van hem naar de hemel liep.

Hij zuchtte.

Hij was in de werkplaats van Filippo Brunelleschi.

Hij had in zijn leven veel fantastische plekken gezien, maar iets als dit had hij nooit eerder onder ogen gehad. De architectuur van het palazzo was al adembenemend, maar wat hem vooral sprakeloos liet staan was de enorme verzameling modellen, instrumenten en machines.

Zijn blik schoot heen en weer tussen fantastische bronzen panelen, witmarmeren kapitelen, stenen bustes, beelden van klassieke godheden en talloze opengeslagen schetsboeken vol houtskooltekeningen die als een perkamenten tapijt op de marmeren vloer lagen uitgespreid. Verder zag hij scherven gekleurd glas, prachtige figuren in houtsnijwerk, stukken linnen, voorstudies voor een fresco of iets anders, beitels, bossen penselen, potten boordevol pigment en een miniatuurmodel van de koepel van de Santa Maria del Fiore. Filippo leefde voor zijn werk alsof het zijn enige reden van bestaan was, en misschien was het dat ook wel.

Cosimo had geen idee hoe het kon dat iemand zijn hele leven in dienst stelde van de kunst, als was het een religie, een geloof, een liefde. Er zat een devotie in die hem beangstigde omdat hij wist dat er in zijn eigen leven niet zoiets bestond.

In zijn ogen was Filippo een unicum en misschien gold dat wel voor alle kunstenaars: ze gehoorzaamden niet aan aardse wetten omdat ze gegrepen waren door een bovenaardse discipline, als een soort koorts, een ziekte die als je er eenmaal mee besmet was, nooit meer overging. Filippo had de gevaren van de pest genegeerd, had maandenlang onafgebroken doorgewerkt aan de koepel en was net voor een paar dagen naar beneden gekomen om wat controles uit te voeren. De bouw vorderde snel en liep bijna ten einde, maar nu stond hij voor een niet gering probleem, want hoe moest de koepel worden gesloten zonder dat het hele bouwwerk instortte?

Cosimo had geen idee hoe de maestro dat zou oplossen, maar zat nu eerst met iets anders in zijn maag. Hij moest Filippo vertellen dat zijn ontwerp voor het Palazzo Medici in de Via Larga niet haalbaar was. De geruchten die over het project de ronde deden gaven voeding aan een kwaadaardige en giftige sfeer die ten koste ging van zijn familie. Albizzi en Strozzi hadden het praatje de wereld in gebracht dat de nieuwe, door Brunelleschi te bouwen residentie van de Medici zo'n overdadige grandeur uitstraalde dat het eerder leek op een paleis van een vorst en qua goede smaak en afmetingen in geen enkel opzicht voldeed aan de regels waar zelfs de adellijke Florentijnse families zich aan moesten houden als ze opdracht gaven tot de bouw van een huis voor privégebruik.

Cosimo wist dat Filippo dit allemaal pure waanzin zou vinden en dat maakte zijn taak er niet eenvoudiger op. In gedachten zoekend naar de juiste woorden zag hij de maestro op zijn hurken op de grond zitten en bij het licht van een paar stompjes kaars een wirwar aan lijnen trekken waar hij niet uit wijs kon worden.

Cosimo legde een hand op zijn schouder, maar Filippo reageerde niet. Hij leek totaal op te gaan in de tekening. Toen hij zich uiteindelijk omdraaide stonden zijn intelligente ogen afwezig. Hij was er erbarmelijk aan toe. Ingevallen oogkassen, een sterk vermagerd gezicht, uitstekende jukbeenderen. Hij moest nog meer zijn afgevallen. Cosimo vroeg zich af of hij wel at.

'Hebt u wel wat gegeten vanmorgen?' vroeg hij hem op de man af.

'Daar heb ik nog geen tijd voor gehad,' antwoordde de kunstenaar. Zijn stem klonk schor, een soort ongearticuleerd gerochel, waarschijnlijk had hij in tijden niet gepraat.

'Zullen we samen ergens wat gaan eten?'

'Ik heb het druk.'

'Ik zie het.'

'Wat wilt u?'

'Ik vroeg me af of alles goed ging.'

'Bent u daarvoor hier gekomen? Kom op, hou me niet voor de gek, messere, dat kan ik niet hebben. Niet van u.'

Cosimo wist voor de zoveelste keer niet wat hij moest zeggen. Dat overkwam hem steeds met Filippo Brunelleschi, en zijn klunzige pogingen om die onkunde te verbergen, gingen ten onder in onzekere woorden en halve leugens die nog erger waren dan de waarheid. Hij moest daarmee stoppen.

'Het palazzo,' zei hij.

'Welk?'

'Dat u voor mij zou bouwen.'

'Ah.'

'Dat kan niet doorgaan.'

'Ah.'

'Ik betaal u uiteraard voor het ontwerp.'

Filippo knikte.

Hij leek er even over na te denken.

'Hoe komt dat zo?' vroeg hij.

'De Florentijnse adel vindt het te bombastisch.'

'Dat is het niet.'

'Daar hebt u gelijk in, maar helaas bepaalt hun oordeel de mening van vele anderen.'

'Inclusief die van u?'

'Ik moet mijn familie beschermen.'

'U legt zich er dus bij neer?'

'Het is geen kwestie van neerleggen...'

'Jawel,' onderbrak Filippo hem, 'dat is het wel.'

'Ik heb mijn verantwoordelijkheden.'

'Dat zijn maar leugens om uw besluit te rechtvaardigen.'

'Is dat wat u denkt?'

'Precies.'

'Wat had ik dan moeten doen?' vroeg Cosimo geïrriteerd.

'Wat u van plan was.'

'Maar hoe...'

'Dan blazen we de hele boel af, geen probleem. Rest mij de vraag waarom u naar mij toe bent gekomen als uw besluit al vaststond.'

'Ik had nog niet besloten.'

'Nu moet u niet weer tegen me liegen.'

Cosimo zuchtte. Hij was er voor de zoveelste keer in gelopen.

'U hebt gelijk,' gaf hij toe.

'Het is geen probleem.'

'Wat niet?'

'Het palazzo. En trouwens, ik hoef geen geld voor het ontwerp.'

'Maar dat is niet terecht.'

'Ik heb het liever niet.'

'Ik betaal u toch.'

'Waag het niet,' zei Filippo koppig, met een agressieve flikkering in zijn ogen.

Cosimo hief zijn handen. 'Al goed, al goed... Als dat is wat u wilt.'

'Messer de' Medici, u hoeft zich tegenover mij niet schuldig te voelen. De keuze is aan u. U bent dan wel de opdrachtgever, maar ik heb het volste recht om een betaling te weigeren. Ik ben geen parasiet.'

'Maar dat heb ik nooit gevonden, geen moment.'

'Mooi, respecteert u dan mijn wil.'

'Er zit niets anders op.'

'Had u verder nog iets?'

'Nee.'

'Dan ga ik nu weer door met mijn werk.'

Cosimo begreep dat ze waren uitgepraat. Brunelleschi verzocht hem op een elegante manier te vertrekken.

'Goed,' zei hij, 'en een fijne dag verder.'

'U ook.'

Filippo keerde hem de rug toe. Hij wijdde zich weer aan zijn tekening alsof ze niet met elkaar hadden gesproken. Voor hem was dit gesprek een onbenullig detail, het nam niet meer plaats in dan een komma, een fluistering, een apostrof.

Cosimo voelde zich rot. Maar wat wilde hij dan? Per slot van rekening was hij het die Filippo de opdracht had afgenomen. Hij had het onaangename gevoel dat hij hem had verraden. Dat hij conventies en regels boven hun vriendschap had gesteld.

'Verantwoordelijkheden,' had hij gezegd. En als Filippo nou eens gelijk had? Als zijn gebazel over plichtsbesef en respect voor procedures niets anders was dan zwakheid? Een knieval voor de wil van een stel oorlogszuchtige schurken? Zou hij zich er alsnog tegen moeten verzetten?

Cosimo schudde zijn hoofd.

Hij vond dat hij de beste keuze had gemaakt, maar diep in zijn hart zei een stemmetje hem dat dat niet zo was.

Toen hij de werkplaats van Filippo Brunelleschi uit liep voelde hij zich triester dan toen hij binnenkwam.

September 1433

23

De aanklacht

Cosimo wist dat ze eraan kwamen.

Sinds Bernardo Guadagni was gekozen als nieuwe *Gonfaloniere* van Justitie, wist hij dat zijn lot bezegeld was. Bernardo hoorde tot de kring rond Rinaldo degli Albizzi en die laatste had er alles aan gedaan om hem op een hogere positie te krijgen. In de stad ging het gerucht dat hij Bernardo zelfs duizend florijnen aan belastinggeld had betaald om zijn gunst te winnen.

Het was slechts een kwestie van tijd, beter gezegd van uren. Cosimo had zijn vrouw gewaarschuwd. Contessina was in eerste instantie bang, maar had daarna woedend gereageerd. Ze had gezegd dat ze het zo lang zij leefde niet moesten wagen hem in de gevangenis te gooien, maar Cosimo had zijn hoofd geschud. Ze wisten dat het zou gebeuren, ze konden zich beter op het ergste voorbereiden en broeden op een manier om eruit te komen… Als die er al was.

Het was geen berusting, het was simpelweg acceptatie van een plan dat groter was dan hij. En dat plan diende bevochten te worden met andere wapens en middelen dan geweld en woede. Die zouden het verstand verblinden en, uiteindelijk, de domste strategie blijken. Rinaldo degli Albizzi verwachtte niets anders. Ze vormden voor hem het perfecte excuus om hem te vermoorden.

Cosimo stond te kijken naar de zon die opkwam. Aan de blauwgrijze hemel begon zich een heldere strook licht af te tekenen. Die ochtend had hij gekozen voor een stijlvol wambuis van paars damast, bewerkt met zilveren patronen: een speciale kleur voor een speciale dag. Hij droeg het dichtgeknoopt tot aan de hals. Op zijn hoofd droeg hij niets, daar zou hij alleen maar last van hebben. Zijn zwarte krullen vielen rebels over zijn voorhoofd.

Hij wachtte in de salon. Even keek hij omhoog naar het prachtige houtsnijwerk in het plafond dat was opgedeeld in drie rijen van elk zes cassetten, versierd met acanthusbladeren. Kaarsen flakkerden in de indrukwekkende smeedijzeren kroonluchters die aan het plafond hingen.

Cosimo werd ongeduldig.

Hoe lang zou het nog duren voor Rinaldo degli Albizzi kwam?

Hij had Lorenzo gevraagd bij Contessina, Giovanni en Piero te blijven.

Toen hoorde hij door de open ramen de voetstappen van de soldaten.

Het waren krachtige, doffe dreunen die geen enkele aarzeling leken te kennen. Ach, als dat hun manier was om hem te intimideren, zouden ze bedrogen uitkomen.

Hij liep de salon uit, daalde de brede marmeren trap af en begaf zich naar de voordeur.

Daar verscheen ook Contessina, haar gezicht vertrokken van verdriet en vlekkerig van tranen. Haar kleed was van haar schouders gegleden waardoor haar borsten bijna zichtbaar waren. Ze snikte onbedaarlijk.

'C-Cosimo,' stamelde ze, 'wat zullen ze met je doen, lieverd?'

Hij liep snel naar haar toe.

'Alsjeblieft schatje, wees sterk,' zei hij. 'Er wachten ons moeilijke dagen, maar we zullen ze te boven komen, we moeten naar de toekomst kijken. Pas goed op Piero en Giovanni.'

Ze sloeg haar armen om zijn hals en huilde tegen zijn borst. Ze huilde omdat ze zich verloren voelde zonder hem en omdat ze bang was dat ze hem nooit meer zou terugzien.

'Cosimo, ik wil je niet verliezen. Ik ga dood van verdriet als jou iets overkomt. Ik moet er niet aan denken om zonder jou te leven.'

Hij streelde glimlachend haar gezicht. Daarna zei hij met alle tederheid die hij die septemberochtend kon opbrengen: 'Niet bang zijn, lief. Binnen zeven dagen ben ik weer thuis. Dan zijn we weer samen en gaan we verder met ons leven. Niets zal ons scheiden.'

'Beloof je dat?'

'Dat beloof ik.'

Terwijl hij dat zei kondigden de bedienden het langverwachte bezoek aan. De wachters kwamen binnen, vergezeld door Rinaldo degli Albizzi.

Zodra hij Cosimo zag, verscheen er een duivelse grijns op zijn gezicht.

'Messer Cosimo de' Medici,' bulderde de kapitein van de wacht, 'in opdracht van de Gonfaloniere van Justitie arresteer ik u op beschuldiging van een aanslag op de Republiek en van tirannie. De misdaden waarvan u wordt beschuldigd zullen u gedetailleerder worden uitgelegd wanneer u in het Palazzo della Signoria wordt voorgeleid aan de Gonfaloniere van Justitie, messer Bernardo Guadagni.'

'Maar buiten de regels om,' voegde Albizzi er bits aan toe, 'kunnen we je alvast laten weten dat de stad genoeg heeft van je arrogantie en je valse barmhartigheid. We weten van het palazzo dat je wilt laten bouwen. Het maakt ons niet uit of Filippo Brunelleschi het gaat bouwen of dat Michelozzo of Donatello de opdracht krijgt, of wie dan ook van de lange lijst kunstenaars die voor je werken. We weten ook van je samenzweringen tegen Florence en nu is het moment gekomen dat je moet boeten voor je wandaden.'

Albizzi moest erg naar dit moment hebben uitgekeken. Hij sprak zo fel en strijdlustig, dat het speeksel als het kwijl van een dolle hond van zijn lippen spatte.

Cosimo zweeg. Met zijn blik snoerde hij Contessina de mond, omdat hij wilde dat ze op dat moment sterker was dan ooit. Hij gunde die man zijn plezier niet.

Zijn echtgenote begreep het. Ze had zichzelf weer in de hand, Cosimo's woorden van daarnet hadden haar opgebeurd. Ze liep naar hem toe en drukte een kus op zijn lippen.

Toen zei ze: 'Doe waarvoor jullie gekomen zijn.'

Bij die woorden wenkte Rinaldo degli Albizzi, ongelovig en kokend van woede, de kapitein van de wacht.

Die deed Cosimo de handboeien om.

Daarna namen ze hem mee naar buiten.

Het was raar om onder geleide door de stad te lopen. Cosimo hield zich goed, maar er hing een naargeestige sfeer in Florence. Een deel van de stad leek ongelovig toe te kijken naar het onrecht dat hem werd aangedaan, het andere deel schold hem furieus uit.

Toen ze bij het Piazza della Signoria waren aangekomen zag Cosimo dat het plein vol stond met mensen. De straatverkopers van voedsel en wijn deden gouden zaken. Het was een bloedhete ochtend. De zon stond als een blinkende metalen schijf aan de hemel. De hitte was verstikkend en het felle licht verblindde hem. De zee van mensen om hem heen deed het plein trillen als een bovenaards wezen, een monster, een leviathan, klaar om zijn eigen kroost te verscheuren. Tegenover hem rees het Palazzo Vecchio op, de Arnolfo-toren tekende zich scherp af tegen de blauwe lucht.

Midden op het plein was een houten podium neergezet, waar Bernardo Guadagni hen stond op te wachten.

Veel van de omstanders schreeuwden met wijd opengesperde monden al hun woede eruit. Het was het geluid van haat, van afkeer van macht en corruptie. Ook hij had bijgedragen aan die razernij, bedacht Cosimo. Hij keek naar hen, maar zag in hen niet de kille vastberadenheid die nodig was om een vijand overhoop te steken. Dus vreesde hij, althans voor het moment, niet voor zijn leven. Naast de mensen die hem uitscholden, stonden er ook mensen die hem juist gunstig gezind waren: net zo boos en evenzeer bereid om te vechten. Maar dan met woorden. In die dreigende tweestrijd, ternauwernood beteugeld door de Stadswacht en door de Gonfaloniere die boven op het podium de armen in de lucht stak om de gemoederen in bedwang te houden, ervoer Cosimo de kwetsbaarheid van een Republiek die aan de rand van de afgrond stond.

Iemand spuugde naar hem. Er landde een klodder gelig slijm op zijn kleren.

Hij zag huilende vrouwen en mannen die zwoeren hem te zullen doden. Hij zag frisse kindergezichtjes en hoeren met uitgelopen make-up. Hij liep dwars door die krioelende zee van lichamen, verhit door het zonlicht. Het plein ziedde gedempt, als een kruitvat op het punt van ontploffen.

Hij bereikte het podium en vanaf daar werd hij door twee bewakers naar Bernardo Guadagni gebracht.

De Gonfaloniere keurde hem geen blik waardig. Cosimo's woede groeide nu hij merkte hoe arrogant hij werd behandeld door die machtsbeluste, corrupte kerels, maar hij hield zich in.

Hij wist dat het hem fataal zou kunnen worden als hij nu zijn kalmte zou verliezen.

'Deze man,' begon Bernardo, wijzend op Cosimo, 'heeft het volk opgestookt met zijn complotten en provocaties tegen de edelen van de Republiek. Hij deed dat bewust en opzettelijk, en met een beschamende eigenwaan. Hij gaf messer Filippo Brunelleschi opdracht tot de bouw van een palazzo voor hem en zijn familie, een palazzo dat alle andere huizen in Florence naar de kroon moest steken. Toen hij doorkreeg dat het hem niet in dank werd afgenomen, nam hij Brunelleschi de opdracht af en vroeg Michelozzo. Maar de identiteit van de kunstenaar interesseert ons niet, het gaat erom dat hij zich stelselmatig boven ons allemaal verheven voelt.'

De woorden van de Gonfaloniere weerklonken als een aanklacht ten overstaan van de talloze op het plein verzamelde plebejers, burgers en edelen.

'Daarom heb ik, Bernardo Guadagni, Gonfaloniere van Justitie, het volk bijeengeroepen voor de veroordeling óf de vrijspraak van Cosimo de' Medici. Zo lang we niet tot een uitspraak komen stel ik voor de hier aanwezige verdachte over te brengen naar het Palazzo Vecchio en op te sluiten in de Arnolfo-toren, in de cel die de *Alberghetto* wordt genoemd, tot bekend is welk lot de instituties voor hem kiezen. Dit heb ik besloten in het belang van de Republiek Florence.'

Bij het horen van die woorden barstte de menigte uit in gevloek en gescheld, maar ook in applaus en gejuich. Er waren mensen die voor de toekomst van Cosimo vreesden, maar velen bespotten hem en noemden hem een verrader en een judas.

Terwijl het geschreeuw tot in de hemel reikte keek Bernardo haast geamuseerd toe. Albizzi, Soderini, Strozzi en hij hadden lang op dit moment gewacht.

'Breng hem naar de Alberghetto en houd hem daar tot we besloten hebben wat we met hem doen,' was alles wat hij nog te zeggen had.

De wachters knikten, pakten Cosimo bij zijn geketende armen en leidden hem tussen twee hagen van mensen door naar het Palazzo.

24

Contessina

'Heb je dan geen greintje liefde meer voor je arme broer?'

Contessina's stem klonk woest. Haar gezicht had een strijdlustige schoonheid. Haar lange, verwarde krullen leken op de kromme bijlen van duizend zwarte hellebaarden. Haar borst bewoog op en neer in haar onderkleed, alsof haar hart op springen stond. Haar mooie, donkere ogen vonkten en richtten zich als pijlen op Lorenzo.

Contessina was een furie, zo had hij haar nog nooit gezien. Lorenzo realiseerde zich dat de dood van Piccarda en Cosimo's verblijf in de kerker een ander mens van haar hadden gemaakt.

'Geef antwoord!' drong Contessina aan.

'Ik zal ten strijde trekken,' zei hij. 'Ik mobiliseer mijn vrienden en iedereen die ons tot nu toe heeft gesteund en ik zal Florence in de hel storten als dat nodig is, ik zal de stad onderdompelen in bloed...'

Ze onderbrak hem. 'Goed, je verzamelt mannen, je roept je medestanders bijeen en bindt de strijd aan met Albizzi. Maar dan? Wat denk jij dat er daarna gebeurt? Snap je er dan niets van?'

'Dan wordt het oorlog, lieve schoonzus.'

'Ja, maar geloof jij dat je daarmee je broer de cel uit krijgt? Denk na, Lorenzo! Rinaldo en zijn mannen verwachten niets anders.'

'Wat maakt dat uit! Des te beter zullen ze vechten. Eerlijker. Misschien zullen ze dan voor één keer de tegenstander in het gezicht kijken in plaats van hem van achteren aan te vallen.'

Contessina schudde haar hoofd. Hoe was het mogelijk dat hij niet snapte dat dat niet de juiste weg was? Er móést een andere oplossing zijn en die zou zij vinden, koste wat kost. Voor Cosimo en voor hun kinderen. Voor hun liefde.

'Goed dan,' zei ze, 'we doen het zo: jij probeert het met geweld en laat mij de mogelijkheid om subtielere wapens en strategieën te kiezen.'

Lorenzo kon zijn oren niet geloven. Wat stond zijn schoonzus nu te bazelen?

'Wat bedoel je? Denk je dat er met dat soort mensen te praten valt? Je hebt hem toch gezien, Rinaldo degli Albizzi? Op de begrafenis van Niccolò da Uzzano heeft hij gezworen het ons betaald te zetten. Als je nog een béétje verstand in je hoofd hebt kun je je nu maar beter terugtrekken op het platteland en de ontwikkelingen afwachten...'

De klap kwam plotseling en hard. Zijn hoofd sloeg achterover. Zijn lip brandde. Zijn wangen gloeiden van schaamte omdat hij had staan tieren tegen de vrouw van zijn broer. Hij had die woorden nooit willen uitspreken. Maar nu was het te laat.

'Waag het niet om tegen mij te zeggen dat ik me moet terugtrekken op het platteland. Denk jij soms dat ik mijn man zou kunnen laten wegrotten in zijn cel zonder al het mogelijke te doen om hem te verdedigen? Ik hou meer van hem dan van wie ook ter wereld, dat moet je toch in al die jaren dat je me kent wel hebben gemerkt! En ik kruip niet weg in een villa om af te wachten tot Cosimo aan de galg hangt. En Piero en Giovanni ook niet, daar kun je zeker van zijn!'

Toen werd Contessina's toon milder. 'We doen het zo,' ging ze verder. 'Jij doet je best om een leger te verzamelen tegen Rinaldo degli Albizzi en zijn bondgenoten, ik probeer Bernardo Guadagni om te kopen.'

Lorenzo was sprakeloos.

Waren ze zo diep gezonken?

Cosimo's cel, de Alberghetto, was tien bij tien el. Er zat één raam in met tralies ervoor en er was een brits om op te slapen. In een hoek stond een emmer voor de uitwerpselen. De dikke muren van de Arnolfo-toren maakten de cel onneembaar. De zware, ijzeren deur met de enorme grendel verhinderde elke vlucht.

Cosimo liet zich op de brits vallen. Het hout deed direct pijn aan zijn rug.

Door het raam hoorde hij het gebrul van de massa op het plein beneden. Hij dacht na over zijn lot: de dagen gingen voorbij en hij moest zo snel mogelijk een oplossing vinden. Aan de andere kant, hoe langer het duurde, hoe kleiner de kans werd dat ze hem de doodstraf oplegden, waar het aanvankelijk wel naar had uitgezien. Maar aangezien niets zeker was, behalve dan de aangeboren haat van Rinaldo degli Albizzi jegens hem, moest hij alles uit de kast halen om invloed uit te oefenen op Bernardo Guadagni, die op dat moment zijn lot in handen had.

Hij had geen idee wat zijn familie ging doen. Hij sloot niet uit dat Lorenzo erover dacht de wapens op te nemen. Zijn vrouw daarentegen zou misschien een subtielere, slinksere oplossing bedenken.

Contessina was puur en onschuldig maar zeker niet naïef. Verre van dat. Sterker nog, zij was degene met wie hij moest praten. Hij hoopte haar snel te zien.

Hij moest een manier vinden om die cel uit te komen. Op een aanslag op de Republiek en tirannie waren, zo wist hij, slechts twee straffen mogelijk: dood of ballingschap. Natuurlijk, absolutie was er ook nog, maar zoals het er nu voor stond geloofde Cosimo daar niet in.

Hij dacht na over het afgelopen jaar: allereerst de dood van zijn moeder, waar hij erg onder had geleden. Toen de pest en die brute aanval waaraan hij slechts dankzij zijn broer was ontkomen, de dreigementen van Albizzi in de kerk van Santa Lucia de' Magnoli en tot slot dat duivelse stelletje moordenaars, die huurling en die o zo verleidelijke, maar levensgevaarlijke vrouw.

Hij had een leven vol aanslagen en gevaren achter de rug. Hij bedacht dat hij Rinaldo degli Albizzi uiteindelijk had onderschat. Hij had nooit willen geloven dat de man zo geobsedeerd was door het idee hem te willen doden. Hij had altijd gedacht dat het volstond om hem van repliek te dienen. Ten onrechte. Die man wilde zijn bloed. En hij wilde dat zo graag dat hij de Gonfaloniere van Justitie ervoor had omgekocht.

Op dat moment wist hij wat hij moest doen.

Hij had geld.

Hij had mannen en middelen.

Hij moest Bernardo omkopen. De man was een handelaar, en als hij al één keer was bezweken, deed hij dat een volgende keer vast weer. Welk bedrag Albizzi hem ook had geboden, hij zou er een flinke schep bovenop doen. Er werd gezegd dat Rinaldo hem duizend florijnen aan belastinggeld had betaald.

Hij zou hem tweeduizend dukaten bieden in ruil voor een barmhartig oordeel.

Het plan was er, nu hoefde hij alleen nog maar instructies te geven aan zijn vrouw of zijn broer, zodat ze de zaak konden regelen.

Er was nog hoop, misschien.

25

Wrede schoonheid

Ze had genoeg van al het geweifel van Rinaldo en zijn trawanten. Ze hadden haar gebruikt om verdenking te zaaien en de Medici een waarschuwing te geven, en nu ze na drie jaar eindelijk de kans hadden zich van hen te ontdoen, aarzelden ze? Was Rinaldo dan zo'n sukkel?

Laura liet het er niet bij zitten.

Ze had haar leven geriskeerd. Voor de zoveelste keer. Wie weet hoe het met haar was afgelopen als Lorenzo haar die dag te pakken had gekregen. Cosimo leek ongevaarlijk, althans minder doortastend dan zijn broer, die duidelijk een grote wrok koesterde jegens haar. Lorenzo moest worden uitgeschakeld.

Aanvankelijk was ze een pion geweest in een spel dat veel complexer was dan ze kon vermoeden, en dat had ze geaccepteerd. Vooral vanwege de levensstijl die Rinaldo degli Albizzi haar in ruil voor haar diensten in het vooruitzicht had gesteld. Maar nu vormde ze opeens zelf een doelwit.

Daarom was zij de eerste die niet blij was met de gevangenneming van Cosimo. Nog afgezien van het feit dat Lorenzo nog vrij rondliep. En God alleen wist wat die zou doen. Die twee waren onafscheidelijk. Het waren broers, maar voor hen leek de bloedband sterker te zijn dan ze ooit had gezien. Het was meer dan louter broederliefde. Elk van de twee zou zijn leven geven voor de ander.

Rinaldo degli Albizzi onderschatte hen. Het was niet alleen een kwestie van macht en belangen, van geld en corruptie. Het was iets wat in die familie zat. De Medici waren slangen en moesten worden vertrapt en gedood. Uitgeroeid als onkruid.

Ze snoof. Haar mooie rode lippen krulden zich tot een aanbiddelijk pruilmondje.

Laura bekeek zichzelf in de spiegel. Ze zat aan haar toilettafel.

Ze was mooi. Een dikke bos zwarte krullen omlijstte de bruine, bijna olijfkleurige huid van haar gezicht. Haar diepgroene, amandelvormige ogen hadden een zwoele glans, maar tegelijkertijd kon er een wreed licht in ontvlammen waardoor die schoonheid hard werd als diamant. Haar neus was aan de forse kant, een kleine imperfectie die haar gezicht nog sensueler maakte. Haar lippen waren mooi gevormd en onweerstaanbaar zacht.

Haar schitterende donkergroene kleed liet haar bovenarmen verleidelijk bloot, haar volle ronde borsten leken uit het lijfje te barsten en waren, zo veel was zeker, haar meest succesvolle wapen.

Ze glimlachte.

Maar weinig mannen konden haar zinnelijke sensualiteit weerstaan.

Ze moest die inzetten. Nu meer dan ooit. Anders liep ze het risico alles te verliezen wat ze met zo veel moeite had verworven. Het was voor een volksmeisje niet gemakkelijk om te bereiken wat zij had bereikt. List en bedrog waren kunsten die met deskundigheid en aandacht dienden te worden verfijnd. En God alleen wist hoe die kunsten haar in al die jaren van pas waren gekomen. Ze hadden haar verzekerd van een bestaan in die door de duivel vervloekte stad, waar hinderlagen en intriges de knopen vormden in een weefsel dat werd gevlochten met draden van corruptie en bedrog.

Maar met gif en leugens alleen kon ze zichzelf niet voldoende beschermen. Daarom had ze een stilzwijgend verbond gesloten met Schwartz. Ze wist dat ze bezit was van Rinaldo degli Albizzi, tenminste zo lang hij haar gaf wat ze nodig had. Op geen enkele andere manier had ze zich kunnen permitteren te wonen in een patriciërshuis als dit, in het centrum van de stad, met bedienden en bewakers. Aan de andere kant was ze daardoor ook afhankelijk van zijn grillen en dat maakte haar kwetsbaar.

Rinaldo beschouwde haar simpelweg als een bereidwillig en altijd beschikbaar instrument voor zijn seksuele bevrediging, maar Schwartz, die haar eveneens met een dierlijke hartstocht begeerde, hield echt van haar. Natuurlijk was het een wrede man die een soort fysieke macht over haar wilde uitoefenen, maar zodra hij besefte dat hij die macht over haar had, had hij alles voor haar over. Omdat hij haar liefhad. Dat wist ze. Dat had ze gelezen in haar kaarten.

Om haar veiligheid te vergroten, moest ze, in elk geval een tijdje, extra druk zien uit te oefenen op Rinaldo. Hem zover krijgen dat ook hij met hart en ziel de dood van die twee Medici wilde, dat hij hen óf zelf zou vermoorden, óf haar een vrijbrief zou geven voor haar plannetjes.

Als het moest kon ze zich altijd nog van hem ontdoen en de hulp inroepen van Schwartz. Maar zover was het nog niet.

Ze haatte Rinaldo, maar ze haatte de Medici nog meer. Ze haatte wat ze vertegenwoordigden. Want anders dan Albizzi toonden ze niet hun ware gezicht, maar deden zich op een hypocriete en walgelijke manier voor als weldoener en mecenas. Ja, het was waar dat ze grote sommen geld schonken om de lagere klassen en het plebs te helpen en ze financierden ruimhartig grote kunstprojecten, maar dat deden ze uitsluitend om hun eigen sociale prestige en politieke macht te vergroten, en om te verdoezelen dat ze net zo slecht, zo niet slechter waren dan anderen.

Er was geen greintje oprechtheid in hun gedrag, sterker nog, in zekere zin was het nog smakelozer en weerzinwekkender dan dat van haar, dat door een deel van de mensen die haar kenden ook nog eens onbetamelijk en zedeloos werd gevonden.

Maar de edelen die afgaven op haar gedrag, hadden geen ontberingen en honger gekend, echte honger, die je maag en ingewanden aanvreet. Ze zouden zich ook niets kunnen voorstellen bij de klappen van een laffe en eeuwig dronken vader. Haar vader, die haar toen ze tien was als een stuk vlees had verkocht aan een rondtrekkende handelaar!

En dat was nog maar het begin van haar nachtmerrie.

De man die haar kocht hield haar als een beest op een kar, vastgebonden aan een ketting. Ze sliep in stallen, bij de dieren. En in die stallen, tussen het rottende stro en de mest, herinnerde ze zich monsters van kerels: rijk en arm, vals, laf en ruw, want dat waren ze allemaal, ieder op zijn eigen, weerzinwekkende manier.

Ze betaalden om haar te neuken.

Niemand uitgezonderd.

Degene die haar het meest was bijgebleven, die haar voor het leven had getekend, was de man met de gele ogen. Ze waren groen, maar in het zwakke licht van de kar hadden ze die angstaanjagende kleur gehad, alsof ze werden verteerd door een of andere koorts. Toen ze hem zag had ze de rillingen gekregen. Het was een grote, gespierde man met een bleek jongensgezicht.

Die man had haar niet verkracht, maar haar wel de pure betekenis van angst en afschuw bijgebracht. Bij het vallen van de avond was hij opgedoken, vanuit het niets. Het leek of hij achterna werd gezeten door een meute honden, hij had het schuim om de mond staan. Hij was op de kar geklommen alsof hij op zoek was naar iets. Het was waarschijnlijk gewoon een dief, en toen ze dat had bedacht overwon ze haar angst en vroeg hem haar van de ketting te bevrijden. Ze smeekte hem met tranen in de ogen, maar in plaats van haar te helpen sloeg hij haar tot bloedens toe. Toen ze had geprobeerd zich te verdedigen, gaf hij met het lemmet van een dolk een lange jaap in haar been. Ze zakte in elkaar, op de kar.

Hij rommelde een poosje tot hij vond wat hij zocht.

Voor hij de oude kleren van de koopman aantrok, deed hij een opvallend wambuis uit. Erop stonden zes bollen op een gouden achtergrond.

Hij liet haar daar liggen en ging ervandoor. Verdween in het hetzelfde niets als waaruit hij was gekomen.

Toen de koopman terugkeerde van zijn inkopen in het dorp en de puinhoop op de kar zag, ontplofte hij van woede.

Het kostte Laura twee maanden om te genezen, en al die tijd was ze bang dat ze voorgoed kreupel en verminkt zou blijven.

Maar de dagen en de jaren gingen voorbij en ze werd steeds mooier. Ondanks alles. Ook zij kon het niet verklaren. Het leek wel of haar lichaam haar pijn had opgeslokt en omgezet in schoonheid die via haar gezicht weer naar buiten stroomde. Maar haar woede, die was nooit geluwd. Die had ze gevoed en grootgebracht, laten aanzwellen tot een vloedgolf.

Ze was dat verschrikkelijke, raadselachtige, duivelse beeld, de zes rode bollen op een gouden achtergrond, nooit vergeten. Ze waren een obsessie geworden, een waarschuwing, hét symbool van afgrijzen.

In de loop der jaren werd Laura niet alleen mooier, maar ook groter en sterker. Ook haar baas werd ouder en had steeds minder controle over haar.

Ze herinnerde zich nog haar eerste kruiden, de poeders en, later, de giftige zwammen: hun glanzende rode of oranje hoedjes vol met witte stippen, hun dikke, vlezige, onvoorstelbaar zachte stelen. Ze waren prachtig maar ook gevaarlijk. Ze at ze om de baby's die in haar groeiden te doden. Ze had geen keus, de mannen misbruikten haar voortdurend. Mannen zoals de Medici, zoals de Albizzi. Mannen die haar veroordeelden tot een moederschap dat ze niet wilde omdat kinderen grootbrengen in die hel nog erger zou zijn dan ze nooit geboren laten worden.

Ze herinnerde zich de hallucinaties die ze kreeg door het eten van de paddenstoelen, de nachtmerries, de waanzin, de woede.

Maar in de loop der tijd kreeg ze ook door dat ze een bijzonder effect had op mannen, en dat werd haar wapen.

En op een goeie dag had ze de rondreizende koopman giftige zwammen laten eten. Ze had er zo veel door zijn soep gebrokkeld dat zijn buik ervan scheurde. En toen ze zag hoe hij die nacht lag te schuimbekken en met de ogen rolde, was het nog maar een fluitje van een cent geweest om een mes te pakken en zijn keel door te snijden.

Vanaf dat moment was ze een vrije vrouw.

Met één doel.

Na een lange reis belandde ze in Florence waar ze haar kennis van planten en bloemen gebruikte voor het samenstellen van parfums.

Tot ze op een dag ontdekte dat de zes rode bollen op een gouden veld het familiewapen vormden van de Medici.

Het familiewapen van de man met de gele ogen.

Toen het tot haar doordrong dacht ze even dat ze gek werd. Maar na de afschuw kwam de woede weer boven en beloofde ze zichzelf dat ze er alles aan zou doen om die smerige schurkenfamilie uit te roeien.

26

Een glimp van een plan

De gevangenbewaarder was een lange man met een eerlijke oogopslag. Er leek niets kwaads in hem te zitten en dat was een hele opluchting. Natuurlijk, schijn kon bedriegen, maar hij straalde iets betrouwbaars uit.

Contessina hoopte dat hij dat ook echt was.

Hij vroeg haar vriendelijk of hij mocht controleren of ze geen verdachte spullen bij zich had. Ze stemde toe.

Federico Malavolti, zo heette hij, liep vervolgens samen met haar naar boven langs een eindeloos lange, steile trap met glibberige treden. Contessina rilde toen ze voelde hoe kil en vochtig het was in de toren. De dikke stenen muren waren ijskoud, en daarbij tochtte het er ook nog eens verschrikkelijk.

Na een doodvermoeiende klim in de flakkerende rode gloed van de brandende toortsen aan de wanden, bereikten ze de ijzeren deur van de Alberghetto. Malavolti haalde een dikke bos sleutels van zijn gordel, koos een van de langste en stak die in het slot van de deurgrendel. Meteen daarop sprong het mechanisme met een roestig metalig geluid open. Malavolti deed de deur open en knikte Contessina toe. Het was een man van weinig woorden.

'U mag blijven zo lang u wilt, madonna. Wanneer u eruit wilt hoeft u maar op de deur te bonzen. Ik wacht hier op u.'

Contessina knikte en liep de cel in.

Zodra ze binnen was in de kleine, van vocht doortrokken ruimte hoorde ze achter haar de grendel klikken.

De cel was zwak verlicht door een paar kaarsen. Contessina zag Cosimo op de brits liggen. Toen hij haar zag sprong hij overeind en was in een oogwenk bij haar.

Contessina liet zich door hem omhelzen en terwijl ze zich wanhopig aan zijn borst drukte, prevelde ze de eerste woorden sinds ze in de toren was.

'Cosimo, liefste, hoe gaat het met je? Ik heb aldoor aan je gedacht en ben zo gauw ik kon gekomen. Ik kan niet zonder je.'

Hij keek haar in de ogen. Ze vond hem er bleek en moe uitzien. Hij zat er nog maar twee dagen, maar leek nu al getekend door zijn gevangenschap.

'Lieve Contessina, we moeten snel handelen,' zei hij. 'We hebben weinig tijd en elke aarzeling kan ons fataal zijn.'

Maar zij wilde eerst weten hoe hij in die twee dagen en nachten zo had kunnen vermageren.

'Hongeren ze je uit, Cosimo? Want als dat zo is, zeg ik het tegen de gevangenbewaarder.'

Hij keek naar haar en kon zijn bewondering niet onderdrukken toen hij in het halfduister de strijdlustige blik zag op haar lieve, mooie gezicht.

'Daar twijfel ik niet aan, liefste. Maar de waarheid is dat ik weiger te eten wat ze me voorzetten.'

Contessina trok haar wenkbrauwen op.

'Ik ben bang dat ze me willen vergiftigen.'

'Echt? Denk je dat die man...'

'Nee, dat denk ik niet. Die man, zoals jij hem noemt, is alleen maar mijn bewaker. Ik weet niet wie de maaltijden bereidt maar ik veronderstel, althans het zou me niet verbazen, dat het iemand uit de kringen van Rinaldo degli Albizzi is, die er waarschijnlijk ook nog goed voor wordt betaald.'

'Dat kun je toch niet volhouden?' riep ze bezorgd.

'Maar ik kan ook niet riskeren dat ik gelijk heb.'

'Wat wil je dan? Je weet dat ik geen voedsel mag meenemen de toren in. En als ik het zou doen, dan zouden ze het vinden, daar kun je zeker van zijn.'

'Daarom moeten we snel zijn, wat onze keuze ook is.'

'Lorenzo is bezig een leger samen te stellen, hij is van plan met een zo groot mogelijk aantal mannen de stad aan te vallen.'

'Maak je een grapje?' vroeg Cosimo verrast. Hij wist dat Lorenzo qua temperament zoiets zou kunnen bedenken, maar een heel leger op de been brengen, dat zag hij hem niet doen. Maar goed, zijn broer was een man van zijn woord en als hij zich had voorgenomen om hem te bevrijden, zou hij niet rusten voor hij dat doel had bereikt. Toch geloofde Cosimo niet dat dat de oplossing was.

'Zeker niet,' antwoordde Contessina. 'Ik heb hem ook gezegd dat het gekkenwerk is. Net als ik wil hij jou hieruit krijgen, maar ik denk dat we een andere manier moeten vinden.'

Cosimo knikte. Dat was precies wat hij ook dacht.

'Ik vind niet alleen dat je gelijk hebt, maar denk zelfs dat we meteen moeten proberen iets in gang te zetten, niet om mij vrij te krijgen, want daar hoop ik niet eens op, maar wel om er in elk geval ballingschap uit te slepen.'

'Beter ver van Florence dan dood.'

'Precies. Hoe is het met Piero? En met Giovanni?' Cosimo leek even afstand te willen nemen van het gepieker.

'Met Giovanni gaat het goed. Naar omstandigheden dan. Piero wil met zijn oom mee. Je kent zijn oorlogszuchtige neigingen. Die jongen maakt me nog eens doodongelukkig.'

Cosimo schudde zijn hoofd. 'Reden te meer om te proberen de minst bloedige weg te bewandelen. Bij een oorlog tegen Florence hebben we alles te verliezen en niets te winnen.'

'Dat vind ik ook, maar hoe denk je dat te doen?' vroeg Contessina geëmotioneerd.

Cosimo liet zijn blik door de duistere cel dwalen. Hij leek te zoeken naar een glimp van een plan, alsof hij aantekeningen had gemaakt op een denkbeeldig stuk perkament, en eigenlijk was dat precies wat hij had gedaan in al die uren.

'Ik heb deze dagen diep nagedacht. Ik weet dat Bernardo de Raad van Tweehonderd heeft bijeengeroepen en dat de Raad van Acht haar keuze zal maken, maar de uiteindelijke beslissing ligt bij hem. Als Gonfaloniere is hij in staat de wil van de instituties te beïnvloeden, zo niet te sturen. En toen bedacht ik, waarom zou een man die zich al eens eerder heeft laten leiden door geld, dat niet nog eens doen?'

'Je wilt hem omkopen?'

'Ik denk dat het de enige mogelijkheid is die we hebben en daarvoor heb ik jou nodig.'

'Ik doe alles wat je wilt, liefste. Eerlijk gezegd was dit ook mijn plan.'

'Eigenlijk is het niet eens zo ingewikkeld, Contessina. Ik weet zeker dat Federico Malavolti, de gevangenbewaarder, een betrouwbare kerel is.'

'Die indruk had ik ook toen ik hem ontmoette.'

'Geloof me, dat is hij. Het is een gerespecteerd en rechtschapen man die mij helemaal niet dood wil hebben, daar durf ik mijn hand voor in het vuur te steken.'

'Daar ben ik blij om, maar hoe kan hij ons helpen?' Haar stem was inmiddels niet meer dan een dun draadje dat op het punt van breken stond. Ze was bij haar man om te bespreken hoe ze zijn leven konden redden, en dat verlamde haar, maakte haar bijna gek, ze wilde niets liever dan hem bij de hand pakken en mee naar huis nemen.

'Nou, het geval wil dat Malavolti bevriend is met ene messer Farganaccio, een vertrouweling van Bernardo Guadagni.'

'Ik geloof dat ik het begin te snappen,' liet Contessina zich ontvallen terwijl er een glimlach over haar gezicht gleed. 'Je wilt Farganaccio gebruiken om Guadagni om te kopen.'

'Precies,' bevestigde Cosimo, 'en daarmee mijn ballingschap verwerven.'

27

Een nacht vol vuur en bloed

Lorenzo had twee volle dagen gereden. Hij had een stel intriganten in de stad geposteerd en was nu buiten Florence bezig om een paar honderd man te verzamelen, gewapende edellieden en soldaten. In de vlakte was een tentenkamp verrezen.

Nu was het avond en zat Lorenzo in zijn tent, in het besef dat hij twee dagen later tegen zijn eigen stad ten strijde zou trekken. De situatie was nijpend. Hij wist dat hij snel moest handelen. Zijn spionnen hadden hem verteld dat Cosimo nog leefde, maar zeker niet meer voor lang.

De Raad van Tweehonderd was precies gelijk verdeeld: de ene helft wilde de doodstraf, de andere helft vroeg om verbanning. Dat laatste kwam eigenlijk neer op absolutie. Natuurlijk zou het lastig zijn, maar ook vanuit een andere stad, bijvoorbeeld Venetië, kon de familie zich rustig blijven bezighouden met de Bank en andere ondernemerszaken. Maar tot nu toe was er nog geen enkele garantie dat het op verbanning zou uitdraaien.

Lorenzo was zich ervan bewust dat een veldslag voor hem een uiterste redmiddel was. Hij was bankier! Hij wist hoe hij moest omgaan met rekeningen, wisselbrieven, een balans of een nieuw filiaal, maar was bepaald geen beroepssoldaat, en al helemaal geen moordenaar. Hij kon zich verdedigen, mocht dat nodig zijn, maar meer ook niet. Hij hoopte eigenlijk dat de Gonfaloniere van Justitie, als er besloten was tot doodstraf, alsnog voor verbanning zou kiezen zodra hij te horen zou krijgen dat er zich voor de poorten van Florence een leger verzamelde. Als het goed was, wist Bernardo Guadagni al van zijn acties en kende hij de consequenties van zijn keuze.

Kortom, Lorenzo hoopte dat de dreiging van een oorlog afschrikwekkend genoeg zou zijn en dat werkelijk ingrijpen niet nodig was. In de afgelopen uren was een aanzienlijk aantal Florentijnse edelen in het kamp aangekomen om steun te betuigen aan Lorenzo en Cosimo. Onder hen bevonden zich Piero Guicciardini, Tommaso en Niccolò Soderini en ook Puccio en Giovanni Pucci. Sommigen van hen hadden zich aan de kant van de Medici geschaard uit afgunst en haat jegens hun eigen familieleden en zagen hierin een kans om die dwars te zitten, maar dat interesseerde Lorenzo weinig. Welk motief de mannen ook hadden, wie Rinaldo degli Albizzi haatte was een bondgenoot.

Zo zat hij na te denken toen dreigende kreten plotseling de rust in het kamp verstoorden. Zonder een moment te wachten liep Lorenzo zijn tent uit. Instinctief legde hij een fakkel in de vuurpot bij de ingang van de tent. Het hout knapperde, een rode vlam steeg op naar de zwarte hemel. Lorenzo's mannen, in leren wapenrok met stalen platen, holden allemaal geschrokken dezelfde richting uit, naar de andere kant van het kamp. Het koude zweet liep Lorenzo langs de rug. Hij had een akelig voorgevoel.

Hij zette het op een rennen, probeerde zo snel mogelijk de plek te bereiken waar het lawaai vandaan kwam. Toen begreep hij het. Hij hoorde niet alleen het wanhopige geschreeuw van de mannen maar, daar bovenuit, een onophoudelijk gehinnik.

Er waren paardendieven in het kamp.

In al dat tumult voltrok zich voor zijn ogen een alarmerend schouwspel.

In het zwart geklede mannen dreven de paarden de hekken uit, met als doel Lorenzo's soldaten tot voetvolk te degraderen, hun opmars te vertragen en een grootse intocht in de stad te voorkomen.

Lorenzo trok het zwaard dat aan zijn gordel hing. Hij zag dat het plan van de vijanden niet helemaal gelukt was. Schildwachten hadden net op tijd doorgekregen wat er gebeurde. Ze hadden niet kunnen voorkomen dat het eerste hek werd opengezet, dat de paarden erdoor naar buiten draafden en op hun dolle tocht minstens twintig tenten omver galoppeerden, maar ze hadden de aanvallers wel weten te stoppen. Ze hadden de mannen die de andere hekken probeerden te openen gedood en vochten nu tegen een paar ruiters die op het punt stonden de paarden uit het kamp weg te voeren.

Vuurkorven waren omvergegooid. Lichamen lagen op de grond. De lijken waren overdekt met diepe, rode snijwonden. De aarde was met bloed doordrenkt en waar hij ook keek, overal zag Lorenzo omgevallen palen, loshangend tentdoek, zwartgeblakerd hout en gebroken zwaarden.

Hij zag een paar ruiters voorbij draven. Een van hen maaide met een zwaard in het rond. Hij was in het zwart gekleed en droeg een strakke helm zonder vizier. Zijn gezicht was besmeurd met bloed. Terwijl hij naderde op zijn roodbruine paard reet hij de rug van een soldaat open. Hij droeg een zwart wambuis en een zwarte lange mantel en hield zijn tanden verbeten opeengeklemd. Het was Schwartz. Lorenzo zag hoe hij zorgvuldig zijn tactiek koos, alle tijd nam om achter de infanterist aan te gaan die hij vervolgens met een enkele, bliksemsnelle houw het hoofd van de romp hakte. De man zakte op zijn knieën terwijl zijn hoofd wegrolde.

Schwartz had zichzelf volledig in bedwang. Koud als het ijzer van zijn lemmet.

Tot hij Lorenzo zag.

Hij glimlachte. Hij begroette hem zelfs, alsof hij hem wilde bespotten. Hij vernederde hem. Iemand anders deed een uitval naar Schwartz, maar die overtroefde de man, liet zijn paard een onverwachte draai maken en trof zijn tegenstander recht in de borst, stak zijn zwaard twee handen diep in het vlees. Hij liet het zwaard in het lichaam van de man staan en toverde een tweede zwaard tevoorschijn waarmee hij schuin omlaag uithaalde. De soldaat greep met zijn handen naar zijn keel, terwijl zijn bloed als een rivier naar buiten kolkte. Hij zakte op zijn knieën en viel daarna voorover, met zijn gezicht in het stof.

Terwijl de paarden weg galoppeerden, keek Schwartz nog een laatste keer om. Lorenzo voelde een onverklaarbare, ijzige kou door zijn ledematen trekken. Hij bleef onbeweeglijk staan, alsof Schwartz' ogen hem voorgoed hadden bevroren. In het licht van de fakkels hadden ze een vreemde kleur. Heel even leek het of ze geel waren. Lorenzo stond te trillen op zijn benen. Die man bezat een bovennatuurlijke wreedheid.

Lorenzo bleef hem nakijken, zag hoe hij zich aansloot bij de laatste ruiters, zijn roodbruine paard aanspoorde tot galop en ongedeerd het kamp verliet.

Hij voelde zich een lafaard, hij had geen vinger durven uitsteken. Maar hoe bang hij ook was voor die man, vroeg of laat zou hij de confrontatie met hem moeten aangaan.

Oktober 1433

28

Het lot beïnvloed

Laura was niet van plan het erbij te laten zitten. Ze moest actie ondernemen, anders was het te laat. Ze zou het zichzelf nooit vergeven als ze niet profiteerde van de gelegenheid die haar door het lot op een presenteerblaadje werd aangereikt.

Toen ze naar binnen stapte, zat Rinaldo degli Albizzi met een glas wijn aan tafel. Hij at het liefst alleen. De man was door iedereen gevreesd en had geen vrienden. Hij had alleen bondgenoten, en ook die waren doodsbang voor hem, wat hen bij voorbaat al onbetrouwbaar en tot potentiële verraders maakte.

Geen best vooruitzicht, om eerlijk te zijn.

Omdat ze indruk wilde maken had ze zich zorgvuldig voorbereid. Ze had gekozen voor een parelgrijs onderkleed met een bijzonder diep en uitdagend decolleté dat haar volle borsten goed liet uitkomen. Haar lange verzorgde nagels had ze vuurrood gelakt. Ze had zich zwaar opgemaakt en haar groene ogen met zwart aangezet, wat haar blik nog zwoeler maakte. Tot slot had ze een paar opengewerkte mouwen aangetrokken, zwart met scharlakenrood en bezet met zilveren lovertjes, waardoor een spannend spel ontstond tussen het verhullen en onthullen van haar prachtige armen.

Toen Rinaldo haar zag was hij sprakeloos van bewondering en begeerte.

Hij stond op, wenkte haar bij zich, graaide meteen met zijn gretige handen in haar decolleté en greep haar perfecte borsten alsof ze een lang gezochte schat waren. Hij nam ze in zijn handen en beet met onbedwingbare gulzigheid in haar tepels. Snel liet Laura haar hand tussen zijn benen glijden, voelde dat zijn lid gezwollen was en masseerde met haar vingertoppen de eikel. Rinaldo hijgde. Ze trok haar onderkleed omhoog en bood zich aan. Ze droeg er niets onder, op haar lange zwarte kousen na. Ze ging als een kat voor hem op haar knieën zitten en stak haar billen uitnodigend omhoog. Hij pakte haar lange haar, draaide het rond zijn hand en duwde haar hoofd omlaag. Hij wilde haar domineren. Ze kreunde van genot, wat zijn lust nog verder aanwakkerde. Ze voelde de top van zijn lid tegen haar huid, de eerste druppels sperma liepen langs haar dijen. Hij opende haar schaamlippen, talmde met zijn vingers, stak er eerst twee in, toen drie, tot hij voelde hoe opgewonden ze was. Toen verloor hij zijn zelfbeheersing en nam haar met geweld, waarop ze het uitschreeuwde van onbeschaamd genot.

'Straf me, doe me nog meer pijn,' kreunde Laura terwijl hij in haar was. Rinaldo dacht dat hij gek werd van verlangen.

Hij overlaadde haar met beledigingen, pakte haar bij de heupen alsof hij haar doormidden wilde breken. Hij was compleet en hopeloos aan haar onderworpen.

'Maak me gelukkig, Rinaldo,' fluisterde ze tussen het kreunen door, 'dood Lorenzo en Cosimo de' Medici voor mij.'

'Dat zal ik doen,' hijgde hij hees, 'ik zweer je dat ik dat zal doen.'

Contessina keek Federico Malavolti lang en strak aan. Hij verried geen verlegenheid en sloeg zijn blik niet neer.

Zodra ze de cel uit was wilde ze met hem spreken over Farganaccio. Dat kon niet wachten, maar wat ook niet kon wachten was het probleem van het voedsel, of het nu vergiftigd was of niet.

Ze besloot er niet omheen te draaien.

'Waarom vergiftigen jullie het eten van mijn man?' vroeg ze hem.

Federico was verbijsterd. 'Waarom zegt u dat, madonna?'

'Mijn man beweert dat het eten vergiftigd is. Hij denkt niet dat het uw schuld is, dat niet, maar hij is bang dat Rinaldo degli Albizzi in de keukens laat rommelen met de gerechten die u hem brengt.'

Federico schudde ongelovig zijn hoofd.

'Dat is onmogelijk, madonna.'

'Is dat zo?' vroeg ze.

'Ik zweer het.'

'Hoe kunt u daar zo zeker van zijn?'

'Omdat een vertrouwensman van mij toeziet op de bereiding van de gerechten.'

'En u vertrouwt hem zozeer dat u zeker weet dat hij niet liegt?'

Federico Malavolti zuchtte.

'Luister, madonna, ik zweer dat het niet mijn wil was dat messer Cosimo werd opgesloten in de Alberghetto. Niet dat ik aan de kant van de Medici sta, maar ik ben zeker ook geen aanhanger van de tegenpartij. Ik ben een eerzaam man, althans dat probeer ik te zijn, en ik zou het mezelf nooit vergeven als messer Cosimo iets overkwam. Wat mij betreft besluit de Gonfaloniere van Justitie tot ballingschap. U moet begrijpen dat het mijn enige taak is toezicht te houden op de gevangenschap van Cosimo de' Medici, zodat hij niet meer dan nodig hoeft te lijden, en dat hij het voedsel dat ik hem breng weigert op te eten vervult mij met evenveel zorg als u.'

Contessina hoorde dat de woorden van Federico Malavolti oprecht waren en niet ingegeven door persoonlijk gewin. Tot haar eigen verrassing raakte ze met haar hand even zijn arm aan. Ze moest toch op iémand kunnen vertrouwen. Wat hadden de Medici nog meer te verliezen na alles wat ze al verloren hadden?

Contessina had vertrouwen in deze man, maar gezien de omstandigheden mocht ze zich niet tevredenstellen met een simpele uitleg.

'Kunt u bewijzen dat het waar is wat u zegt?'

'Van nu af aan zal ik elke dag het eten proeven dat naar messer Cosimo wordt gebracht en dat zal ik in zijn bijzijn doen, zodat ik, als het inderdaad vergiftigd is, eerder sterf dan hij. Ik hoop dat dat voldoende is.'

'Weet u zeker dat u dat wilt doen?'

'Zo zeker als ik in u een verliefde vrouw zie.'

Contessina zweeg een ogenblik. 'Is dat dan zo goed te zien?'

'Er is geen enkele reden om u daarvoor te schamen.'

'Ik schaam me er ook niet voor, helemaal niet, alleen kom ik daardoor misschien zwak en kwetsbaar over. Mijn vijanden zouden mijn gevoelens kunnen gebruiken om Cosimo nog zwaarder te treffen.'

'Dat denk ik niet,' zei Federico. 'Er is geen sterkere vrouw dan een vrouw die verliefd is op haar eigen man.'

Contessina zuchtte. 'Ik hoop het maar,' zei ze. 'U lijkt me een wijze en oprechte man, Federico. Dank voor wat u voor Cosimo wilt doen... Maar ik zou u in dit verband nog een gunst willen vragen.'

'Ik luister.'

Contessina zocht naar woorden. Wat ze wilde vragen was geen kleinigheid. Ook al was Federico een man met een goed hart, hij zou het volste recht hebben om te weigeren wat ze hem nu wilde voorstellen.

'Ik weet dat u bevriend bent met een man die bekendstaat als uitstekend spreker en tafelgenoot. Ik bedoel messer Farganaccio. Hij kent mijn man goed en ik vraag me af of u hier niet een gezamenlijke maaltijd zou kunnen organiseren. Daarmee zou u uw medeleven kunnen betonen aan mijn man en zou hij op zijn beurt een gezellige avond hebben. En bij die gelegenheid...'

En in die woorden liet Contessina meer doorschemeren dan ze zei. 'En op die manier zou Cosimo weer kunnen beginnen met eten.'

'Ik ken messer Farganaccio en het is inderdaad een onderhoudende man. Ik denk dat ik de onderliggende bedoeling van uw verzoek begrijp. Vooral als ik bedenk dat Farganaccio een vriend is van Bernardo Guadagni. Ik heb er niets op tegen. Zoals ik al zei sta ik niet aan de kant van de Medici, maar ook niet aan die van Rinaldo degli Albizzi, en als ik op enige manier kan voorkomen dat hij Cosimo ter dood veroordeelt, zal ik niet aarzelen.'

Toen Contessina hem dat hoorde zeggen, was ze in de zevende hemel.

'U doet het dus?'

'Waarom niet? Per slot van rekening gaat het alleen maar om een etentje met Farganaccio en Cosimo de' Medici.'

'Dank, dank, dank, u weet niet hoeveel dit voor mij betekent,' stamelde Contessina en uit pure blijdschap viel ze hem om de hals.

Federico Malavolti schrok bijna door die plotselinge opwelling van haar, maar beantwoordde haar omhelzing. Daarna maakte hij zich van haar los en deed een stapje achteruit.

'Ik moet ú bedanken madonna, dat u mij de gelegenheid geeft mijn eer en goede trouw te tonen. Nu we het eens zijn geworden zou ik u graag terugbrengen naar de ingang van de toren. Het bezoek was lang en zeker nuttig, maar ik wil de Gonfaloniere van Justitie niet ongunstig stemmen. Ons gedrag moet, voor zover mogelijk, onberispelijk zijn.'

'Natuurlijk,' zei Contessina instemmend, 'dat begrijp ik. Maar ik ben u eeuwig dankbaar voor wat u hebt gedaan.'

'Ik heb nog niets gedaan madonna, en het is nog niet gezegd dat ons idee succes heeft. Laten we hopen dat we zo het leven van uw man kunnen redden, ik zou het mezelf niet vergeven als dat niet het geval was.'

Na die woorden liep Federico Malavolti de trap af, gevolgd door Contessina. Bij de ingang namen ze afscheid.

De situatie was nog verre van opgelost, maar de toekomst van Cosimo de' Medici zag er in elk geval iets minder somber uit. En dan was er nog Lorenzo, die een aanval op de stad voorbereidde. Ook daarom hoopte ze dat het gesprek van zojuist vruchten zou afwerpen. Ze was benieuwd wat Piccarda zou vinden van haar optreden. Zij had vast hetzelfde gedaan. Zou ze trots op haar zijn geweest, als ze haar op dat moment had kunnen zien? Contessina hoopte van wel.

Reden te meer om door te vechten tot het einde. Niet alleen voor haar man en voor de liefde die hen verbond, en niet alleen voor haar kinderen die thuis op haar wachtten, maar ook om de herinnering levend te houden aan degenen die de Medici groot hadden gemaakt en zo veel hadden gegeven in het verleden.

Ze had naar behoren gehandeld.

Het enige wat ze nu nog kon doen was hopen op Gods genade.

Maar of dat voldoende was?

29

De samenzwering

'De dood. Dat is het enig mogelijke vonnis voor die man.' Rinaldo degli Albizzi was vastbeslotener dan ooit. Hij haatte de Medici intens. Hij haatte alles waar ze voor stonden en wist dat als ze niet dood waren, ze vroeg of laat zouden terugkeren om opnieuw gevaarlijk te worden. Hij moest hen uit de weg ruimen, precies zoals Laura had gezegd. Die vrouw had hem verrast. Er school een woede in haar, een soort moordzucht, die hem had ontsteld. In elk geval was het voor hem, hoe vreemd het ook mocht klinken, alleen nog maar een extra reden om het einde van de Medici te willen.

'Ik begrijp de reden voor die keuze wel,' begon Palla Strozzi, 'maar we moeten voorzichtig zijn, want die twee broers zijn nog steeds heel machtig. Als we Cosimo ter dood veroordelen voor tirannie, krijgen we het volk, de burgers en een deel van de adel tegen ons. En terwijl wij hier zo zitten te praten brengt Lorenzo de' Medici voor de poorten van Florence een leger op de been om ons aan te vallen. Dat moeten we niet onderschatten.'

'Daarom moeten we ze allebei doden!' schreeuwde Rinaldo.

Palla Strozzi zuchtte. Waarom was dit voor die man altijd en eeuwig de enig mogelijke oplossing?

'Ik zeg niet dat je ongelijk hebt, maar laten we niet vergeten dat behoorlijk wat edelen zich achter de Medici scharen. Piero Guicciardini, Tommaso en Niccolò Soderini, en ook Puccio en Giovanni Pucci hebben zich al bij Lorenzo aangesloten. Volgens mij is ballingschap de beste oplossing.'

'Ja hoor,' viel Rinaldo degli Albizzi uit, 'een geweldig idee! Denk jij soms dat de Medici vanuit een ballingsoord zullen ophouden hun verderfelijke invloed op deze stad uit te oefenen? Ze hebben overal vrienden! In Venetië bijvoorbeeld, want daar zit een belangrijk filiaal van hun bank, waardoor ze op vriendschappelijke voet staan met de doge. Ook in Milaan, als het waar is dat Cosimo Francesco Sforza tot zijn vrienden kan rekenen, en Sforza lijkt een gooi naar de macht in het hertogdom te gaan doen, want van meerdere kanten hoor je dat de dagen van de Visconti zijn geteld. Alleen Rome staat op dit moment misschien vijandig tegenover Cosimo, maar ook daar ben ik niet helemaal zeker van sinds de Medici-bank de depositaris is van de Apostolische Kamer, en dan hebben we het wel over de pauselijke schatkist. Besef je nu eindelijk hoe gevaarlijk de Medici zijn voor ons? En vind je dan nog steeds oprecht dat het de beste oplossing is om ze in leven te laten?'

Rinaldo was misschien blind van woede, maar dat belette hem niet de gevaren verbazend helder op een rijtje te zetten, dat moest Bernardo Guadagni hem nageven. Toch was hij er niet van overtuigd dat een terdoodveroordeling van Cosimo de' Medici een goed idee was. De Raad van Tweehonderd was wel verdeeld, maar een kleine meerderheid was voor een geweldloos vonnis. Zo'n belangrijk feit mocht Bernardo niet verwaarlozen. Daarom had hij zich vol tegenzin samen met Rinaldo en Palla opgesloten in de Wapenkamer die uitkeek op de binnenplaats van het Palazzo della Signoria, om erover te praten. Wie hen had gezien, had hen voor een stel samenzweerders gehouden. En eigenlijk waren ze dat ook. De Raad van Tweehonderd had een pauze genomen, en het Palazzo was op dat moment niet leeg, maar wel in relatieve rust gehuld na de talloze roerige vergaderingen van de afgelopen dagen waarin werd gepoogd het eens te worden over het lot van Cosimo de' Medici.

'Ik geloof niet dat het een goed idee zou zijn om hem ter dood te veroordelen,' zei hij. Hij zag dat Rinaldo's ogen vuur spuwden en voegde er haastig aan toe: 'Daarmee bedoel ik niet dat hij niet dood moet. Maar het zou toevallig moeten gaan, per ongeluk, en niet op grond van een veroordeling.'

'Beste Bernardo,' zei Rinaldo kil, 'ik hoop dat ik u er niet aan hoef te herinneren hoe u Gonfaloniere van Justitie van de Florentijnse Republiek bent geworden.'

'Dat ben ik niet vergeten, maar dat wil niet zeggen dat ik er geen kijk op heb. Ik zou voorzichtig zijn met een doodvonnis voor een man als Cosimo. Het ging er aanvankelijk om de stad te bevrijden van een tiran. En ik denk niet dat de doodstraf daar noodzakelijkerwijs de meest geschikte oplossing voor is. Mijn loyaliteit ten opzichte van u staat niet ter discussie, messer Rinaldo, maar juist omdat de Medici, zoals u terecht opmerkte, invloedrijke vrienden hebben, moeten we zorgen dat we niet hun woede wekken.'

'En dan is Florence op dit moment ook nog in oorlog met Lucca...' voegde Palla Strozzi er instemmend aan toe.

'Een oorlog waarvoor we, gelukkig voor ons, dankzij behendige redenaars de Medici verantwoordelijk hebben kunnen laten stellen,' onderbrak Rinaldo hem.

'Dat weet ik maar al te goed,' reageerde Palla geïrriteerd, 'daar was ik er een van. Maar als Lorenzo tegen Florence ten strijde trekt komt er naast de oorlog met Lucca ook nog een burgeroorlog bij.'

'Reden te meer om de Medici uit de weg te ruimen!' zei Rinaldo koppig.

'Ja, maar mensen zouden kunnen denken dat dit tweede conflict door óns is veroorzaakt, en dan zitten ze niet ver naast de waarheid.'

'Nou én! Wat stellen jullie dan voor?' vroeg Rinaldo. 'Want ik waarschuw jullie dat ik niet van plan ben me een kans als deze te laten ontglippen. Dat hebben we in het verleden te vaak laten gebeuren.'

'Laten we nog een paar dagen afwachten,' zei Bernardo. 'We proberen de Raad te sturen, maar zonder de indruk te wekken dat we een beslissing forceren. In de tussentijd maken we ons klaar om een aanval van Lorenzo tegen te houden. Ik zal de Raad van Tien vanavond bijeenroepen om te zorgen dat patrouilles en wachtdiensten worden verdubbeld. Ik zal alle beschikbare manschappen opstellen bij de poorten en op de stadsmuren. Meer kunnen we niet doen. Over twee dagen beslissen we. En als het uitdraait op verbanning, vinden we wel een manier om het Cosimo bijzonder lastig te maken.'

Rinaldo snoof, maar knikte uiteindelijk.

'Goed,' zei hij, 'maar laten we niet te lang wachten, want anders vermoord ik die twee broers nog met mijn blote handen.'

Cosimo had de hele nacht wakker gelegen. Hij had zich van de ene zij op de andere gedraaid in de hoop in slaap te vallen, maar de houten brits was een marteling voor zijn rug. Het was zijn procrustesbed. Het zonlicht viel door het raam naar binnen en bracht een heel klein beetje warmte in de Alberghetto. Hij hoorde de sleutel in het slot draaien. Hij was nog niet van zijn brits opgestaan, of Francesco Malavolti stond al binnen.

Bij het zien van diens open en eerlijke gezicht voelde Cosimo zich ook die ochtend iets minder verloren, en Francesco's geruststellende woorden versterkten dat gevoel.

'Messer Cosimo, ik heb gisteravond met uw vrouw Contessina gepraat. Ik wist niet dat u weigerde te eten omdat u bang bent dat het voedsel vergiftigd is. Daarom zal ik vanochtend met u van hetzelfde bord eten, zodat u op mij kunt vertrouwen. Ik koester geen haat jegens u en meen dat het verkeerd is u verantwoordelijk te houden voor de tegenspoed in onze Republiek, en al heb ik geen idee of het terecht is dat u wordt beschuldigd van tirannie, ik vind dat u het op z'n minst verdient in leven te blijven.'

Zonder verder nog iets te zeggen zette Francesco een bord op de brits. Hij brak een stuk brood af en nam een hap. Toen nog een. Hij pakte de karaf, schonk wat water in de houten beker en dronk het op.

Hij keek Cosimo in de ogen en wachtte.

Een poosje zaten ze zo zwijgend bij elkaar. Francesco Malavolti besefte dat Cosimo door het hele gebeuren wel erg op de proef werd gesteld. Niet zozeer door de gevangenschap, hij zat nog maar een paar dagen in de toren, als wel door de onzekerheid waarin hij verkeerde. Het volk kwam dagelijks bijeen om over zijn lot te debatteren. Ook die ochtend stond het plein beneden vol mensen. Vanuit de Alberghetto waren het geschreeuw en het rumoer goed te horen. De Raad van Tweehonderd kwam maar niet tot een uitspraak en de Gonfaloniere van Justitie leek tijd te rekken. Het was een gebed zonder eind. Deze man moest mentaal wel erg sterk zijn om hiertegen bestand te zijn.

Francesco stak hem zijn hand toe. 'Vertrouwt u mij, messer Cosimo?'

'Ik vertrouw u, en ik dank u voor uw waardevolle bewijs van eerlijkheid.' Daarna omhelsde Cosimo hem. 'Ik heb helaas weinig vrienden tegenwoordig, daarom is uw nabijheid me erg dierbaar.'

Federico Malavolti maakte zich los uit de omhelzing, hij was haast ontroerd.

'Het is niet waar dat u weinig vrienden heeft, messer Cosimo. Veel mensen steunen u, binnen en buiten het Palazzo. U zult zien dat er een vreedzame oplossing komt, daar twijfel ik niet aan. Om die kans te vergroten zou ik vanavond graag iemand willen meenemen naar de Alberghetto: messer Farganaccio, een vriendelijk en onderhoudend man. Ik beschouw hem als een van mijn dierbaarste vrienden en ik weet dat hij u bewondert. Als u het goed vindt, zouden we samen kunnen eten.'

'Ik zou het een onverwacht geschenk vinden om samen met jullie te eten,' zei Cosimo.

'Afgesproken. Ik zal de kok iets lekkers laten klaarmaken, zodat u, nu u zo lang niets gegeten heeft, wat kunt aansterken, is het niet mentaal, dan in elk geval fysiek. En als u weer op krachten bent gekomen, wie weet is het lot u dan ook weer gunstig gezind,' besloot Francesco een beetje cryptisch.

'Ik weet niet hoe ik u moet bedanken,' antwoordde Cosimo.

'Wacht daar maar mee. Niets is nog zeker.'

'Dan wacht ik af. Ik heb overigens ook niet veel anders te doen.'

'Tot vanavond dan, en we zullen zien hoe het loopt.'

30

Reinhardt Schwartz

Reinhardt Schwartz was net wakker. Hij rekte zich uit, genoot met volle teugen van zijn eigen luiheid. Zo'n nacht lekker slapen had hij wel verdiend!

De dag ervoor had hij een lang stuk op zijn paard gereden. Daarna had hij het kamp van Lorenzo de' Medici aangevallen en een paar hoofden afgehakt. Niets bijzonders. Alleen hield hij het niet meer vol om de rol van loopjongen van Rinaldo degli Albizzi te moeten spelen. Hij had even pauze nodig. Lorenzo de' Medici was bepaald geen groot soldaat: stel je voor, hij was bankier. Maar lef had hij wel, dat moest Schwartz hem nageven, en hij kwam maar niet van hem af.

Schwartz kreeg zijn loon van Albizzi. Reden genoeg om door te gaan, had hij zichzelf steeds voorgehouden, maar als je voortdurend tegen jezelf moet zeggen dat je doet wat je doet omdat je wordt betaald, dan klopt er iets niet. En Schwartz had inmiddels al twee jaar last van twijfels. Daar kwam nog bij dat hij, als hij voor Albizzi bleef werken, vroeg of laat aan het zwaard geregen zou worden. Dat was slechts een kwestie van tijd.

Kortom, hij moest zich niet langer laten gebruiken. Goed, hij wilde best de kastanjes uit het vuur blijven halen, maar dan had hij meer garanties nodig. Dat zou hij bij de eerste gelegenheid tegen zijn heer zeggen, want zo ging het niet langer.

Hij keek om zich heen: de kamer was eenvoudig, maar beviel hem best. Nadat hij gisteravond uit het kamp van Lorenzo de' Medici was weggereden had hij onderdak gevonden in een herberg op het Florentijnse platteland.

En nu hij eindelijk in een bed had geslapen, misschien niet met donzen kussens maar wél met schone lakens, stond hij zonder al te veel haast op die ochtend. Pas toen de zon al hoog aan de hemel stond, waste hij zijn gezicht in een ijzeren teil die gevuld was met koud water. Hij kleedde zich aan en liep de trap af, naar de keuken van de herberg.

Behalve het zonlicht trof hij daar ook Laura aan die op hem wachtte. Zijn dag kon niet beter beginnen.

Zodra hij haar zag, boog hij voor haar en kuste haar mooie hand.

'Ik kan mijn ogen niet geloven. Waar heb ik deze ongewone hoffelijkheid aan te danken, Reinhardt?'

Schwartz deed alsof hij gepikeerd was.

'Verbaast het je echt, *mein Schatz*? Is het dan niet mijn arm die je ondersteunt, in je angstigste momenten?'

Laura glimlachte. Ze straalde die ochtend.

'Je hebt gelijk, je hebt gelijk,' zei ze verrassend mild.

'Hoeveel tijd hebben we?'

'Je kunt rustig aan doen. Dat daar ziet er verrukkelijk uit,' en ze wees op een enorme koude kwartelpastei die hen vanaf de tafel toelachte. Ernaast ontdekte Schwartz een mandje met knapperig brood, een dienblad met fruit, everzwijnham en kazen. Alleen de wijn ontbrak.

'Vernaccia di San Gimignano?' stelde hij voor.

'Vernaccia, zo vroeg in de ochtend? Wat vulgair, Reinhardt,' berispte zij hem.

'Stel je iets anders voor?'

'Ik geloof niet dat ik meedoe met deze overdadige maaltijd, maar als ik je wijn moet aanraden, dan zou het chianti zijn. Het is hoe dan ook goed om een rode wijn te kiezen met zo'n kwartelpastei voor je neus.'

'Uitstekend,' zei hij, terwijl hij over zijn volle, blonde snor streek.

Hij wenkte een serveerster en vroeg haar om direct een fles van de beste chianti te brengen. Het enige wat Laura bestelde was kamillethee met honing.

Terwijl ze wachtten op hun drankjes, deed Schwartz de pastei eer aan. Die was echt verrukkelijk.

'Rinaldo is vastbesloten tot het uiterste te gaan, maar als ik afga op wat hij mij gisteravond vertelde, lijken zijn bondgenoten niet bereid hetzelfde te doen,' praatte Laura hem bij.

Schwartz trok zijn ene wenkbrauw op. '*Wirklich?*'

'Ja. Bernardo Guadagni, die dankzij hem Gonfaloniere van Justitie is geworden, lijkt opeens tegen te stribbelen en Palla Strozzi is een geboren afwachter, dat weet je. Zo staan de zaken ervoor in Florence. Maar even wat anders... Heb je je klus geklaard?'

'Compleet. Dankzij de bliksemactie van afgelopen nacht zal Lorenzo de' Medici zeker nog een paar dagen langer onderweg zijn.'

'Heel goed. Dat geeft ons alle tijd om ons terug te trekken in mijn stulpje in de Veneto.'

'Waarom?'

'Albizzi wil ons uit de buurt hebben.'

'Wil hij voorkomen dat het spoor naar ons leidt?'

'Precies. Ik ben gekomen om je mee te nemen, in een koets zonder naamplaten. Zodra je hebt gegeten vertrekken we naar Padua.'

Schwartz trok even een vies gezicht. Hij hield er niet van per koets te reizen. Hij vond het een buitengewoon verwijfd vervoermiddel en het ging hem veel te langzaam. Een paard was stukken beter. Maar aan de andere kant kon je met een koets anoniemer reizen.

'Goed dan,' stemde hij in terwijl hij met zijn mes een paar dikke plakken everzwijnham afsneed. Het vlees was lekker stevig en had een intense smaak.

Daar kwamen de drankjes.

Hij proefde van de chianti. Die was verrukkelijk.

'Deze wijn is pure nectar. Dank je voor je advies, mooie vriendin. Maar waarom Padua?'

'Daar woont een lieve aanbidder van me.'

'Ach ja, natuurlijk. Hoe kon ik zo dom zijn het te vragen.'

'Albizzi wil ons hier dus weg hebben, maar tegelijkertijd ook beschikbaar houden om Cosimo te volgen mochten ze hem sparen en hij, waar ook heen, verbannen wordt uit Florence.'

'Aha,' riep Schwartz uit, 'dát is dus zijn plan.'

'Hij wil de situatie het liefst steeds een stapje voor zijn. Ik kan hem geen ongelijk geven. Ik moet bekennen dat ik het jammer vind dat ik je niet heb gevraagd om die vervloekte Lorenzo de' Medici voor mij te vermoorden.'

Schwartz kon een lachsalvo niet onderdrukken.

'Die slappeling,' zei hij, 'afgelopen nacht stond hij pal voor mijn neus. Als ik het had geweten had ik hem als een bokje in tweeën gereten. Dat had ik graag voor je gedaan, *mein Kätzchen*!'

'Als ik bedenk dat hij mij al die tijd heeft gevolgd en bespioneerd… en dat hij mij bijna te pakken had… dan krijg ik kippenvel. Ik haat hem. Hij en zijn broer zijn de pest voor deze stad.'

'Begin nou niet over de pest, alsjeblieft.'

'Waarom niet?'

'Ach, dat is een lang verhaal, misschien vertel ik het je onderweg.'

'Afgesproken.'

'En waarom heb jij zo'n hekel aan de Medici?'

'Ook dat is een lang verhaal, maar ik denk niet dat ik het je ooit vertel.'

'*Ach Schade*!' riep Schwartz uit met een teleurgestelde blik.

Terwijl zij zaten te praten, schoven er aan een tafel achter hen een paar mannen aan. Ze leken nu al dronken, al was het nog niet eens lunchtijd. Ze spraken luid en uit de strekking van hun woorden was af te leiden dat ze partij hadden gekozen voor de Medici.

'Als het aan mij ligt vermoord ik ze allemaal,' zei Schwartz, nu fluisterend.

'Over wie heb je het?'

'De Medici, én de bondgenoten van Albizzi. Messer Rinaldo heeft geen lef genoeg.'

'Weet je dat zeker?'

'En of! Door al dat geharrewar wordt een prachtige stad verscheurd. Rinaldo zou er goed aan doen zijn tegenstanders uit de weg te ruimen. Als ik hem was, zou ik Cosimo het hoofd af laten hakken en Lorenzo en zijn belachelijke leger neerslaan. En daarna zou ik een paar van de meest vooraanstaande bondgenoten doden.'

'Dat zou een bloedbad worden.'

'Ja, maar dan zou ik de Republiek in elk geval omvormen tot een *Signoria*. Dan zou ik geen last meer hebben van parasieten die blijven aarzelen, maar definitief de macht grijpen. En stukje bij beetje, als blijkt dat ik een betrouwbaar leidsman ben, zou ook het volk mij volgen. Het volk heeft een leider nodig. De rest is kletspraat.'

'Dat is geen subtiele strategie.'

'Je kunt maar zelden effectief en verfijnd tegelijk zijn.'

'Zeker, maar... wat een rotzak!' Laura's gezicht werd rood van woede.

'Wat is er aan de hand, *mein Schatz*?'

Laura's ogen vulden zich met haat. 'Een van de mannen achter jou maakte een obsceen gebaar naar mij.'

Reinhardt Schwartz stond direct op. Hij draaide zich om en ontdekte drie mannen aan een tafel, die toen ze hem zagen uitbundig begonnen te lachen. De Zwitserse huurling nam hen eens goed in zich op. Honden, dat waren het, honden die pas lef hadden als ze met meer waren. Hij wist dat hij niet bepaald een heer was en er geen hoffelijke manieren op na hield, maar hij was bereid zich te laten doden om een vrouw als Laura te verdedigen. Hij behandelde haar wel eens grof, maar in de loop der tijd was hij van haar gaan houden en buiten hem mocht niemand haar aanraken of respectloos bejegenen. Zelfs Albizzi niet.

'Vertel me eens waarom jullie lachen, heren, dan kunnen we samen lachen.'

Een van de drie, de grootste, stond ook op.

'We lachen omdat we niet begrijpen hoe zo'n smerige huurling als u zo'n mooie vrouw bij zich kan hebben. En we zijn tot de conclusie gekomen dat ze dus wel een hoer moet zijn.'

Zijn vrienden begonnen opnieuw te lachen.

Schwartz verspilde geen woord meer.

'Ik verwacht u op de binnenplaats. Met uw zwaard. De belediging die u hebt geuit jegens deze vrouw zal worden weggewassen met bloed, als u het niet erg vindt.'

De man haalde zijn schouders op. Hij leek niet bijster onder de indruk. 'Geen probleem,' antwoordde hij pedant.

Toen Schwartz zich omdraaide, keek Laura hem ontroerd aan.
'Niemand,' zei ze, 'heeft ooit voor mij gevochten.'
'Werkelijk niet?'
Ze schudde haar hoofd.
'Tja, in dat geval ben ik blij de eerste te zijn. Ik hoop dat ik ook de laatste ben.'
Laura glimlachte. 'Terwijl jij je bezighoudt met die hufter, zal ik de herbergierster betalen met het geld van Albizzi. We moeten vertrekken.'
'Je vindt me op de binnenplaats,' zei Reinhardt, 'het duurt niet lang.'

De zon stond die oktoberdag stralend aan de hemel. De aarde op de binnenplaats was zacht en Reinhardt voelde zich bijzonder op zijn gemak. Hij ging klaarstaan en haalde zijn zwaard en dolk uit de schede.
De man tegenover hem deed hetzelfde. Toen viel hij aan.
De man maakte een paar schijnbewegingen, en waagde toen een uitval. Schwartz pareerde die behendig. Nu was het zijn beurt om een paar schijnbewegingen naar rechts te maken om vervolgens neerwaarts uit te halen. Hij verraste zijn tegenstander niet. Toen de klingen tegen elkaar ketsten spoot er een vonkenregen in het rond. Schwartz ging door. Hij stootte nog twee keer, zette zijn tegenstander onder druk. Hij wist dat hij geen haast moest maken, maar wilde ook niet te veel tijd verliezen aan die schooier. De man pareerde opnieuw, maar was duidelijk in moeilijkheden. Schwartz maakte een neerwaartse schijnbeweging en haalde vervolgens horizontaal uit. De kling flitste en raakte de man vol in het gezicht. Een straal bloed spoot in een rode boog door de lucht. De Florentijn greep naar zijn wang, zijn hand droop van het bloed.
Laura kwam de binnenplaats op lopen.
Haar ogen gloeiden van passie. Ze keek toe hoe er werd geduelleerd, vrat haar kampioen bijna met haar ogen op.
Schwartz wachtte tot zijn tegenstander naar hem uithaalde. Hij sloeg het zwaard van de man met de korte kant van zijn blad opzij en stak toen met een plotselinge beweging zijn zwaard in de borst van de Florentijn tot het er aan de achterkant weer uit kwam.

De tegenstander liet zijn zwaard op de bruine aarde vallen en zakte op zijn knieën. Schwartz liep op hem af, draaide het gezicht van de Florentijn naar zich toe en sneed hem met zijn dolk de keel door. Terwijl het bloed naar buiten sproeide, trok Schwartz zijn zwaard uit de borst van de man, die vervolgens voorover stortte terwijl zich onder hem een rode plas verspreidde.

Schwartz keek naar de twee kompanen van zijn dode tegenstander. 'Dat gebeurt er met mannen die geen respect tonen voor deze vrouw.'

De Florentijnen keken hem met wijd opengesperde ogen aan. Sprakeloos. Ze pakten het lijk van hun vriend op en gingen ervandoor.

Laura glimlachte. In zekere zin aanbad ze Schwartz. Ze wist dat haar gevoel iets dwaas had, het was een bizarre mengeling van pijn, liefde en vernedering. Zij en Reinhardt waren honden met eenzelfde baas. Ze konden elkaar genot schenken of pijn doen, of allebei tegelijk. En misschien bestond voor Laura het een wel niet zonder het ander, was dat onmogelijk na alles wat ze had meegemaakt.

Ze wist ook dat Reinhardt wispelturig was, hij kon zacht en bloeddorstig zijn, galant en lomp. Hij was een vat vol tegenstellingen, net als zijzelf. Maar het was ook een man die tot uitzonderlijke acties in staat was, goede én slechte. En op die bizarre en extreme schommel vond Laura haar diepste wezen terug.

In de drie jaar dat ze elkaar geregeld hadden gezien, waren ze niet meer dan twee, drie keer in bed beland. Maar die keren was zij nooit vergeten. Ze voelde zich verwond én beschermd als ze met hem de liefde bedreef, ze was zich bewust van het precieze moment waarop ze zich in hem verloor, om er vervolgens doodsbang voor te zijn.

Dus toen ze Schwartz zag staan zweten in de zon, met een zwaard dat droop van het bloed van de man die het had gewaagd haar te beledigen, wond haar dat zo op, dat ze zich ter plekke aan hem had willen geven op de aarde van die binnenplaats waar de dood was uitgevloeid.

Haar hart juichte omdat voor het eerst in haar leven een man voor haar had gevochten. En hij was tot het uiterste gegaan. Ze voelde dat ze vanaf dat moment alles voor hem zou doen.

Ook Albizzi doden, als dat nodig was.

31

Farganaccio

De aangename maaltijd liep ten einde.

Cosimo was verbaasd hoe genereus Federico Malavolti was geweest. Hij had niet alleen garant gestaan voor zijn veiligheid, maar had ook Farganaccio meegenomen naar zijn cel in de Arnolfo-toren. Precies zoals Contessina hem had gevraagd. Misschien was er dan toch nog hoop.

Toen Cosimo had gemeend dat het moment daar was, had hij Federico een seintje gegeven.

Malavolti, die de boodschap begreep, had zich verwijderd met het excuus dat hij nog een fles wijn ging halen.

En terwijl zij achterbleven ontvouwde Cosimo aan zijn gesprekspartner zijn plan.

Farganaccio was een lange man, met brede schouders en een eerlijk gezicht. Hij had paarse wangen, heldere, levendige ogen en die avond had hij talloze kwinkslagen en grappen gemaakt.

Ook om die reden had Cosimo besloten met hem te praten en open kaart te spelen. Hij had niets meer te verliezen.

'Messer Farganaccio,' zei hij, 'ik zou u iets willen vragen, nu u zo vriendelijk bent geweest naar deze naargeestige plek te komen en er zo'n frisse, vrolijke wind hebt laten waaien dat ik bijna ben vergeten waarom ik hier zit.'

Toen stopte hij. Hij moest nadenken over hoe expliciet hij kon zijn in zijn verzoek.

Farganaccio, nieuwsgierig geworden door deze inleiding, moedigde hem aan verder te gaan.

'Goed,' zei Cosimo, 'u weet heel goed waarom ik hier zit. Rinaldo degli

Albizzi en zijn clan zijn van mening dat ik schuldig ben aan tirannie en ze hebben Bernardo Guadagni opgestookt om mij gevangen te zetten en ter dood te veroordelen. Ze denken dat ze hiermee Florence beter maken dan het nu is. Ik zeg er meteen bij dat ik Bernardo, van wie ik weet dat hij uw vriend is, niet verantwoordelijk acht voor hetgeen is gebeurd, want in zijn positie als Gonfaloniere van Justitie, en gezien de beschuldigingen aan mijn adres, kon hij niet anders handelen dan hij heeft gedaan. Verder wil ik nog opmerken dat ik, al heb ik de nodige fouten gemaakt, nooit van plan ben geweest mijn stad of de tegenpartij schade te berokkenen, want wat ik steeds heb gewild, maar waar ik blijkbaar niet in ben geslaagd, is Florence voorspoed en grandeur bezorgen. Het is geen geheim dat mijn familie welvarend is, maar we hebben altijd een deel van ons vermogen geïnvesteerd in de schoonheid van de stad.'

Farganaccio knikte. Hij was opeens ernstig.

'Maar aangezien ik als vijand van de Republiek word beschouwd,' vervolgde Cosimo, 'moet ik ergens in hebben gefaald en daarom kan ik niet anders dan concluderen dat mijn inzet om deze stad mooier en grootser te maken niet groot genoeg is geweest, wat me schuldig maakt aan ijdelheid. Om deze reden heb ik geen enkel motief om me te verzetten, en ben ik bereid het vonnis te aanvaarden waartoe Florence, in de persoon van haar Gonfaloniere van Justitie, zal besluiten. Wat ik vraag is enkel een beetje clementie, namelijk dat me de doodstraf wordt bespaard.'

'Messere,' zei Farganaccio, 'ik ben het helemaal eens met uw gezichtspunt en ook met uw conclusie. Ik voel me verplicht u te laten weten dat ik persoonlijk niets tegen u heb, sterker nog, ook ik vind dat het beter is de middenweg te bewandelen. De Raad van Tweehonderd heeft dezer dagen uitvoerig vergaderd, en desondanks is de keuze nog niet helder. Ik bedoel daarmee te zeggen dat er nog alle ruimte is om de weegschaal naar een voor u gunstiger kant te laten overhellen.'

'Dank u. Ik weet dat messer Bernardo de beslissing gemakkelijk zou kunnen beïnvloeden, maar ook dat hij, omdat zijn rol hem daartoe verplicht, moet handelen in het belang van de Republiek en ik weet zeker dat hij dat zal doen.'

'Natuurlijk.'

'Omdat het niet mijn bedoeling is de Republiek tot last te zijn, integendeel zelfs, en omdat mijn gedrag in de ogen van sommigen voortkomt uit trots en ijdelheid, zal ik me niet verzetten tegen het vonnis en ben ik bereid zo snel mogelijk in ballingschap te gaan. Ik wil u vragen Bernardo op de hoogte te brengen van mijn bereidwilligheid hiertoe. *Ad adiuvandum*, als de Gonfaloniere van Justitie dit voorstel als oplossing voor de kwestie zou willen overwegen, zou ik als blijk van mijn dank daar graag iets tegenoverstellen.'

Bij die woorden keek Cosimo recht in de ogen van zijn gesprekspartner. Het aanbod was subtiel geformuleerd, om niet schaamteloos de integriteit van Bernardo in twijfel te trekken. Hij wist dat de man er maar al te graag van zou profiteren, maar hij kon hem ook niet openlijk verklaren tot iemand die zichzelf verkoopt aan de hoogste bieder.

'Mijn dankbaarheid,' besloot hij, 'zou zich natuurlijk ook uitstrekken naar u, voor de kostbare dienst die u mij zou hebben bewezen.'

Farganaccio had aandachtig naar hem geluisterd. Vanaf het moment dat Federico Malavolti hem deze maaltijd had voorgesteld had hij al een voorgevoel gehad dat de uitnodiging verband kon houden met een verzoek van Cosimo de' Medici, en afgezien van het feit dat het hem bizar en amusant had geleken om eens in de Arnolfo-toren te dineren, vond hij die gedachte helemaal niet vervelend. Niet voor hemzelf en ook niet voor Bernardo Guadagni. Daarbij had hij veel waardering voor Cosimo en vond hij hem sympathiek, en al was hij op de hoogte van het alliantiespel waarin Albizzi op dat moment op kop lag, hij was voldoende man van de wereld om te weten dat dat soort evenwichten voortdurend aan schommelingen onderhevig waren.

Kon in zijn geval een vriendschap met iemand van de Medici kwaad?

'Bedoelt u dat die compensatie ook een geldbedrag zou kunnen zijn?' vroeg hij.

'Dat is aan Bernardo. Ik sluit me aan bij de vorm die hij verkiest.'

Farganaccio zuchtte. Zijn grote blauwe ogen kregen een welwillende uitdrukking. Toen kwam hij ter zake. 'Hoeveel?'

'Tweeduizend dukaten voor Bernardo en tweehonderd voor u, is dat voldoende?'

32

Het vonnis

Op 3 oktober werd Cosimo voorgeleid aan de Gonfaloniere van Justitie. Bernardo Guadagni keek alsof hij veel te overdenken had, en dat was ook zo. Om hem heen zat de Raad van Acht, het college dat de hoogste rechterlijke macht op het gebied van strafzaken vertegenwoordigde. De leden werden om de vier maanden gekozen en oordeelden zonder scrupules over het lot van burgers die beschuldigd werden van misdaden tegen Florence.

Ze droegen prachtige rode toga's met kragen van hermelijnenbont. Ze zaten in zetels met hoge rugleuningen van fraai bewerkt hout, die als een kroon in de zaal stonden. Bernardo zat in het midden. Zijn toga, in dezelfde kleur karmijnrood, was de enige die de gouden sterren droeg, het waarmerk van het hoogste ambt.

Cosimo vermoedde dat zijn voorstel was geaccepteerd. Aan de andere kant bestond er geen enkele zekerheid in het Florence waar families onderling met elkaar op voet van oorlog stonden. En afgezien van het effect van het geboden bedrag, moest Bernardo, op het moment dat hij het had geaccepteerd, ook zeker de gevolgen van verraad ten opzichte van Rinaldo degli Albizzi hebben overdacht.

Maar nu was het dan zover, nu zou Cosimo horen wat er met hem zou gebeuren.

Hij keek zijn rechters vastberaden aan, klaar om welke beslissing dan ook te accepteren.

Bernardo stak zijn hand op in een verzoek om stilte, al had niemand de moed gehad een woord uit te brengen.

'Cosimo de' Medici,' begon hij, 'vandaag, 3 oktober van het jaar

1433, heeft deze hoogste Raad, waarvan ik de eer heb voorzitter te zijn, besloten u schuldig te achten aan het u toegeschreven misdrijf. We baseren ons besluit op de uitkomst van de vergaderingen van de Raad van Tweehonderd, die meermaals is bijeengekomen na de wil van het volk te hebben gepeild. Uw handelswijze geeft aanleiding u te verdenken van tirannie. Alles overwogen hebbende leggen we u echter niet de doodstraf op, maar achten we het, in het licht van uw gedrag voor, tijdens en na uw arrestatie, rechtvaardig u te veroordelen tot ballingschap in de stad Venetië, wat betekent dat het voor u niet mogelijk zal zijn terug te keren naar Florence, tenzij anders besloten door de instituten van de Republiek. Deze uitspraak geldt eveneens voor Lorenzo en Averardo de' Medici en voor Puccio en Giovanni Pucci.'

Bernardo zweeg even. Hij was zichtbaar geëmotioneerd. De verdrijving van de Medici uit Florence, want dat was het en niets anders, was een historisch feit.

De teerling was geworpen. Nu konden Albizzi en Strozzi zich niet meer onttrekken aan hun verantwoordelijkheden. In zekere zin hadden ze geen enkel excuus meer: ze moesten regeren.

Bij het horen van het vonnis knikte Cosimo.

Bernardo rondde de uitspraak van de hoogste rechterlijke macht af.

'Om te zorgen dat de maatregel daadwerkelijk wordt uitgevoerd en u niets overkomt, wachten we tot het vallen van de avond en brengen u dan in een rijtuig naar de grens van de Republiek. U wordt begeleid door een gewapend escorte dat uw veiligheid garandeert. Uw familieleden zullen op de hoogte worden gebracht van de uitspraak zodat zij u kunnen bijstaan, met dien verstande dat, zoals u hebt gehoord, het besluit ook geldt voor uw broer en voor anderen die met u hebben samengezworen tegen de Florentijnse Republiek. Aldus is besloten, en in de komende uren zullen de maatregelen zoals verwoord in de uitspraak ten uitvoer worden gebracht.'

Lorenzo reed aan het hoofd van zijn mannen. Naast hem leek Piero niet te kunnen wachten tot het moment waarop ze de stad de oorlog zouden verklaren. De boodschappers die hij had gestuurd waren al teruggekeerd en hadden gemeld dat Ginevra en zijn zonen Francesco en Pierfrancesco, en ook Contessina en Giovanni en alle andere leden van de familie inmiddels waren vertrokken naar de villa in Cafaggiolo, waar ze zouden blijven tot de kwestie was opgelost. Ze waren bij zonsopgang vertrokken en zagen nu de stadsmuren van Florence al liggen.

Lorenzo was niet echt van plan om aan te vallen. Het ging hem om de uitlevering van zijn broer. Hij wilde de levens van zijn vrienden en alle anderen die zich op het laatste moment bij hem hadden aangesloten niet op het spel zetten. Hij hoopte vooral dat Florence zijn leger zou opmerken en dat dat zwijn van een Bernardo Guadagni het lef had zich te laten zien. Hij wist ook dat zijn broer had geprobeerd hem om te kopen en eerlijk gezegd hoopte hij dat hij daarin was geslaagd.

Ze waren op zo'n driehonderd passen van de gigantische Porta di San Giorgio, toen de Raad van Acht en de kapitein van de Stadswacht inderdaad verschenen.

Lorenzo gebaarde zijn mannen halt te houden. De ruiters brachten hun paarden tot stilstand en stelden zich in rijen op. Stofwolken waaiden op toen de paarden trappelend met hun hoeven hun positie innamen.

Lorenzo wenkte Puccio Pucci, die zijn ros lichtjes de sporen gaf en naar hem toe reed.

'Daar zijn we dan,' hoorde Lorenzo hem zeggen.

'Laten we maar eens horen wat ze voor ons in petto hebben,' antwoordde Lorenzo.

'Goed.'

'Zeg tegen de koeriers dat ze de order geven om af te wachten. Daarna voeg je je weer bij mij en zien we wat er gebeurt.'

Terwijl Puccio deed wat hem was opgedragen spoorde Lorenzo zijn paard aan en ging, in z'n eentje, op weg naar het strookje grond dat hem scheidde van de Acht.

Het was een koude dag. Het leek of de herfst plotseling was begonnen. Het was gaan regenen, waardoor de grond glibberig werd. Dikke druppels spatten spottend op de harnassen en helmen. Het doffe getik maakte de toch al niet bijster vrolijke dag extra somber.

Lorenzo zag dat twee ruiters zich van de groep losmaakten. De een was zonder twijfel de kapitein van de Stadswacht. De ander kwam hem ook bekend voor. Ze waren al dichtbij toen Puccio zich weer bij Lorenzo voegde.

'Als Neri de' Bardi van de Raad van Acht kapitein Manfredi Da Rabatta vergezelt, moet er wel iets belangrijks aan de hand zijn.'

'Ja,' was het enige wat Lorenzo zei. Hij maakte zich geen illusies over een vreedzame oplossing van de kwestie, maar had diep in zijn hart de hoop nooit opgegeven.

Op niet meer dan honderd passen van de Porta di San Giorgio hielden Puccio en Lorenzo halt. Lorenzo zag nu duidelijk de dubbele boog van de poort met in de lunet het bas-reliëf van Sint-Joris die de draak doodt.

Lorenzo kalmeerde zijn schimmel. Het beest leek nerveus en bleef maar rondjes draaien. Lorenzo streelde zijn hals en fluisterde in zijn oor. 'Niet bang zijn, ouwe makker, je zult zien dat het allemaal goed komt.' En alsof het de betekenis van zijn woorden begreep kwam het beest tot rust. Het snoof, de damp kwam uit zijn neusgaten.

Ondertussen waren Neri en Manfredi tegenover hen komen staan. De kapitein van de Stadswacht droeg een fijn bewerkt strijdpantser. Het staal schitterde in alle kleuren van de regenboog nu regendruppels zich vermengden met de stralen van een bleek zonnetje dat zich een weg baande door het wolkendek.

Lorenzo groette hen. Hij toverde een oprechte glimlach tevoorschijn, hij had voor beiden altijd veel waardering gehad.

De kapitein leek er anders over te denken, maar Neri de' Bardi was inschikkelijker.

'Lorenzo de' Medici, u bent dus gekomen met uw mannen, zie ik,' zei hij wijzend op de rijen ruiters en infanteristen.

'Ik had geen andere keus,' antwoordde hij.

'Wel, dan zult u blij zijn te horen dat het hoogste gerecht heeft gekozen voor verbanning als straf voor de misdaden die aan uw broer zijn toegeschreven.'

Bij het horen van die woorden voelde Lorenzo het ijs in zijn hart smelten. In absolute zin was het geen overwinning, maar gezien de situatie voelde het wel zo. Hij dankte God voor die beslissing. Overigens begreep hij, toen hij die woorden hoorde, dat hem hetzelfde lot zou wachten.

'Deze straf geldt ook voor u,' ging Neri verder.

'Dat vermoedde ik al,' zei Lorenzo.

'Dat kan ik me voorstellen.'

'En ook voor u, Puccio Pucci,' voegde kapitein Manfredi eraan toe.

'Geen probleem,' antwoordde Puccio zonder een spier te vertrekken.

'Ik vraag u nu om uw mannen de uitspraak van de Raad van Acht en de Gonfaloniere van Justitie mee te delen,' hernam Neri de' Bardi. 'Ontbind de gelederen en geef u over aan de kapitein van de Stadswacht die u naar de grens van de Republiek zal brengen. Daar wacht uw broer Cosimo op u. Vanaf dat moment is wat er met u gebeurt niet meer onze zaak. U gaat naar Venetië.'

Lorenzo sloot zijn ogen.

Hij moest zijn stad verlaten. Voorgoed.

Maar het was een prijs die hij bereid was te betalen als het betekende dat hij daarmee zijn leven kon redden. En dat van zijn broer.

'Het zij zo,' zei hij, 'ik zal doen wat u zegt.'

En zonder er nog een woord aan vuil te maken, groette hij met een hoofdknik en stuurde zijn paard in de richting van zijn mannen.

Puccio volgde hem.

Dat ze zich gelukkig prezen was te veel gezegd, maar Cosimo's leven was in elk geval gered en er waren geen strijdmakkers gesneuveld. Maar Florence kwam nu in handen van hun aartsvijanden.

Hoe zou het verdergaan met hun geliefde stad?

Januari 1434

33

Venetië

Mijn grote, eeuwige liefde,

Vandaag heeft het gesneeuwd en over de velden en de kale bomen ligt een witte deken. Het is hier in Cafaggiolo werkelijk bitterkoud en de winter lijkt het leven compleet te hebben bevroren. Je weet dat ik je mis zoals je alleen een stukje van je hart kunt missen, maar vandaag is het gemis nog groter. Alles zwijgt, er is geen zuchtje te horen, en het platteland lijkt verzonken onder het sneeuwdek. Er hangt een doodse stilte, niet alleen vanwege de winter, maar ook omdat de donkere bomen en gekromde takken lijken te vertellen over de nachtmerrie waar Florence in is beland.

Sinds jij en Lorenzo zijn vertrokken, gedragen Albizzi en Strozzi zich namelijk nog arroganter. Het volk leeft in grote armoede en diepe ellende en mensen sterven van uitputting op straat. De adel doet niets anders dan belasting innen om die vervloekte oorlog tegen Lucca te bekostigen, en om hun schaamteloos decadente levensstijl te kunnen voortzetten. Ze kijken neer op de armoede en ellende, het lijkt wel of ze genieten van de diepe, bloederige kloof die ze veroorzaken, maar ze schijnen zich niet te realiseren hoe dom dat is, omdat ze daardoor dag aan dag meer steun verliezen.

Giovanni de' Benci is hier een tijdje geleden geweest om te kijken of alles goed ging. Hij was heel aardig, en zijn bezoek hielp mij om de pijn van onze scheiding iets beter te verdragen. Hij zei dat de Bank niets te lijden heeft gehad onder jullie verbanning, sterker nog, dat de klanten hopen dat jullie voor het welzijn van Florence snel terug kunnen keren.

Ik weet dat ik moet volhouden en ik probeer, voor zover ik kan, een voorbeeld te zijn voor iedereen, al geloof ik eerlijk gezegd niet dat ik daar erg goed in ben. Ginevra is veel sterker dan ik en als we tijdens jouw en Lorenzo's afwezigheid niet sterven, is dat aan haar te danken.

Hoe dan ook, Giovanni zegt dat de politiek van Rinaldo degli Albizzi en Palla Strozzi jullie terugkeer alleen maar bespoedigt. Hij verwacht dat het binnen enkele maanden zover kan zijn.

Ik hoop dat hij gelijk heeft, al ga ik dood bij de gedachte jou de komende maanden niet te zien. Ik weet dat het voor mij en Ginevra goed is om hier te blijven en af te wachten, maar dat wachten wordt een steeds ondraaglijker marteling.

Ik hoop dat in Venetië alles goed gaat. Ik weet uit je laatste brief dat je samen met Michelozzo werkt aan het ontwerp van een nieuwe bibliotheek voor het klooster van San Giorgio. We zijn allemaal heel trots op je dat je je ook in Venetië inzet voor de stad.

Soms ben ik verbaasd over je gulle geest en je hulpvaardigheid. Ik denk dat ik daarom steeds opnieuw verliefd op je word, elke dag weer. Ja, je hebt het goed gelezen, liefste, ondanks de eindeloze dagen en de ijzige winter, ontkiemt mijn liefde voor jou elke ochtend opnieuw.

Blijf wie je bent, altijd, en zeg alsjeblieft tegen Piero dat hij zich niet in de nesten werkt.

Giovanni groet je en omhelst je. Hij wordt steeds beter in rekenen en is al een uitstekend jager.

Nu stop ik, maar ik beloof je volgende week weer te schrijven.

Ik hou van je.

Voor altijd en eeuwig de jouwe,
Contessina

Cosimo veegde met de rug van zijn hand een traan weg. Hij was niet zo snel ontroerd, maar Contessina vond altijd precies de juiste woorden om zijn hart te raken. Dankzij haar levendige, gepassioneerde manier van schrijven voelde hij haar zo dichtbij dat hij weer nieuwe moed kreeg en zijn hart begon te gloeien, al had de januarikou de lagune van Venetië in één grote ijsvloer veranderd.

Hij keek naar de vlammen, de lange, oranje tongen dansten onrustig in de haard. Hij rilde even en trok zijn met bont gevoerde mantel nog wat dichter om zijn schouders. Hij stond op en keek uit het grote raam.

Hij zag het Canal Grande met de zwarte gondels die zich langzaam voortbewogen tussen de ijsschotsen, hij zag hoe de lantaarns van de boten het spiegelende water, dat langzaam de kleur aannam van de avond, bezaaiden met rode stipjes. Hij zag de adembenemend mooie gevels van de palazzo's die oprezen uit het water, de ijzerkleurige hemel en, verderop, de rode daken van de lagere woningen, de smalle stegen die uitkwamen op het kanaal en een eindeloos labyrint vormden, bijeengehouden door de bruggen die pleintjes en waterputten aan elkaar regen.

Cosimo was haast evenveel van deze stad gaan houden als van zijn Florence. Francesco Foscari, de doge, had hem warm en hartelijk ontvangen en bevestigde daarmee dat de Republiek Venetië een kostbare bondgenoot was, meer dan bereid om Cosimo en Lorenzo te steunen bij een mogelijke terugkeer naar Florence.

Lorenzo kwam binnen.

Hij had zijn haar en zijn baard laten groeien. Hij droeg een indigoblauw wambuis en een met bont gevoerde mantel in dezelfde kleur. Zijn gezicht was rood van de kou.

'Wat is het hier lekker warm vergeleken met buiten! De lagune is bijna dichtgevroren, als het zo doorgaat heeft de Republiek Venetië een groot probleem.'

'Je hebt een brief en een kist met wijn ontvangen.'

'Echt?'

'Jij boft maar,' zei Cosimo glimlachend, 'Ginevra ondersteunt je niet alleen met woorden, maar ook met goede chianti.'

'Contessina houdt het bij poëzie en de laatste nieuwtjes,' plaagde Lorenzo.

'Dat kun je wel zeggen, vandaag kreeg ik weer een brief. Natuurlijk ben ik daar blij mee, maar ik zou het niet erg vinden om ook af en toe flessen wijn of lekkere hammen uit onze geliefde streek te ontvangen.'

'Je bent toch niet jaloers?'

'Helemaal niet, wat van jou is, is immers ook van mij,' antwoordde Cosimo en bij die woorden haalde hij een fles uit de kist en begon die vol aandacht te ontkurken.

'Mispunt, laat dat!' lachte Lorenzo. 'Ben je het feest vergeten?'

'Welk feest?'

'Dat van Loredana Grimani! Vertel me nou niet dat je niet meer weet dat we zijn uitgenodigd!'

'Zeker niet, maar ik heb geen zin. Ik heb meer zin in deze goede wijn...'

'Maak je een grapje? De hele Venetiaanse adel komt. En Francesco Squarcione ook, heb ik gehoord.'

'Die verzamelaar en schilder uit Padua?'

'Ja, die.' Lorenzo had dat expres gezegd, hij wist dat zijn broer hem al sinds het begin van hun verblijf wilde zien.

'Goed dan, maar laten we eerst hier een glas van nemen,' hield Cosimo vol en hij schonk de chianti uit in twee kristallen kelken.

'Daar hebben we geen tijd meer voor, we zijn al te laat. Vooruit, trek iets aan, dan gaan we. We zullen er wel even over doen, ik ken nog steeds de weg niet goed in deze stad.'

'Al goed, jij wint,' gaf Cosimo toe terwijl hij zijn handen opstak.

'Het schijnt dat er ook mooie vrouwen komen.'

'Je weet dat me dat niets uitmaakt.'

'Ach ja, dat is ook zo, je bent een trouwe echtgenoot. Maar ik neem in elk geval maskers mee, het is hier traditie om op feesten je identiteit niet te onthullen.'

'Net als tijdens carnaval... het lijkt wel of dat in Venetië het hele jaar duurt.'

'Ja, inderdaad. Kijk, hier.' Hij haalde twee grote witte maskers uit een tas.

'Wat zijn dat?'

'Dit zijn nu *bautte*, de beroemde Venetiaanse maskers.'

'Ze lijken op die van de artsen van pestlijders.'

'Jezus, je hebt echt een rothumeur, Cosimo.'

'Laat maar, ik heb alleen een naar voorgevoel bij het zien van die rare maskers.'

'Ja, ja, hou maar op. Kom, we gaan.'

'Goed, ik ga mee.'

Cosimo knoopte zijn zware mantel dicht en liep haastig achter zijn broer aan, die hem het rare, griezelige masker aanreikte. 'Zet het eens op,' drong hij aan.

Voordat hij naar buiten stapte, zette Cosimo het masker op om te zien hoe het eruitzag. De gestalte die hij in de spiegel zag beviel hem allerminst.

Het beeld had iets verkeerds, iets naars. Hij kon niet zeggen wat het precies was, maar hij had het gevoel dat dat witte masker hem ongeluk zou brengen.

Maar omdat hij Lorenzo's avond niet wilde verpesten, hield hij zijn mond.

34

HET ONGELUK

Laura was tevreden: de pruik met de lange rode krullen was perfect, net als het schoonheidsvlekje dat ze vlak bij haar lip had aangebracht om de verleidelijke boog van haar glimlach extra te laten uitkomen.

Ze droeg een schitterend zeegroen onderkleed, dat prachtig contrasteerde met de kleur van haar pruik. Ze had gekozen voor een diep en wijd decolleté, zodat niets aan de verbeelding werd overgelaten. Het strakke lijfje had een binnenvoering waarin ze een scherpe dolk had verstopt, perfect voor het plannetje dat ze had bedacht.

Om haar gezicht te verbergen droeg ze een *moretta*, het zwarte Venetiaanse damesmaskertje.

Betoverd nam ze de schitterende salons van het imposante palazzo in zich op. De met gobelins bedekte wanden konden wedijveren met die in de mooiste Florentijnse residenties, en de met houtsnijwerk, stucornamenten en goud gedecoreerde cassettenplafonds waren spectaculair.

De zaal was gevuld met de crème de la crème van de Venetiaanse aristocratie. Door de ruimte weergalmde het gebabbel van de dames, hun zilveren lachjes als reactie op de grappen van de heren, onder wie illustere namen als Francesco Barbaro, Leonardo Bruni en Guarino Veronese. Ze waren allemaal uitgenodigd door Loredana Grimani, een adellijke dame die zich graag omringde met de meest ontwikkelde humanisten en filosofen. Haar salon was alom bekend en een unieke, gewilde ontmoetingsplek voor Venetiaanse en Florentijnse intellectuelen. De twee steden waren in die tijd nauw met elkaar verbonden en daarom was Laura's aanwezigheid in Venetië geenszins verdacht.

Toch moest ze oppassen, want achter dat patina van pracht en praal ging een wereld van politieke berekening en intriges schuil. Waar in Florence de strijd om de heerschappij over de Republiek zich afspeelde tussen de Medici en de Albizzi, lag deze kwestie in Venetië gecompliceerder. Hier dongen patriciërsfamilies op dood en leven om de gunst van de doge, in de hoop belangrijke functies te kunnen bekleden binnen de politiek en de rechterlijke macht. Laura zou moeten oppassen voor de vele luistervinken die ongetwijfeld in de zalen rondliepen, klaar om in te grijpen en verslag uit te brengen aan de Tien, de hoogste rechters van de Venetiaanse Republiek, die bekendstonden om hun wreedheid.

Ergens waakte Reinhardt Schwartz over haar. Hij zou haar ontsnapping dekken. Dat hoopte ze tenminste.

'Ik moet terug, ik ben iets vergeten,' zei Cosimo.

Ze waren al een paar stegen door gelopen. Er dreven mistbanken in de lucht en Lorenzo had geen idee meer waar ze waren. De nacht had iets mysterieus en onheilspellends.

'Heb je enig idee hoe je dan weer terug moet naar het Palazzo Grimani?'

'Ik ga met Toni in de gondel.'

Lorenzo schudde zijn hoofd. 'Verdorie, wat ben je dan vergeten?'

'Een geschenk voor Francesco Squarcione.'

'Waarom heb ik hem in godsnaam ook genoemd,' zei Lorenzo. 'Nu goed dan, ga maar. Ik zie je wel op het feest.'

'Ik kom zo snel mogelijk, dat beloof ik je.'

'Daar reken ik op.'

Lorenzo liep door naar het palazzo van Loredana Grimani. Hij had er een hekel aan te laat te komen en het feest was al begonnen. Hij had geen idee waarom, maar het leek wel of Cosimo er alles aan deed om de avond voor hem te verpesten.

Hoe dan ook, hij had zin om plezier te maken en zou zich niet laten beïnvloeden door het slechte humeur van zijn broer. Cosimo bekeek het maar. Ze hadden keihard gewerkt sinds ze hier waren. Het Venetiaanse filiaal van de Medici-bank had hem volledig in beslag genomen.

Met Francesco Sassetti, de beheerder van het filiaal, had Lorenzo het investeringsplan geïnspecteerd, het codeboek bijgewerkt, en hij had een bepalende rol gespeeld bij de vordering van meer dan vierduizend zilveren dukaten.

Hij had zin in een avond vol grappen, goede wijn en, waarom niet, een enkel pikant gesprekje met een charmante dame. Onschuldig vermaak, even niets serieus of verplichts. Hij was zeker niet van plan zich in de nesten te werken.

Rebecca had de rode wijn gezien, achtergebleven in de glazen. De twee broers hadden zo gedold dat ze waren vergeten te drinken.

Ze was moe. Ze had de hele dag gewerkt en had dorst. Ze zou wel iets sterks lusten.

Ze wist dat het niet hoorde, maar als ze een slok wijn nam uit een van die glazen zou niemand het merken en mocht het wel gebeuren, dan zag ze wel, dat risico nam ze.

Een poosje stond ze verlekkerd te kijken naar dat robijnrode vocht in die schitterende kristallen glazen.

Ze liep naar de tafel en pakte een glas.

Bracht het naar haar lippen.

Nam een slok.

Daarna nog een, en nog een. Het was heerlijk.

Ze ging met haar tong langs haar lippen, een beetje ordinair, maar ze was toch maar alleen, dus wat gaf het? Ze proefde de zoete, robuuste smaak. Ze merkte het niet meteen, maar na een paar tellen nam ze in die melodie van aroma's een vreemde noot waar, een afwijkende, scherpe geur, een dissonant die volkomen uit de toon leek te vallen.

Even later leek de lucht om haar heen te trillen. Ze voelde dat ze haar evenwicht dreigde te verliezen.

Ze maaide met haar armen door de lucht en wilde de tafel vastgrijpen, maar ging onderuit en trok in haar val het tafelkleed van Vlaams linnen mee.

De glazen en de fles vielen aan diggelen op de grond. Het geluid van brekend glas echode onheilspellend door de kamer. De wijn stroomde over de terrazzovloer. Rebecca probeerde op te staan, maar het lukte niet. Ze was alle controle kwijt en greep met haar vingers in de scherven kristal. Ze sneed zich en het bloed dat ze verloor vermengde zich met de wijn.

Opeens merkte ze dat ze bijna niets meer kon zien en precies op dat moment hoorde ze iemand haar naam schreeuwen.

Ze stak haar handen omhoog als om zich te beschermen, omdat ze dacht dat ze betrapt was. Iets leek haar ingewanden te verzwelgen. Ze voelde een stekende pijn. Haar mond zat vol bloed, ze proefde de bittere smaak. Ze slikte. Ze had het gevoel dat er iets diks, iets hards in haar keel zat dat haar verstikte. Ze hoestte en spuugde. Ze deed nogmaals een poging om op te staan, maar wist dat het haar niet zou lukken.

Een man pakte haar bij de schouders en tilde haar op.

Rebecca draaide zich om om te zien wie het was, maar ze kon zijn gelaatstrekken niet onderscheiden, ze zag haast niets en de kleinste beweging veroorzaakte een onbeschrijflijke pijn.

Ze had die wijn nooit moeten aanraken, dacht ze. Het was de terechte straf voor het verzaken van haar plicht.

Die gedachte deed haar zo'n pijn dat ze de tranen over haar wangen voelde rollen.

Ze huilde.

Voor het eerst in haar leven was ze ongehoorzaam geweest. En de wetenschap dat ze zou sterven met het gevoel dat ze niet had voldaan, dat ze een bedriegster was, maakte dat moment nog wranger en afschuwelijker. Maar nu was het te laat, er was niets meer aan te doen.

Ze ging dood.

Dat wist ze zeker.

35

Dood in Venetië

'Rebecca!' schreeuwde Cosimo.

Hij zag de glazige blik van de vrouw. Om haar heen scherven kristal. Ze klemde haar handen om haar buik alsof iets haar verscheurde. Haar vingers klauwden in de stof van haar kleed en zaten onder het bloed omdat ze zich had gesneden aan de glasscherven.

De wijn! De wijn van Ginevra!

De wijn die ze niet hadden opgedronken.

De fles lag in duizend stukken op de grond, net als de Muranoglazen. En in die chaos van scherven bracht de robijnrode chianti die over de vloer stroomde Cosimo op maar één gedachte.

Gif!

Hij was geschokt.

'Rebecca!' schreeuwde hij nog een keer. Hij herhaalde haar naam één, twee, drie keer. Maar de vrouw antwoordde niet. Het met bloed vermengde, schuimende speeksel op haar lippen en haar nietsziende ogen zeiden meer dan duizend woorden.

Cosimo legde haar voorzichtig op de bank.

Toen drong het tot hem door.

Hij stormde de kamer uit en sloeg de deur achter zich dicht.

Lorenzo! Ze wilden hem en Lorenzo vermoorden! Albizzi had het niet kunnen verkroppen dat zijn leven en dat van zijn broer was gespaard en zijn huurmoordenaars waren hen tot hier gevolgd, tot in Venetië. Sinds het moment dat hij er niet in was geslaagd hen ter dood te laten veroordelen, was hij van plan geweest hen op een andere manier om het leven te brengen.

Dat verduivelde stel, hij herinnerde zich hun namen niet. Die man en die vrouw. Hij had ze gezien op de begrafenis van Niccolò da Uzzano. Ze moesten hen hebben bespioneerd. Ze wisten alles van hen. Ze hadden gedacht dat ze veilig waren, dat niemand het zou wagen naar Venetië te komen om hen te doden. Maar ze hadden zich weer vergist. Ze waren een stel idioten geweest. Hoe hadden ze zo naïef kunnen zijn?

Cosimo zou het zichzelf nooit vergeven als er iets met Lorenzo gebeurde.

Hij rende met twee treden tegelijk de imposante marmeren trap af naar de voordeur. Eenmaal buiten haastte hij zich naar de aanlegsteiger.

'Toni!' riep hij. 'Toni!' Hij rende als een dronkenman vanwege de mist. 'Naar het Palazzo Grimani, snel!'

'Hier ben ik, messer Cosimo.'

Toen Cosimo Toni bij de steiger zag, holde hij op hem af en sprong in de gondel.

'We moeten opschieten! We moeten opschieten!' herhaalde hij als een slaapwandelaar die gevangenzat in een verschrikkelijke nachtmerrie.

Toni begon meteen te roeien al begreep hij niet direct wat zijn baas allemaal zei.

'Rebecca, mijn god, Rebecca is dood, Toni! Iemand heeft haar vergiftigd… de wijn…'

Dit was nog eens een feest!

Lorenzo was in de zevende hemel. De rijen in ranke, subtiele vormen geblazen glazen op de tafellakens van Vlaams linnen, de spiegels met gouden lijsten die de ruimtes verveelvoudigden, het was allemaal adembenemend mooi. Hij liet zijn blik rusten op de schitterende gobelins van buitenproportionele omvang die in kleuren die uiteenliepen van alle nuances zeeblauw tot helderrood en feloranje de wanden opluisterden met exotische taferelen. Hij verbaasde zich over de glimmende, excentrieke, door Venetiaanse meesterjuweliers ontworpen sieraden, hij bekeek verrukt het geschitter van het licht van de kaarsen in de grote kroonluchters die aan het plafond hingen.

De dames gingen gekleed in gewaden van buitengewone stoffen versierd met parels en edelstenen en droegen gewaagde kapsels en ongelooflijke pruiken. Een en al verleidelijkheid, dat waren ze.

Het idee dat iedereen zijn identiteit verborg achter een masker vond hij vermakelijk. Hij wist dat de kunst van het vermommen in Venetië zo'n niveau had bereikt dat er werkplaatsen bestonden waar uitsluitend kostuums en maskers werden vervaardigd.

De perfect gekoelde gele ribolla, de meest exquise nectar die hij ooit had geproefd, had hem in een prettige roes gebracht, een heerlijk, maar niet overdreven gevoel van plezierige loomheid.

De sfeer was geweldig en Lorenzo raakte aan de praat met een paar Venetiaanse edellieden die bevriend waren met zijn broer.

'U bent dus gearriveerd, goede vriend,' zei een van de edelmannen. 'Hier in Venetië wordt al maanden over u en uw broer gepraat. Ik ben Niccolò Dandolo, diplomaat van de Republiek Venetië, oftewel *la Serenissima*.' Hij deed zijn bautta af en onthulde een gezicht met elegante trekken en een paar schrandere, donkere ogen.

'Is dat zo?' vroeg Lorenzo. Hij veinsde ongeloof maar in werkelijkheid wist hij heel goed dat de aanwezigheid van de Medici was opgemerkt. Hij begreep alleen niet hoe die man hem had kunnen herkennen achter zijn bautta.

'We zweren het,' zei de ander. 'Mag ik me voorstellen, ik ben Ludovico Mocenigo, luitenant in het leger van de Republiek Venetië.' En terwijl hij sprak nam ook hij zijn bautta af. 'Als u zich afvraagt hoe wij u hebben herkend, weet dan dat hier in Venetië ook de stegen ogen hebben. We zijn op de hoogte gesteld van uw komst en hoe u gekleed was toen u van huis ging. Natuurlijk hebben we dat alleen voor uw veiligheid gedaan. In Venetië wemelt het van spionnen en moordenaars van het ergste soort. Ik voel me vereerd kennis met u te mogen maken, messer Lorenzo. Ik heb veel over u gehoord en u weet niet hoe schandelijk en afschuwelijk ik het vind wat u is overkomen. Ik weet van uw ballingschap.'

'Tja,' zei Lorenzo en terwijl ook hij zijn masker afdeed kon hij niet verhinderen dat er even een schaduw over zijn gezicht gleed.

Mocenigo moest het hebben gemerkt, want hij haastte zich eraan toe te voegen: 'Maar ik weet zeker dat dat niet lang meer zal duren.'

'Ik dank u voor uw medeleven, maar u hoeft zich niet verplicht te voelen de realiteit te verzachten. Ik kan er heel goed mee leven.'

'Daar twijfel ik niet aan,' antwoordde Mocenigo, 'maar er zit wel een kern van waarheid in wat ik zeg. Onze informanten bevestigen dat de heerschappij van Rinaldo degli Albizzi op instorten staat. Het zou me niet verbazen als u tussen nu en een paar maanden zou kunnen terugkeren naar uw geweldige stad en er in triomf binnengehaald zou worden.'

'Dat zou echt fantastisch zijn,' zei Lorenzo en die gedachte ontlokte hem een glimlach.

'Mist u Florence?' vroeg Dandolo.

'Enorm.'

'Dat kan ik me voorstellen. Het is een schitterende stad.'

'Kent u Florence?'

'Ik ben er een keer voor zaken geweest.'

'Bovendien wordt de band tussen onze republieken steeds hechter,' voegde Mocenigo eraan toe. 'Inmiddels hebben we zelfs dezelfde legeraanvoerders.'

'Pardon?'

'U hebt gelijk, ik druk me wat cryptisch uit. Onlangs heeft de Florentijnse legeraanvoerder Erasmo da Narni zijn ontslag ingediend en enthousiast het bevel over het Venetiaanse leger overgenomen. Ik geniet van mijn laatste dag rust voor ik mijn dienst weer hervat.'

'U bedoelt die kapitein die *Gattamelata* wordt genoemd, oftewel honingpoes?' vroeg Dandolo.

'Ja,' bevestigde Mocenigo. 'Ze zeggen dat hij die rare bijnaam gekregen heeft door zijn verleidelijke, maar dwingende manier van praten. Volgens sommigen zou die doen denken aan het gedrag van een kat.'

'Een bizarre theorie,' was het commentaar van Dandolo. 'Ik heb juist horen zeggen dat de naam verwijst naar zijn helmbos, die de vorm heeft van een honingkleurige kat.'

'Hoe het ook zij,' zei Mocenigo, 'waar het om gaat is dat hij bekendstaat om zijn deskundigheid op het slagveld.' Zijn groene ogen fonkelden terwijl hij dat zei.

'Ik vind Venetië trouwens fantastisch,' zei Lorenzo, van onderwerp veranderend. 'Het idee van een stad die volledig op het water is gebouwd is echt ongelooflijk. En door de handel is het zo'n smeltkroes van culturen geworden, dat het een bakermat is voor de kunsten, waar ware wonderwerken uit zijn voortgekomen.'

'Ja, ik denk echt dat onze steden veel gemeen hebben. En het is dankzij jullie Medici dat onze band steeds sterker wordt. Ik weet dat Donatello dezer dagen in Padua is,' bevestigde Dandolo.

'Ook al zo'n bijzondere stad. Mijn broer is trouwens meer thuis op het gebied van beeldhouwkunst en schilderkunst, het spijt me dat hij er op dit moment niet is. Hij was iets vergeten en...'

'Maar hij komt toch wel?'

'Jazeker.'

Terwijl de conversatie rustig en beleefd voortkabbelde zag Lorenzo dat er een vrouw op hem afkwam. Ze had iets flirterigs en er hing een waas van geheimzinnigheid om haar heen.

'Wilt u de hele avond met deze twee heren blijven babbelen of bent u wel in voor iets meer?'

De woorden kwamen er hees en veelbelovend uit. Lorenzo was geschokt door de rechtstreekse vraag maar voelde zich vooral gevleid.

'Ha,' riep Mocenigo uit, 'wij zullen u dit pleziertje niet onthouden,' en hij gaf een knikje naar Dandolo, die meteen verdween. 'Veel geluk, vriend,' besloot hij, 'volgens mij hebt u indruk gemaakt op de aantrekkelijkste vrouw van het feest!'

36

De dame met het rode haar

'U bent de drukst bezette man van het feest,' zei de dame met het prachtige zeegroene onderkleed.

Ze was oogverblindend mooi en Lorenzo raakte er, mede onder invloed van de wijn, danig door beneveld.

Er lag een bijzondere glans in haar prachtige ogen. Ze hadden de kleur van een nachtelijk bos dat baadde in het transparante licht van de maan. Heel even kreeg Lorenzo het idee dat hij de vrouw herkende maar toen schudde hij zijn hoofd. Zo'n vrouw zou je onthouden, bedacht hij.

'Geenszins madonna, ik ben geheel de uwe,' zei hij snel.

'Neemt u mij in de maling?' vroeg ze, terwijl ze haar mooie lippen tuitte tot een onweerstaanbaar glimlachje. Haar lange wimpers waren wellustige bloemblaadjes.

'Ik zou niet durven,' zei hij. 'Uw schoonheid verblindt mij.'

De mooie dame lachte ontwapenend.

'U overdrijft.'

'In het geheel niet. Zijn alle Venetiaanse dames soms zoals u? Ik denk het niet.'

'Ik zou het niet weten, maar het is waar dat Venetië vol magie zit en dat de vrouwen hier erom bekendstaan dat ze mannen beheksen. Ikzelf probeer me die kunst ook eigen te maken.'

'Mag ik de naam van deze mooie dame weten?'

Laura legde haar wijsvinger tegen haar lippen.

'Alleen als u het geheim kunt houden,' fluisterde zij.

'Dat zweer ik.'

‘Weet u dat zeker?’

‘Zo zeker als mijn hart in mijn borst klopt. Ik smeek u, vertel het me.’

‘Niet hier,’ ging zij verder, ‘laten we een minder drukke plek opzoeken.’

En zonder verder nog iets te zeggen liep ze met ruisende rokken naar een andere zaal. Ze had zo’n statige, verleidelijke tred, dat Lorenzo niets anders kon dan haar volgen. De vrouw leek het palazzo goed te kennen. Ze liep met zekere pas, en een vlammende blik van haar felgroene ogen van achter haar masker was voldoende om ongewenste gasten op afstand te houden.

Ze doorkruisten een paar andere weelderig versierde zalen waar heerlijke gerechten en dranken werden geserveerd, en kwamen bij een brede trap die naar de bovenverdieping voerde. De vrouw bleef geen moment stilstaan. Op de eerste verdieping aangekomen ging ze naar rechts, en nadat ze een lange gang waren door gelopen, deed ze een deur aan haar rechterhand open.

Opeens stond Lorenzo in wat zonder enige twijfel een bibliotheek was. Ze deed de deur achter hen dicht.

Tegen de muur stonden boekenkasten van bewerkt hout die ware schatten bleken te bevatten. Op de planken stonden zeldzame en kostbare manuscripten van klassieke Griekse en Latijnse werken. De familie Grimani had zo te zien een uitzonderlijke passie voor literatuur en filosofie.

‘Bijzonder, hè?’ vroeg de mooie dame, alsof ze zijn gedachten had gelezen. Ze leunde tegen een houten bureau met een prachtig gedecoreerd blad vol krullen en mozaïekwerk. Ze boog zich een stukje voorover waardoor Lorenzo vol zicht had op haar boezem, die op en neer bewoog op haar ademhaling.

‘U lijkt met stomheid geslagen, messere,’ daagde ze hem uit.

‘N-nee, werkelijk niet,’ ontkende hij aarzelend, maar vanbinnen ervoer hij iets heel anders. Hoe zeker hij ook probeerde over te komen, nu voelde hij zich in de val gelokt, alsof de wijndampen plotseling waren vervlogen en hij zomaar opeens, zonder er iets van te hebben gemerkt, met haar in deze kamer was beland. Hij realiseerde zich dat het spel uit de hand dreigde te lopen.

De mooie dame leek overigens niet van wijken te weten.
'Mag ik u om een gunst vragen?'
'Natuurlijk.'
'Wilt u dan even wat dichterbij komen? U bent toch niet bang voor mij?'
Haast werktuiglijk stapte Lorenzo op haar af. De dwingende blik in haar ogen kon hij niet weerstaan.
'O...' zei ze, terwijl er een gouden armbandje van haar pols gleed.
Lorenzo bukte om het sieraad op te pakken, dat op een zacht oosters tapijt was neergeploft.
Terwijl hij voorovergebogen stond, zette de vrouw haar masker af en haalde uit haar lijfje de dolk tevoorschijn. Ze strekte haar arm om de dolk met kracht in Lorenzo's schouder te stoten. Maar net toen ze op het punt stond de fatale steek te geven, zwaaide de deur van de bibliotheek wijd open.

Cosimo was op het feest aangekomen. Hij had zijn vrienden en de vooraanstaande gasten kortaf begroet, er was geen moment te verliezen. Hij moest zijn broer vinden. *Cavaliere* Grimani had geen idee waar hij was, net zomin als Jacopo Tron, die als lid van het stadsbestuur ook was uitgenodigd op het feest. Maar toen liep hij luitenant Ludovico Mocenigo tegen het lijf en die vertelde dat hij Lorenzo achter een mooie dame met lang rood haar aan naar de eerste verdieping had zien lopen. Hij wist waar de trap was en bood aan hem te vergezellen.
'Ik zou het heel fijn vinden als u meeging,' zei Cosimo tegen hem. 'Ik ben bang dat hij in levensgevaar is.'
Ludovico knikte. Hij riep een paar wachters bij zich die zich onder de genodigden hadden gemengd om toe te zien op de veiligheid, en samen haastten ze zich de trap op naar de eerste verdieping. Na wat er was gebeurd met Rebecca durfde Cosimo geen cent in te zetten op het leven van zijn broer. En die gedachte martelde hem sinds hij had gezien hoe de vrouw rochelend van pijn was gestorven.
Op de eerste verdieping kwamen ze aan op een grote, lege overloop waar twee gangen op uitkwamen. Het groepje splitste zich. De twee

wachters namen de gang naar links. Cosimo en Ludovico gingen naar rechts en vonden al snel de deur naar de bibliotheek.

Cosimo herkende direct de man die bij de deur stond. Het was die vervloekte Zwitserse huurling! Die hij had gezien voor de kerk van Santa Lucia de' Magnoli, op de begrafenis van Niccolò da Uzzano!

'U!' bulderde hij. 'Waar is mijn broer?'

Als enig antwoord trok Reinhardt zijn zwaard en zijn dolk, en nam een gevechtshouding aan.

'Ik reken wel af met hem,' zei Ludovico Mocenigo, 'gaat u maar naar binnen, uw broer helpen.'

Bij die woorden trok hij op zijn beurt zwaard en dolk. '*En garde*, messere!' schreeuwde hij, gevolgd door: 'Mannen, hier!' naar de twee wachters die terugkwamen uit de andere gang.

Terwijl Mocenigo en Schwartz de eerste zwaardstoten uitwisselden en de klingen met een sinister geluid tegen elkaar kletterden, duwde Cosimo de deurkruk omlaag, maar de deur ging niet open. Hij gaf er een stoot met zijn schouder tegen en de scène die zich toen voor zijn ogen afspeelde, zou hij nooit meer vergeten.

Hij zag hoe zijn broer iets van de vloer raapte. Boven hem stond een onthutsend mooie vrouw met een dolk in haar hand op het punt die in Lorenzo's rug te steken.

Cosimo had geen tijd om na te denken.

Hij schreeuwde zo hard hij kon, trok de dolk die hij sinds een tijdje bij zich droeg uit de schede en stortte zich blindelings op zijn broer.

'Lorenzo! Lorenzo!'

Zijn geschreeuw had effect, want de vrouw keek geschrokken op.

Ze aarzelde een moment, maar dat was voldoende. Ze haalde snel met haar dolk uit naar Lorenzo, die instinctief maar onhandig wegrolde. Hij kon niet voorkomen dat die furie met het rode haar hem verwondde, maar het lemmet trof Lorenzo's schouder net iets te laat, waardoor de snee niet diep was.

Er verscheen een karmijnrode streep op zijn huid, de dolk was door zijn wambuis gegaan als een heet mes door de boter. Lorenzo schreeuwde. Cosimo richtte zijn dolk op de vrouw.

Hij bekeek haar eens goed. Ze had iets bekends, al kon hij niet meteen zeggen wat precies. Die ogen, die groene ogen met die koortsachtige glans erin, waar had hij die eerder gezien? Dat haar, dat haar was anders... Maar dat was een pruik zo te zien... En toen wist hij het... het was die vervloekte kruidenmengster! Hoe heette ze ook weer? Dat wist hij niet meer, maar wel dat ze hen al een hele tijd lastigviel!

Laura Ricci!

Zo heette ze... Cosimo begreep niet waarom ze zo boos op hen was, maar ze werd betaald door Albizzi. Daar was geen twijfel over mogelijk.

Haar ogen spuwden vuur.

'U, stuk ongeluk!' zei ze vol verachting. 'Ik maak u af, als een hond.' En meteen haalde ze uit met haar dolk. Maar Cosimo was sneller. Hij stapte opzij en greep met zijn linkerhand de pols van de hand waarin ze haar wapen had. Hij kneep zo hard als hij kon en bracht onderwijl met zijn rechterhand zijn dolk naar het gezicht van de vrouw.

Haar mooie vingers verloren hun greep en haar dolk viel op de grond.

Ondertussen was Lorenzo overeind gekomen. Hij hield een hand op zijn schouder, het bloed sijpelde tussen zijn vingers door. Hij pakte Laura's dolk op.

'Genoeg!' schreeuwde Cosimo. 'Ophouden! Of ik verwoest voor altijd uw mooie gezicht.'

'Doe maar,' zei zij en haar stem klonk rauw en giftig als van een wild beest. 'Want dat doen jullie Medici toch? Altijd alles verwoesten? Ik walg van u, messere, ik walg diep van u!'

Cosimo begreep het niet. Hij keek haar ongelovig aan, maar ook met iets van bewondering. Wat was die vrouw mooi. Maar hij moest zich niet laten afleiden. Ze had zojuist geprobeerd zijn broer te vermoorden.

'Vervloekt secreet,' zei Lorenzo, 'al sinds onze vader is overleden zit u achter ons aan.'

Toen klonk aan de andere kant van de deur het geluid van brekend glas.

'Wat gebeurt daar in godsnaam?' vroeg Lorenzo.

'Ik heb geen idee,' antwoordde Cosimo.

Even later kwam Ludovico Mocenigo de bibliotheek binnen gestapt. Er liep een bloederige snee over zijn wang.

Laura kon een triomfantelijk lachje niet onderdrukken. Haar donkergroene ogen blonken bloeddorstig en blij.

'Ik zie dat Schwartz u een cadeautje heeft gegeven, mijn heer.'

Ludovico begreep het niet. 'En wie bent u dan wel, madonna?'

'Ze draagt een pruik, maar ik kan zeggen dat de vrouw die wij hier voor ons hebben Laura Ricci is, spionne in dienst van Rinaldo degli Albizzi,' zei Cosimo met een stem die dof was van vermoeidheid.

'Ah!' was alles wat Ludovico verbaasd kon uitbrengen.

'En vrijwel zeker verantwoordelijk voor de dood van Rebecca, onze huishoudster! Bekent u het maar, u was het die de vergiftigde wijn bij ons heeft afgeleverd, toch?'

'Vergiftigde wijn?' vroeg Lorenzo geschokt.

'Jazeker. En als ik niet terug naar huis was gegaan, hadden we het nooit gemerkt, nog daargelaten dat het een wonder is dat we nog leven.' En toen richtte hij zich weer tot Laura: 'Nou, madonna, hebt u niets te zeggen?'

'U hebt geen enkel bewijs,' antwoordde zij, en ze sprak die woorden uit alsof het een belediging was.

'Ach, dat zal het stadsbestuur wel bepalen! Madonna, u bent gearresteerd!' meldde Ludovico Mocenigo. 'Ik zal er persoonlijk voor zorgen dat u wordt overgedragen aan het gerecht en in de kerkers van het Palazzo Ducale wordt geworpen.'

'En die man, wat is er met hem gebeurd?' vroeg Cosimo, doelend op Schwartz.

'Die duivel…' zei Mocenigo. 'Hij heeft de ene wachter gedood en de andere verwond. En daarbij mij nog deze snee bezorgd. Toen heb ik hem uit het raam gesmeten. We zullen geen last meer van hem hebben.'

'Dat denken jullie maar,' antwoordde Laura met een wreed glimlachje.

'Voordat hij vanaf meer dan dertig el hoogte het kanaal in vloog, heb ik ook nog mijn zwaard in zijn borst geplant. Dus als hij niet is doodgebloed, dan is hij wel doodgevroren.'

Even trok er een schaduw over Laura's gezicht, maar toen keerde die vreemde, verontrustende doorschijnende glans weer terug in haar ogen.

'Of u het gelooft of niet, dit zal ik u betaald zetten, in dit of in een volgend leven,' zei ze.

'Dat betwijfel ik,' besloot Mocenigo, 'wie eenmaal in de gevangenis van het Palazzo Ducale zit, komt er nooit meer uit.'

September 1434

37

Piazza di San Pulinari

Rinaldo stond op hem te wachten.

De situatie was uit de hand gelopen. Paradoxaal genoeg had de verbanning van Cosimo juist in diens voordeel gewerkt, bedacht Palla Strozzi terwijl hij aan het hoofd van zijn mannen in draf in de richting van het Piazza di San Pulinari reed. Hij had ervoor gekozen maar een klein aantal soldaten mee te nemen, aangezien hij niet langer van plan was mee te vechten. Hij wilde zich zo snel mogelijk en met zo min mogelijk inspanning terugtrekken uit de lastige situatie.

Het plebs was tegen hen.

Het volk was tegen hen.

Zelfs paus Eugenius IV, die op dat moment niet in Rome maar in de Santa Maria Novella verbleef, had alles geprobeerd om hen tegen te werken.

En Cosimo de' Medici? Hem ging het voor de wind in Venetië. Er werd verteld dat hij in de appartementen van doge Francesco Foscari verbleef, waar hij discussieerde over kunst en filosofie, terwijl zijn broer Lorenzo het financiële netwerk van het belangrijke Venetiaanse filiaal van de Bank uitbreidde. Je kon dus wel stellen dat het bewind dat hij, Palla, samen met Rinaldo voerde een complete afgang was. Ze waren niet in staat gebleken definitief de macht naar zich toe te trekken, en al was dat voor heel even gelukt, dan nog was de overwinning veel te wankel geweest om stand te houden.

Nu stonden ze op het punt definitief van hun voetstuk te vallen. Hun zucht naar macht werd hen fataal, en Palla had te veel ervaring op politiek gebied om niet te weten dat dit het begin van het einde werd.

Want nu waren hij en Rinaldo in de kou aan het oorlogvoeren en lieten ze zich afslachten. Het was allemaal één grote vergissing, vond Palla. Rinaldo's intense wrok had hen zo blind gemaakt dat ze het belangrijkste uit het oog waren verloren, namelijk dat Florence zonder het geld van de Medici tot grote armoede zou vervallen. En dat was precies wat er was gebeurd. De oorlog met Lucca, de nasleep van de pest, het strenge beleid van Albizzi, het leken de plagen van Egypte wel. Vandaag zou hij zich terugtrekken, voor hij er nog verder in werd meegesleept. Francesco Filelfo, de filosoof die vanaf zijn katheder aan de universiteit bulderde dat Cosimo ter dood veroordeeld moest worden, had mooi praten. Hoe harder hij riep, hoe sterker Cosimo's positie in de ogen van de buitenwereld werd. Venetië was tegen de doodstraf, het Frankrijk van Karel VII was tegen, zelfs Hendrik VI van Engeland was tegen. De paus was tegen!

Ze hadden de hele beschaafde wereld tegen zich in het harnas weten te jagen. Sukkels, ze waren een stelletje sukkels geweest!

Toen hij op het plein aankwam zag hij Rinaldo met al zijn manschappen, een zwarte massa in het grijze licht van de herfstochtend. Albizzi was gekleed in een donkergrijs wambuis en een lange met bont gevoerde paarse mantel. Hij droeg kniehoge laarzen en aan zijn gordel had hij een zwaard en een dolk. Een krijgsuitrusting met een fluwelen randje, dat was het. Hij deed zich voor als soldaat, zonder dat hij het werkelijk was. En als je je anders probeert voor te doen dan je bent, is er maar één uitkomst mogelijk: de nederlaag.

Rinaldo had de illusie dat hij de situatie nog kon redden, maar inmiddels was het te laat.

Toen Palla hem zag, groette hij hem met een hoofdknik.

Hij reed hem tegemoet. De paardenhoeven klepperden over het plaveisel van het Piazza di San Pulinari. De koude wind gierde en de bewapende mannen oogden als duivels die stonden te wachten om zich op de vijand te storten.

'Eindelijk ben je er,' begon Rinaldo. 'Je hebt je niet echt gehaast, hè? Rodolfo Peruzzi en Niccolò Barbadoro zijn er al,' zei hij, wijzend op zijn vrienden. 'Giovanni Guicciardini is niet gekomen en ik zie tot mijn spijt dat ook jij niet van zins bent te vechten! Zijn je beloftes zo weinig waard?' Albizzi's woorden klonken venijnig en verachtelijk toen hij zag hoe weinig soldaten Palla bij zich had. 'Je stelt me teleur, vriend! Ik vind het godgeklaagd!'

'Ik kan me voorstellen dat je boos b...' begon Palla, maar hij kon zijn zin niet afmaken.

'Zwijg! Je hebt al te veel gezegd. Ik had jullie gewaarschuwd dat de Medici gedood moesten worden. Maar jij en die lafaard van een Bernardo Guadagni die zijn zakken heeft gevuld met geld van mij en van Cosimo, waren voor ballingschap. En ik heb de fout begaan naar jullie te luisteren in plaats van jullie allemaal de keel door te snijden! Je hebt me nu drie keer verraden. De eerste keer toen je ballingschap eiste voor Cosimo, de tweede keer toen je niet naar me wilde luisteren toen ik zei dat ik hem wilde doden, en de derde keer nu je weigert samen met mij de wapens op te nemen!'

Palla Strozzi schudde zijn hoofd. 'Je begrijpt het niet, Rinaldo...'

'Er valt niets te begrijpen,' kapte Albizzi hem af. 'Je hebt altijd maar wat gebazeld en ik was zo stom om naar je te luisteren. Ga naar huis, we hebben je hier niet nodig. En het is te hopen dat ik niet win, want zo ja, dan hak ik persoonlijk je kop eraf en zet het publiekelijk te kijk op een paal.'

Palla Strozzi begreep dat ze waren uitgepraat.

Dus liet hij zijn paard omkeren en reed met zijn soldaten terug naar waar hij vandaan was gekomen.

Een triest figuur, dat was hij. Iedereen kon zien dat hij, hoe het gevecht ook zou uitpakken, al had verloren. En Rinaldo zou het niet vergeten. Hij was die man met zijn gebroken beloftes, opruiende schrijfsels en eeuwige besluiteloosheid zo zat, dat zijn vertrek bijna als een bevrijding voelde. Iemand die eerst zegt jouw kant te kiezen en zich bedenkt als puntje bij paaltje komt, was hij liever kwijt dan rijk! Dan kon hij maar beter de rijen sluiten en met een paar trouwe vrienden kijken wat het lot voor hem in petto had.

Rinaldo degli Albizzi schreeuwde naar zijn mannen.

De mannen staken hun spiezen en hellebaarden omhoog. Ze waren met een flink aantal en zouden niet aarzelen om het Palazzo della Signoria aan te vallen.

'Laat de wapens spreken!' brulde Rinaldo. 'Die hebben al te lang gezwegen!'

En na die woorden stroomden de mannen als een zee van leer en ijzer in de richting van het Palazzo della Signoria. Ze oogden bloeddorstig en onoverwinnelijk en renden recht op de poort van het Palazzo af.

En toen gebeurde wat niemand had voorzien.

De mannen van Rinaldo bleven opeens stokstijf staan.

Vanaf de toren en de kantelen van het Palazzo kwam hun een zwarte stortvloed aan pijlen tegemoet. De soldaten zagen ze tegen de grijze lucht, hoorden het koortsachtige gefluit en realiseerden zich te laat dat ze volledig ongedekt op het plein stonden. Een gemakkelijker doelwit was er niet.

De pijlen, afgeschoten door rijen boogschutters die op het Palazzo stonden opgesteld, regenden als helse naalden op hen neer. De soldaten tilden hun schilden boven hun hoofd in een wanhopige poging zichzelf tegen de ijzeren punten te beschermen. Maar velen van hen hadden daar niet eens de tijd voor.

De pijlen drongen door de schilden of vonden andere slinkse wegen om zich in hun vlees te boren. Sommige mannen grepen met hun handen naar hun keel, anderen kregen een pijl in hun gezicht.

Rinaldo zag hoe enkele van zijn mannen de handen tegen de borst sloegen en voorover vielen op het plein, dat rood kleurde van het bloed.

Hoe was dit in godsnaam mogelijk? Had hij zo veel tijd verspeeld dat de tegenpartij zich in één nacht tijd in het Palazzo della Signoria had weten te verschansen?

Hij had geen idee, maar feit was dat er vanaf de toren en de omloop op de eerste verdieping onophoudelijk werd geschoten.

Hij zag zijn wapenbroeders vallen. Er suisde rakelings een pijl langs hem heen. Hij kon maar net op tijd bukken. Hij schreeuwde. Het plein begon op een slagveld te lijken. Hij was ervan overtuigd geweest dat hij het Palazzo met gemak kon innemen maar had niet gedacht dat de mannen die de terugkeer van Cosimo wilden zich zo snel en effectief zouden organiseren.

Hij knarsetandde.

'Volg mij!' schreeuwde hij, maar zijn soldaten renden inmiddels terug, weg uit die storm van pijlen die de een na de ander tegen de stenen van het plein sloeg.

Rinaldo werd overspoeld door een ijzige golf van verbijstering. Dit had hij werkelijk niet verwacht. En al had hij iets vermoed, dan had het nog niets uitgemaakt, want het ergste verwachten is één ding, maar het voor je eigen ogen zien gebeuren is iets anders.

Cambio Capponi rende op hem af, maar voor hij er was spreidde hij zijn armen en zakte voorover in elkaar, dodelijk getroffen door een pijl. Het bleef maar ijzer regenen, tot de mannen er eindelijk in slaagden een plek buiten het schootsveld van de schutters te bereiken.

In een mum van tijd lag het plein vol lijken. Mannen lagen stervend op de met pijlen bedekte stenen, gewonden kermden aan één stuk door van pijn. Ook paarden waren tegen de vlakte gegaan. Rinaldo bleef aan de rand van de strijd, buiten het bereik van de schutters. Hij was bepaald niet van plan zich te laten doden nog voor hij had gestreden. Inmiddels wist hij dat hij een fatale fout had gemaakt, dat die langverwachte strijd al grotendeels was beslist. Op een voor zijn mannen dramatische manier. Ze waren in de val gelopen, in de veronderstelling dat ze de verovering van het Palazzo op hun slofjes afkonden. In plaats daarvan was het een mars naar de hel geworden. Nu stonden de mannen van de Republiek vanaf de kantelen uitdagend naar hen te kijken, en daar hadden ze alle reden toe, als je zag wat er was gebeurd.

Wat moest hij nu doen? Hij had zijn mannen naar de slacht gestuurd, daar kwam het op neer.

Niccolò Barbadoro steeg van zijn paard. Zijn handen zaten onder het bloed. Het bloed van strijdmakkers die in zijn armen waren gestorven. Hij spuugde op de grond terwijl zijn zwarte paard schuimbekkend steigerde.

'Tja,' zei hij, 'en hoe redden we ons hier nu uit?'

'We vallen opnieuw aan!' schreeuwde Rinaldo. De woorden kwamen eruit in een soort reflex, gevoed door frustratie en onmacht. Maar hij had het nog niet gezegd of hij wist dat hij onzin uitkraamde. Al vielen ze nog tien keer aan, de uitkomst zou niet anders worden.

'Ben je gek?' riep Niccolò Barbadoro. 'Wil je ons als een stel honden laten afmaken? En waarvoor? In naam van wie of wat? Wat hebben we al niet verloren door die blinde ambitie van je? Ik begin werkelijk te geloven dat Palla Strozzi gelijk had!'

Rinaldo wilde hem antwoorden maar zag dat er iemand over het Piazza della Signoria naar hen toe kwam. Hij reed op een wit paard en hield zijn handen in de lucht.

'Geven ze zich over?' vroeg Niccolò Barbadoro ongelovig.

Rinaldo legde hem met een gebaar het zwijgen op.

Hij kende deze man goed. Het was zijn goede vriend Giovanni Vitelleschi, een van de meest gerespecteerde patriarchen van Florence. Als bij toverslag hield het schieten op en even later stond de oude wijze man voor Rinaldo, Niccolò en alle anderen.

'Mijn zoon,' zei Giovanni op kalme toon, 'ik ben gestuurd door paus Eugenius IV die zich in de Santa Maria Novella heeft teruggetrokken omdat hij vanwege de opstanden gedwongen was Rome te verlaten.'

Rinaldo keek naar hem, hij begreep niet waar Giovanni heen wilde.

'Ik luister,' zei hij slechts.

'Goed. U hebt gemerkt dat Florence zich fel tegen u verzet en ook dat Palla Strozzi en Giovanni Guicciardini u in de steek hebben gelaten. Als woordvoerder van de paus deel ik u mee dat Eugenius IV bereid is voor u met de Signoria te onderhandelen over gunstige voorwaarden, als u besluit samen met Niccolò Barbadoro de wapens neer te leggen. Hij heeft vertrouwen in u en weet dat u onrecht is aangedaan, maar meent niettemin dat het voor alle partijen beter is als u het Palazzo binnengaat om de zaak te bespreken in plaats van tegen uw broeders ten strijde te trekken. De keuze is natuurlijk aan u, maar als u het mij vraagt denk ik niet dat u dit Palazzo gemakkelijk zult veroveren, en zult u er hoe dan ook nog meer mannen door verliezen. Is dat dan wat u wilt?'

Rinaldo keek hem aan. Hij wist dat Giovanni gelijk had en zo te zien waren de soldaten van het Palazzo goed voorbereid.

Terwijl hij stond na te denken keken zijn mannen hem aan met een mengeling van angst en onzekerheid in de ogen.

Als hij op het aanbod inging zou hij elke geloofwaardigheid en elk vertrouwen verliezen. Misschien verdiende hij wel niet anders, gezien de desastreuze afloop van de eerste aanval. En wat Giovanni Vitelleschi had gezegd was gewoon waar. Hoe zouden ze het Palazzo kunnen innemen, nu zijn manschappen niet alleen in aantal, maar ook mentaal waren verzwakt? En zou hij in staat zijn hen te behoeden voor wat zich liet aankondigen als een bloedbad? De strijd was op z'n zachtst gezegd ongelijk, en nog voor zijn mannen vijftig passen hadden afgelegd, zouden ze zijn neergemaaid door de schutters achter de kantelen van de toren.

En hij snapte maar al te goed dat zijn mannen zich nog liever op hem zouden storten dan opnieuw die pijlenmarteling te ondergaan. Hij hoefde maar naar de blikken om zich heen te kijken.

Tenzij hij een oplossing bedacht.

Maar hoe hij zijn hersens ook pijnigde, Rinaldo zag in de verste verte geen oplossing. Hij was geen strateeg en ook geen moedig leider. De onverwachte en genadeloze manier waarop zijn tekortkomingen nu aan het licht kwamen, wekte hem op slag uit al zijn glorierijke dromen.

Hij schudde zijn hoofd.

Het kostte hem moeite toe te geven dat alles verloren was. Maar soms heb je geen keus in het leven.

'Zeg maar tegen paus Eugenius IV dat ik er serieus over nadenk,' zei hij uiteindelijk, 'en dat ik, mocht ik zijn raad opvolgen, verwacht dat hij instaat voor mijn veiligheid en die van mijn partij.'

In gedachten verzonken bleef hij daar staan, terwijl er een bleek zonnetje aan de hemel scheen.

38

De rollen worden omgedraaid

Mijn liefste Cosimo,

Je bent nu al een jaar weg en de verveling en het wachten zijn onverdraaglijk. Maar nu breekt dan eindelijk het moment aan dat je terugkeert. Ik ben nog nooit zo blij en gelukkig geweest!

Giovanni de' Benci heeft me bijgepraat over de gebeurtenissen van de afgelopen dagen. Rinaldo degli Albizzi is er niet in geslaagd het zwaar verdedigde Palazzo della Signoria te veroveren, en heeft, na tussenkomst van de paus, ermee ingestemd zich met zijn mannen terug te trekken. De edelen die tegen hem zijn hebben, profiterend van zijn onzekerheid, het volk bijeengeroepen en met onmiddellijke ingang jouw terugkeer naar Florence geëist. Rinaldo degli Albizzi, Rodolfo Peruzzi, Niccolò Barbadoro en Palla Strozzi zijn veroordeeld tot ballingschap en al hun volgelingen met hen. Het schijnt dat Rinaldo heeft geprobeerd zich te verzetten, maar dat heeft tot niets geleid. Hij heeft Eugenius IV *verweten dat hij hem verraden heeft. Zijn bezittingen en land zijn geconfisqueerd en nu zit Rinaldo in Trani.*

De Republiek wacht op je, Cosimo.

Wij zijn al terug in ons huis in de Via Larga en ik kan niet wachten je weer in mijn armen te sluiten. Ik heb je zo gemist. Ik wil mooi zijn als je komt en pieker me suf over wat ik zal aantrekken. Ze zeggen dat je tot Vader des Vaderlands zult worden uitgeroepen. Het recht zal uiteindelijk zegevieren, wie had gedacht dat deze ballingschap je positie sterker zou maken? Toch is het zo gegaan.

Lieve Cosimo, ik wacht op je, zorg dat je snel terugkomt, want Florence adoreert je en wil je terug.

En ik ook.

Voor altijd de jouwe,
Contessina

Cosimo stopte de brief terug in de zak van zijn wambuis, precies op zijn hart.

De woorden van zijn vrouw werkten als balsem en heelden de wonden van zijn ziel.

Ze waren gestopt bij een bron om de paarden, die uren achter elkaar hadden gegaloppeerd, te laten drinken. Nu was het tijd om weer verder te gaan. Florence was niet ver meer en als ze dit tempo aanhielden, zouden ze de stad al snel in het oog krijgen.

Hij klom weer in het zadel, liet zijn paard omkeren en gaf het de sporen. Lorenzo, Giovanni, Piero, zijn hele gevolg, inclusief de edelmannen die waren meegekomen, kwamen achter hem aan.

Tijdens de rit dacht hij terug aan Venetië, aan de vrienden die hij daar had achtergelaten.

Hij had vriendschap gesloten met Francesco Foscari, met luitenant Ludovico Mocenigo en via hem ook met Gattamelata. Venetië zou een kostbare bondgenoot kunnen blijken voor Florence, net als Francesco Sforza, die popelde om zelf hertog van Milaan te worden. Hij zou moeten profiteren van de gunstige omstandigheden en zijn hegemonie over Florence moeten uitbreiden door ook de banden met de paus en Rome aan te halen. Pas dan zou hij in staat zijn vrede te brengen in zijn stad, want die kon alleen bereikt worden door de winst op Filippo Maria Visconti, de huidige hertog van Milaan, die niets anders deed dan Lucca tegen hen opstoken.

Maar nu was de tijd rijp voor vrede, of op z'n minst voor een wederopbloei. Hoever was de koepel van de Santa Maria del Fiore? Hoe stond de stad ervoor? Was de pest eindelijk verdwenen? Zijn hoofd zat vol vragen. Hij zou zijn vijanden nooit meer mogen onderschatten, maar wilde ook niet dat hij en zijn familie hun gewoontes zouden moeten aanpassen, na alles wat er was gebeurd.

Vol vertrouwen keek hij vooruit en er verscheen een glimlach op zijn gezicht toen hij zag hoe het Florentijnse landschap met zijn gouden graanvelden zich voor zijn ogen uitstrekte. De hemel was adembenemend blauw, de zon zette de wereld in een goudgeel licht en de lucht was vol geuren van bloemen en vers gemaaid hooi.

De paarden galoppeerden over de weg en terwijl ze tussen de weilanden en velden door stoven, zagen Cosimo en Lorenzo de muren van het schitterende, trotse Florence voor zich opdoemen.

Naarmate ze de stad dichter naderden voelde Cosimo zijn ontroering groeien. Met het klimmen der jaren vond hij het steeds moeilijker om op dit soort momenten zijn tranen te bedwingen.

Misschien kwam het doordat hij zijn geliefde Contessina zo lang had gemist, misschien omdat hij nog maar een jaar geleden voor zijn leven had gevreesd, misschien omdat hij voelde dat deze stad hem nog niet de opperste triomf had bezorgd en hij zich afvroeg of hij ertegen opgewassen zou zijn als het moment daar was. Misschien omdat de aanblik van de stad hem herinnerde aan zijn vader en moeder van wie hij zo veel had gehouden en die er niet meer waren.

Er waren talloze redenen, maar zonder zich verder af te vragen waarom, liet hij zijn tranen de vrije loop.

Hij huilde.

En zo ontdekte hij dat, zoals zijn moeder altijd zei, tranen niet iets zijn om je voor te schamen, maar slechts laten zien dat je de moed hebt je over te geven aan gevoelens die, of ze nu blij of triest zijn, van een man een man maken.

Er waren maanden voorbijgegaan, maar Laura wist dat ze geduld moest hebben. De cel was verschrikkelijk, maar de gevangenbewaarder, Marco Ferracin, was een goeie kerel. Hij had een oogje op haar. Ze wist het zeker. Net zoals ze zeker wist dat ze hem te vriend moest houden. Het zou nog een poos duren, maar ze mocht de hoop niet verliezen. Zoals water in staat was een rots uit te hollen, zo zou haar uithoudingsvermogen de tijd buigen. Ze moest volhouden. Ze had in haar leven voor hetere vuren gestaan en, nogmaals, ze probeerde maar aan één ding te denken, en dat was overleven.

Daarvoor was ze bereid te liegen, bedriegen en manipuleren. Dat waren de vaardigheden die haar nooit in de steek hadden gelaten en waarop ze altijd had vertrouwd, omdat ze nog nooit had meegemaakt dat iemand haar uit goedheid had geholpen. Ze was gewend te leven met het slechtste deel van de mensheid, met dieven en verraders, met beulen en overlopers, en daardoor waren zonde en misdaad haar zo vertrouwd dat ze zich er niet aan kon onttrekken, al zou ze het willen. Ze kon zich zelfs geen voorstelling maken van een gewoon leven.

Ergens was het al te laat. Haar ziel was al beschadigd toen ze nog maar een klein meisje was. Wat wilde ze dan, nu? Wilde ze nog een vrouw van aanzien worden? Dat zou nooit gebeuren. Nooit. En ook Schwartz zou haar niet komen bevrijden. Niet dat ze dacht dat hij dood was, maar ze wist dat ze het in haar eentje moest zien te redden.

Er zat dus niets anders op. Ze moest deze man om de tuin leiden. Doen wat ze haar hele leven al deed.

Terwijl ze verzonken was in deze sombere gedachten hoorde ze de ijzeren deur van haar cel knarsen. Hij ging open. Ze zag Marco Ferracin binnenkomen. Het leek of er iemand achter hem aan kwam. In eerste instantie begreep Laura het niet. Haar gevangenbewaarder beefde en zag wit als een doek. Direct daarna zakte hij op zijn knieën en viel voorover met zijn gezicht op de grond. Er spoot een fontein van bloed in het rond. Hij was met een mes in zijn rug gestoken.

De man achter Ferracin was gehuld in een donkere cape met een kap en daaronder een bewakersuniform van het Palazzo Ducale, blauw met gouden strepen op de mouwen. Hij droeg kniehoge laarzen en een borstkuras met ijzeren platen met daarop de afbeelding van de Leeuw van San Marco, het symbool van de Republiek Venetië. Toen hij zijn kap omlaag deed herkende Laura hem: de kille blauwe ogen, de volle blonde snor en het rode haar lieten geen enkele twijfel.

Reinhardt Schwartz!

Hij leefde! En hij was daar voor háár!

'Jij hier...' stamelde ze. 'Je leeft... Ben je hier voor mij?' Haar stem trilde, omdat ze niet in dit soort wonderen geloofde.

'Ik zou mijn leven voor je geven... *mein Schatz.*'

Laura barstte in tranen uit.

Reinhardt omhelsde haar. Zij vlijde zich in zijn armen en wenste dat ze dat moment voor altijd kon vasthouden.

'M-maar hoe, h-hoe...' hakkelde ze.

'Later,' antwoordde hij, 'nu hebben we geen tijd. Doe dit aan, snel. Als we ontdekt worden is het afgelopen met ons.'

Van onder zijn cape haalde hij een bundel tevoorschijn, die hij openvouwde op Laura's houten brits. Een paar laarzen, een bewakersuniform en een cape met een kap.

'Met een beetje geluk werkt het,' zei hij.

Ze verkleedde zich snel, bond haar haren bij elkaar en trok de kap over haar ogen.

'Vervloekt,' zei Reinhardt.

'Wat is er?' vroeg ze.

'Zelfs zo... ben je té mooi.'

Laura glimlachte. Ze droogde haar laatste tranen en zweeg.

'Kom mee,' vervolgde Reinhardt terwijl hij een grote sleutelbos van de riem van Marco Ferracin haalde, 'en zorg dat je vlak bij me blijft. Laat mij het woord doen en kijk naar de grond. Laten we hopen dat we niemand tegenkomen.'

'En als dat wel gebeurt?'

'Laat dat maar aan mij over, *mein Schatz.*'

Na die woorden opende Reinhardt de deur. Laura volgde hem. Ze kwamen in een lange gang waarop nog veel meer celdeuren uitkwamen en die zwak werd verlicht door flakkerende toortsen. Ze bevonden zich in de kerkers van het Palazzo Ducale. Vlak bij het water van de lagune. Toen ze aan het eind van de gang waren, klommen ze een kort, smal trappetje op dat uitkwam op de grote binnenplaats. Daar stonden bewakers opgesteld. Twee aan twee, net als Reinhardt en Laura.

Schwartz liep snel, Laura week niet van zijn zij. Ze stapten zelfverzekerd door, alsof ze volkomen op hun gemak waren. Tot, op een paar passen van de toegangspoort, de twee bewakers die daar stonden op hen af kwamen.

Schwartz deed een stap naar voren.

'Wat doen jullie hier?' vroeg een van de twee.

'Er is een lading goederen aangekomen die we moeten controleren.'

'Is dat zo?'

'Luitenant Ludovico Mocenigo van het Venetiaanse leger heeft het me persoonlijk gevraagd.'

'Weet u het zeker? Hebt u schriftelijke orders?'

'Nee, die heb ik niet. Maar ik ben niet van plan een uitbrander te krijgen voor het vervullen van mijn plicht. Dus vraag ik u of u zo goed wilt zijn met ons mee te lopen. De boot ligt aan de steiger, hier vlak voor.'

Tijdens het praten was Schwartz doorgelopen in de richting van de uitgang, om de afstand die hen scheidde van de vrijheid zo klein mogelijk te maken.

Hij wist dat zijn lot en dat van Laura afhing van hoe schaamteloos hij zou weten te liegen. Zeker, hij kon een duel uitlokken, maar dan zou hij binnen een paar tellen een heel garnizoen over zich heen krijgen, nog los van het feit dat er niet meer dan een tel voor nodig was om te zien wie de persoon die bij hem was echt was, zodra ze haar kap af zouden doen.

Hij koos er dus voor om door te gaan met zijn toneelstukje, in elk geval tot ze op het dek zouden staan van de boot die daar lag te wachten om hen in veiligheid te brengen.

Hij liep voorbij de Porta del Frumento. Laura, naast hem, hield de kap diep over haar ogen. De twee bewakers volgden in hun kielzog. Ze liepen de steiger op die direct toegang gaf tot de aanlegplaats en vanaf daar was het kinderspel om aan boord te stappen.

Laura kwam achter hem aan.

De bewakers ook.

Toen de soldaat die steeds het woord deed opnieuw iets wilde zeggen, was Schwartz hem voor en snoerde hem de mond voor hij ook maar een woord had kunnen uitbrengen.

'Isacco,' zei hij, en klapte in zijn handen, 'laat de goederen even zien die luitenant Ludovico Mocenigo ons heeft gevraagd te controleren.'

Een joodse koopman met donkere ogen en een haviksneus kwam naar hen toe met een linnen zak.

'Laat eens kijken,' vervolgde Schwartz en deed of hij de zak inspecteerde. Hij wendde zich tot de twee bewakers en zei toen: 'Kijk eens vrienden, hoe prachtig!' De twee kwamen nieuwsgierig dichterbij, in een poging een glimp op te vangen van wat er in die nog niet voor de helft gevulde zak zat. Zodra ze voorover bogen haalde Schwartz twee dolken tevoorschijn die hij zorgvuldig onder zijn cape verborgen had gehouden en met een dubbele uithaal sneed hij hen allebei de keel door.

De lemmeten flitsten snel en geruisloos, direct gevolgd door een verstikt gerochel. Op het moment dat de bewakers in elkaar zakten greep Schwartz hen vast en begeleidde hun val, zodat het leek of ze alle drie gelijktijdig gingen zitten, met hun rug tegen de zijkant van de boot.

In de tussentijd had Isacco de touwen losgemaakt en een roeiriem gepakt waarmee hij de boot afduwde.

Op de steiger tilde iemand een lantaarn op.

'Wie is daar?' schreeuwde de man.

Schwartz ging staan.

'De wacht van de Republiek,' zei hij. 'We brengen deze koopman naar het wapendepot. Hij vervoert een lading wapens voor het Venetiaanse leger.'

'In orde,' kwam er terug.

Hierna zwegen de stemmen. Het enige geluid dat klonk was het trage geschommel van de boot op het water van de lagune.

Zodra ze ver genoeg van het Palazzo Ducale waren, gooide Reinhardt de twee vermoorde bewakers overboord.

De lantaarn van de boot scheen op Laura's gezicht en Schwartz zag de liefde in haar ogen.

'Ik hou van je,' zei ze, 'al weet ik niet waar dat gevoel me zal brengen.'

Hij keek naar haar en zag dat ze had besloten hem te vertrouwen. Hij wist dat de plek waar ze heen gingen bepaald geen land van melk en honing was, maar het was wel de enige mogelijkheid om een nieuw leven te beginnen. Hij hield te veel van haar om die waarheid te verzwijgen.

'Helaas wacht ons een toekomst vol onzekerheden. Zul je me dat ooit kunnen vergeven?'

'Als ik bij jou ben, Reinhardt, voel ik dat ik alles aankan.'

'Ik beloof je dat ik bij je zal blijven. Ik kan je alleen niet garanderen dat ik je kan beschermen tegen pijn en verdriet.'

'Zo lang ik me kan herinneren bestaat mijn leven uit een mysterieuze mengeling van pijn en plezier. Ik denk dat ik niet anders zou kúnnen leven, ik zou het waarschijnlijk niet eens kunnen waarderen.'

Hij glimlachte bitter toen hij bedacht hoeveel waarheid er school in die woorden, hoe hij ook zelf die beker had aanvaard en daar elke dag een slok uit nam, een dagelijks gif dat in de loop der tijd zijn ziel had verdord. Voor de zoveelste keer had hij zich in dienst gesteld van een heer, een die nog slechter was dan de vorige, en dat had hij gedaan omdat hij vreesde dat hij geen andere keus had.

De boot deinde op het zwarte water van de lagune.

'Ik ben een lafaard,' zei hij.

'Helemaal niet,' sprak ze hem tegen met een stelligheid die hem bijna als vergiffenis voor al zijn wandaden in de oren klonk.

'Wie anders zou me zijn komen bevrijden?' ging ze verder, alsof ze het pact van liefde en vervloeking dat hen verbond nog eens wilde onderstrepen.

'Ik weet het niet,' antwoordde Reinhardt, 'maar jouw bevrijding is het begin van een nieuwe slavernij, liefje, we zijn nu beiden eigendom van de hertog van Milaan.'

Zo, hij had het gezegd, dacht hij. Hij voelde zich iets beter door die bekentenis, eventjes tenminste.

Ze leek er niet door van streek.

'Is dat alles?' vroeg ze. 'Denk je dat ik daar bang voor ben?'

'Nee, niet echt,' zei hij, 'al is die man een idioot.'

'Daar twijfel ik niet aan. Maar mensen als wij gedijen juist op waanzin. Want wat ik al zei, ik denk dat pijn en plezier de essentie zijn van ons leven, de ingrediënten waar we niet zonder kunnen.'

Reinhardt zweeg. Ze had gelijk. Zonder nog iets te zeggen nam hij Laura in zijn armen en kuste haar. Hij voelde haar zachte lippen, proefde de vervloekte onschuld. Ondanks alles bezat ze een soort naïviteit die hem behekste, die hem afhankelijk maakte van haar schoonheid en van de intense, lange schaduw waarin zij verkoos te leven.

Net als hij.

Hij kuste haar langdurig, bewonderde haar onweerstaanbare halslijn, haar hoge jukbeenderen en het spannende geultje tussen haar borsten. Hij ontblootte haar schouders en overlaadde die met kussen. Hij liet zich gaan, verloor zich in haar, in de hoop dat die vergetelheid het schuldgevoel dat hem verscheurde uitwiste, al was het maar voor even.

Hadden ze op dat moment kunnen vluchten? En waarheen dan? Benedendeks zaten mannen van de hertog verstopt. Om hen te begeleiden op hun vlucht, maar ook om hen direct te vermoorden als hij zijn woord niet zou houden.

Hij glimlachte.

Als eigendom van Rinaldo degli Albizzi had hij de vrijheid verspeeld om over zijn toekomst te beslissen, wat voor een huurling tamelijk bizar was.

Spoedig zou ook Laura ontdekken hoe moeilijk het was om Filippo Maria Visconti te dienen. Rinaldo had zijn leven in dienst gesteld van Visconti en daarmee ook het leven van zijn twee kostbaarste bezittingen: Reinhardt Schwartz en Laura Ricci.

Hij had hen verkocht om zijn eigen hachje te redden en iets van een toekomst voor zichzelf op te bouwen. En in die onzekere en duistere toekomst lag ook de hoop voor Laura en voor Reinhardt.

Schwartz schudde zijn hoofd, bedenkend wat er allemaal was misgegaan in zijn leven. Maar toen stopte hij die sombere gedachten weg en gaf zich weer over aan de liefkozingen van Laura.

Vroeg of laat zou hij haar alles moeten vertellen, maar op dat moment had hij daar de moed niet voor.

SEPTEMBER 1436

39

Filippo Maria Visconti

Filippo Maria Visconti hing onderuitgezakt in de stenen badkuip die, qua afmeting en vorm, meer weg had van een zwembad. Zijn bleke, weke huid leek doorzichtig in het heldere water.

Die walgelijke aanblik bezorgde Rinaldo degli Albizzi plotseling braakneigingen. Met uiterste krachtsinspanning wist hij die tegen te houden. Hoe kon de hertog van Milaan zo zijn afgegleden? Met dat idioot bolle voorhoofd en die nek vol rozige vetrollen leek hij op een varken dat vlak voor de slacht gewassen werd.

Wat een verval!

Rinaldo was berooid en door iedereen verlaten, en deze vetzak, die heerste over het hertogdom Milaan, was de enige die hem kon helpen aan mannen en wapens, zodat hij de loop van de geschiedenis kon veranderen.

Maar eerst moest hij hem zover zien te krijgen.

Visconti keek hem aan met zijn varkensoogjes en lachte hem uit. Maar ja, zijn positie was dan ook deerniswekkend.

Rinaldo wist dat maar al te goed, zo goed dat hij zijn zetten niet eens meer heimelijk deed. Het was inmiddels meer dan twee jaar geleden dat hij naar Milaan was gevlucht om steun te zoeken bij de hertog. Iedereen wist ervan, inclusief de fanatieke Florentijnen die gezworen leken te hebben hem tot elke prijs te doden.

Hij wist ook dat hij, wilde hij de steun van de hertog krijgen, daar iets tegenover moest zetten. Die man was even afstotelijk als gierig en gewiekst. Rinaldo had twee essentiële en voor hem onontbeerlijke ruilmiddelen in gedachten. Om te beginnen het geld dat hij nog overhad, en verder de enige twee mensen die minstens zo veel waard waren als goud en misschien wel meer, gezien Visconti's verdorven aard.

Zijn grillen waren alom bekend, en ook zijn seksuele voorkeur, die zowel mannen als vrouwen gold. De orgieën die in zijn vertrekken werden georganiseerd waren legendarisch, evenals zijn aanvallen van woede, die voortkwamen uit onbegrijpelijke angsten die hem al sinds zijn vroegste jeugd parten speelden.

Rinaldo had Reinhardt Schwartz en Laura Ricci dus nodig.

Hij wist dat hij zelf niets meer overhad als hij hen overdroeg aan Visconti, als een speler die niets meer in te zetten heeft, maar aan de andere kant, als hij zou afwachten of, erger nog, als Visconti zou weigeren hem zijn beste mannen mee te geven, wat zou hij dan bereiken?

Helemaal niets!

Het was in elk geval de moeite van het proberen waard. En dat had hij gedaan.

Toen Rinaldo in ongenade was gevallen had zijn Zwitserse huurling, noodgedwongen, dezelfde keus gemaakt. Schwartz was gewond en al in het water van de Venetiaanse kanalen beland en daar alleen dankzij de hulp van de mannen van Rinaldo veilig uit gekomen. Zeker, hij had zijn diensten aan een andere heer kunnen aanbieden, maar eenmaal onder de hoede van Albizzi was het niet gemakkelijk een andere opdrachtgever te vinden. Helemaal niet toen hij zo zwaargewond was.

En daarom was Schwartz, toen Rinaldo uit Florence was weggejaagd en een veilig heenkomen had gezocht in Milaan, graag ingegaan op het voorstel om in dienst te treden bij Filippo Maria Visconti, om zo zijn heer te helpen. Dat was zeker geen slechte keus, want zo kon Rinaldo, met medeneming van wat goud en een handvol soldaten, weg uit Trani. Schwartz had indruk gemaakt op Filippo Maria, die een goed zwaardvechter meer wist te waarderen dan wat ook. Vooral in een periode als die van de laatste twee jaar, waarin hij in het koninkrijk Napels verwikkeld was in de strijd om de troonsopvolging en tegelijkertijd vocht tegen Florence en Venetië.

Vanaf het moment dat Schwartz onder Milanese vlag vocht, had hij zich bewezen op het slagveld, wat hem ook in staat had gesteld om naar

Venetië af te reizen om Laura te bevrijden. Die missie was niet zonder kosten en de edele Visconti koos de rol die hem het beste paste: die van woekeraar. Hij wilde Laura's bevrijding graag bekostigen, maar eiste in ruil daarvoor dat zij een van zijn uitverkoren dames werd.

Rinaldo had haar uitvoerig aan Visconti beschreven en hoog opgegeven over haar kwaliteiten als hoer, kruidenvrouw en gifmengster. Die combinatie van deugden had Visconti's passie en nieuwsgierigheid gewekt.

Eenmaal aan het hof had Laura zich met een welhaast duivelse intelligentie beetje bij beetje een andere rol toegemeten. Ze was en bleef hoer, maar werd naast hofgifmengster ook kaartlegster, en Visconti raadpleegde haar bij alle belangrijke kwesties aangaande zijn toekomst.

Bij gebrek aan een ander betaalmiddel had Rinaldo dus zijn twee kostbaarste bezittingen verkocht, maar al waren ze nu, elk op hun eigen manier, eigendom van Visconti, zowel Laura als Schwartz was daar verbazend goed uit gekomen. In elk geval was het hun stukken beter vergaan dan hemzelf.

En nu stond hij daar als een gevangene in het kasteel van de hertog, hem te smeken om hulp in de oorlog tegen de Medici.

Voor hem lag Visconti, weggezakt in zijn eigen vet. Hij maakte trage roeibewegingen met zijn pafferige armen en wachtte met tegenzin af welke smeekbeden hij te horen zou krijgen.

Rinaldo schudde zijn hoofd.

'Excellentie,' begon hij, en bij het uitspreken van die woorden vloekte hij haast vanbinnen, 'ik vroeg me af wanneer we de stap konden zetten om de Medici en Florence aan te vallen en mijn stad weer onder Milanese heerschappij te brengen.'

Filippo Maria blies belletjes in het water. Het schuimige water borrelde op. De hertog nam alle tijd. Hij lag uit te rusten na een vermoeiende dag, waarom zou hij op stel en sprong antwoord geven aan die nietsnut van een balling die een stad was kwijtgeraakt?

Visconti had geen enkele achting voor hem. De sukkel was vrijwel blut bij hem aangekomen, en nu kwam hij hem om gunsten vragen.

Maar goed, hij had wat goud meegebracht en zat zo vol woede en jaloezie dat hij met een paar ruiters en een honderdtal infanteristen misschien zelfs nog wel iets nuttigs voor hem kon doen. Bijvoorbeeld Florence weer onder zijn heerschappij brengen. Zeker als zijn kapitein Niccolò Piccinino de leiding nam over een groep huurlingen, samen met dat wilde, bloeddorstige beest dat Albizzi voor hem had meegebracht... Hoe heette hij toch? Hij dacht erover na terwijl het warme water tegen zijn zachte, witte huid klotste... Wat was het toch heerlijk, hij zou de hele dag wel zo willen blijven ronddobberen, terwijl de blauwige stoom van het wateroppervlak opkringelde. Hoe heette hij ook alweer? Hij had een vreemde naam, Zwitsers... Schwartz! Dat was het! Ja, met die twee aan het hoofd van een handvol mannen zou zelfs die imbeciel van een Albizzi er misschien in slagen om Florence, die stad vol verdorven zwijnen, terug te brengen onder het Milanese juk. En dat zou hem goed uitkomen.

Hij bewoog nog wat met zijn armen.

Hij kon hem dus net zo goed antwoord geven.

Uiteindelijk besloot hij grootmoedig te zijn.

'Beste Albizzi,' zei hij afwezig, 'ik zal kijken wat ik kan doen. Op dit moment ligt mijn grootste zorg bij de Genuese kwestie. De Republiek Genua heeft me mijn stukgelopen bondgenootschap met Alfons van Aragón niet in dank afgenomen, en als ik nu Ligurië niet onderwerp, heb ik straks de Genuezen in huis. Gelukkig weet Niccolò Piccinino wat hij doet.'

'Jawel, excellentie, maar u had beloofd...'

Goeie god, wat was die man halsstarrig! Wat wilde hij in hemelsnaam? Hij had geen rooie cent. Hij had geen mannen, geen middelen. Hij vroeg al om zijn hulp en nu wilde hij ook nog het moment én de manier bepalen waarop hij, de hertog van Milaan, hem tegemoet moest komen? Stond de wereld soms op zijn kop? Hij was echt niet van plan om zijn humeur te laten verpesten door die nietsnut zonder ruggengraat. De man had wel lef, om zo aan te dringen. Filippo Maria kon er niet bij. Hij blies geïrriteerd op het water. Hij kon naar de duivel lopen!

Toen glimlachte hij. Waarom zou hij zijn dag laten vergallen door dat wanhopige schepsel? Dus besloot hij zich inschikkelijk op te stellen.

'Geduld, mijn vriend. Alles op zijn tijd! Stelt u mijn gastvrijheid dan niet op prijs?' Hoe durfde de man kritiek op hem te hebben, dacht Visconti. Hij zou nog spijt krijgen dat hij geboren was.

'Excellentie, mijn vraag heeft een andere reden.'

Ja, ja, dat ontbrak er nog maar aan.

'U kunt vast wel begrijpen dat ik graag terug zou keren naar Florence.'

Wat een zeurpiet, dacht de hertog. Wist hij niets beters te verzinnen? Dan had hij zich maar niet uit zijn eigen stad moeten laten gooien, toch?

Hij schudde zijn hoofd.

'Mijn beste Albizzi, dat begrijp ik heel goed, en het was ook bepaald niet mijn idee om de heerschappij over de stad die u in handen had te verliezen. Goeie god, u was er zelfs in geslaagd die vervloekte Medici weg te krijgen! En kijk eens waar we nu zitten.' Filippo Maria bewoog zich naar de rand van de grote stenen badkuip en probeerde zichzelf steunend op zijn weke armen eruit te hijsen. Tot zijn grote schaamte lukte dat niet.

'Bij Jupiter!' barstte hij uit. 'Die verduivelde kuip is gewoon... Maar wat staat u daar,' brulde hij tegen Albizzi, zijn gezicht vertrokken van woedende frustratie, 'roep die imbeciel van een Ghislieri en help zelf ook even een handje, anders blijf ik hier tot morgenochtend in het water schimmelen. Waar wacht u nog op? God, mijn hele huid is gerimpeld!' Filippo Maria keek vol afschuw naar zijn handen. Wat moest hij nu aan met zijn vingers, in die toestand? Ze zagen er vreselijk uit. Verdorie! Hij had te lang in het water gelegen. Maar het was zo heerlijk!

Albizzi had hem ter plekke wel willen verzuipen in die kuip, maar dat kon hij zich niet permitteren. Hij kuchte om zijn schaamte te verbergen, en riep Ghislieri. De persoonlijk secretaris van de hertog, een lange, dunne man in een donkerblauwe tunica, verscheen onmiddellijk.

'Snel!' schreeuwde Rinaldo. 'Roep twee wachters, dan helpen we Zijne Excellentie uit het water.'

Ghislieri kwam direct in actie en een ogenblik later grepen twee wachters Filippo Maria Visconti bij zijn armen en heupen en hesen hem met bovenmenselijke kracht de stenen rand over.

Ondertussen sloeg Ghislieri een warme, zachte handdoek om hem heen. De hertog stak zijn druipende dikke, roze voeten in een paar gemakkelijke fluwelen sloffen.

'U had ook wel eens een vinger kunnen uitsteken, Albizzi,' brieste hij toen om zich een houding te geven. 'Voor iemand die weinig meer is dan een balling gedraagt u zich wel erg hooghartig. Dat past u niet, beste vriend. En dan wilt u ook nog dat ik u help. Als u in de toekomst werkelijk mijn steun wilt, raad ik u aan daar beter om te denken. Dat is alles wat ik u op dit moment te zeggen heb. De weg naar Florence is nog lang en die maakt u niet korter met uw dwaze hoogmoed. Ooit bracht u mij twee uitstekende dienaars, dat is een feit, maar wat zij in deze twee jaar hebben bereikt is meer hun verdienste dan de uwe. Sterker nog, het is me een raadsel hoe u in het verleden zo'n goede keuze hebt kunnen maken.'

'Excellentie... Ik heb direct geroepen naar...'

'Zeker, zeker,' onderbrak de hertog hem. Opnieuw vertrok hij zijn gezicht in die onaangename grijns tussen de vetplooien. 'Goed, net als u zojuist zal ik, in plaats van u de hand reiken om u uit deze situatie te trekken, gaan praten met uw dienaars, die trouwens nu van mij zijn. Ik weet zeker dat zij zich zullen inzetten voor uw plannen die, toevalligerwijs, ook de mijne zouden kunnen worden. Maar ze zullen het doen op mijn manier en wanneer ik het wil. Tot die tijd adviseer ik u om zelf ook eens uw handen vuil te maken, anders vrees ik dat het erop uitdraait dat u de rest van uw dagen in Milaan zult moeten slijten.'

Daarop liep de hertog druipend en bleek weg, sloffend met zijn dikke voeten in de warme, fluwelen pantoffels.

Rinaldo bleef alleen achter bij de grote stenen badkuip die nog vol water stond.

Hij staarde naar het gezicht dat hem woedend aankeek in het grote spiegelende wateroppervlak. Hij zag hoe zijn ogen zich vulden met boosheid en zijn hand zich balde tot zijn knokkels wit werden, zo gefrustreerd was hij.

Hij begreep niets van die man.

Hoe erg moest hij zichzelf nog vernederen om zijn steun te krijgen? Hij, die vroeger Florence deed sidderen van angst als alleen zijn naam maar werd genoemd! Hij, die hoorde bij een van de belangrijkste adellijke families ooit. Hij, die streed tegen Volterra, tegen Lucca en tal van andere steden. Hij, die nog maar drie jaar geleden de Medici het Palazzo della Signoria uit had gejaagd.

En nu stond hij daar. Zichzelf te bekijken in het water dat smerig was van het zweet van dat ontaarde zwijn dat hem in zijn macht had.

Wat zou hij die man graag de keel doorsnijden!

Maar waar zou hij dan de soldaten moeten vinden die hij nodig had om Florence te heroveren?

Dus nee, dat kon hij zich echt niet permitteren. En hoe eerder hij dat begreep, hoe beter het was. Hij moest zijn domme trots en zinloze arrogantie opzijzetten, berouw tonen en naar de pijpen van de hertog dansen, wilde hij zijn doel, de herovering van zijn stad, bereiken. En het was mogelijk. Met Piccinino, Schwartz en een duizendtal speren zou hij een heel eind komen. En al stak Filippo Maria de draak met hem en sprak hij openlijk zijn afkeer van hem uit, toch had ook hij er belang bij de status-quo te veranderen. Venetië en Florence hielden Milaan in een dodelijke omhelzing, en met hem, Rinaldo degli Albizzi, op de hoogste positie van het Palazzo della Signoria, zou Filippo verzekerd zijn van een bondgenootschap dat nodig was om zijn heerschappij uit te breiden en te bestendigen, en de dreiging van Venetië van zich af te schudden. En dan rekende hij nog niet eens mee dat Cosimo de' Medici samenspande met Francesco Sforza om Visconti het hertogdom af te troggelen.

Hij moest het slim spelen. Om te krijgen wat hij wilde, moest hij zich onderdanig opstellen. Maar dat was moeilijk. De macht verliezen was veel erger dan die nooit te hebben gehad, bedacht hij. Het viel hem zwaar dat te accepteren.

Hij groef zijn nagels tot bloedens toe in zijn handpalm.

En bij het licht van de toortsen dat op het water danste, zwoer hij bij zichzelf dat hij alles zou doen wat nodig was om de macht die hem was afgenomen, terug te pakken. Al moest hij ervoor op zijn knieën.

Vroeg of laat zou hij revanche nemen.

40

De voltooide koepel

Het werk was voltooid.

Cosimo kon het nog nauwelijks geloven, maar toch waren ze daar, in de kathedraal, om eindelijk het bouwwerk te wijden.

Op de lantaarn na was de Santa Maria del Fiore klaar. Filippo Brunelleschi had het onmogelijke mogelijk gemaakt.

Cosimo werd bijna duizelig als hij naar boven keek. De vragen wervelden als onstuitbare golven door zijn hoofd, en terwijl Eugenius IV de inwijdingsmis begon, leed zijn geest bijna schipbreuk onder duizend bespiegelingen.

Er werd gezegd dat Filippo, om het stapelen van de stenen te leiden, een koord had gespannen vanaf het middelpunt van de koepel naar de buitenste rand, op zo'n manier dat het driehonderdzestig graden rondgedraaid kon worden en de koepel onder de vaardige handen van de beste metselaars langzaam kon worden opgebouwd. Het touw, dat omhoog werd getrokken en gaandeweg ingekort naarmate er meer rijen stenen werden geplaatst, was zo het belangrijkste instrument geworden om de hellingshoek en de radiale positie te bepalen. Gezien de afmetingen van de koepel moest de lengte ervan minstens drieëndertig el zijn geweest.

Cosimo besefte dat dit buitengewone bouwwerk was vormgegeven met mysterie en wonder als materialen.

Want hoe had Filippo ervoor gezorgd dat zo'n lang touw in het midden niet slap ging hangen, met foutieve maten als gevolg? Was het ingesmeerd met was? Had Filippo misschien gebruikgemaakt van een van zijn ingewikkelde uitvindingen? En vooral, hoe was het hem gelukt om het in het midden vast te maken? Je had een paal van minstens honderdvijfig el nodig om het hoogste punt te bereiken. En dan waren er nog de bakstenen die de meest uiteenlopende en ongebruikelijke vormen hadden: rechthoekig, driehoekig, zwaluwstaartvormig, of zo gemodelleerd dat ze in de hoeken van de achthoek pasten. Hij stelde zich voor hoe Filippo op een gegeven moment geen perkament meer had om ze op te tekenen en verder moest schetsen op bladzijden die hij uit oude, speciaal voor dat doel gekochte manuscripten had gescheurd.

Cosimo wist dat hij geen antwoord zou krijgen op al zijn vragen. En al helemaal niet van de maestro zelf, die op dat moment dan misschien fysiek aanwezig was, maar tegelijkertijd de bekende afwezige blik had die verried dat hij al lang weer verdiept was in andere uitdagende projecten.

Na God was Brunelleschi die dag het onbetwiste middelpunt. Toch oogde hij als een toevallige passant. Hij had niet eens de moeite genomen zich voor de gelegenheid te kleden. Hij droeg een afgedragen wambuis van ruw leer. Zijn kousen zaten onder de wijnvlekken en met zijn verwilderde blik leek hij op een bezeten vogel. Zijn gladde, kale hoofd glom. Als hij glimlachte zag je zijn afschuwelijke zwarte tanden.

Cosimo zou nooit begrijpen waarom hij zo leefde. Maar wie wel? Het leek of de zorg die Filippo aan zichzelf en aan zijn lijf besteedde haaks stond op de aandacht waarmee hij zijn projecten ontwierp en uitvoerde. Met andere woorden, er bleef niets over voor zijn uiterlijk. Alsof de kunst al zijn energie opslorpte en hij geen fut meer had om kleding uit te kiezen en zijn gezicht te wassen.

Hij keek weer omhoog.

Hij had van werklui gehoord dat de metselaars honderden nestelende duiven en merels hadden ontdekt in de gleuven en nauwe ruimtes, en dat ze de vogels rechtstreeks in de pan hadden gegooid en als avondeten hadden genuttigd op de steigers tussen de binnen- en buitenwand van de koepel. Tot het werd verboden ze te vangen om te voorkomen dat er metselaars van de steigers zouden vallen.

Terwijl hij zijn blik liet ronddwalen genoot Cosimo met al zijn zintuigen, diep onder de indruk van dit bovennatuurlijke staaltje architectuur.

Contessina pakte zijn hand, alsof ze zijn gedachten had geraden, het dromerige zwerven waardoor hij verwikkeld leek in een dialoog met buitenaardse krachten. En in zekere zin was dat ook zo, bedacht Cosimo.

De zon viel prachtig naar binnen door de acht ramen in de tamboer waarvoor fijne linnen doeken waren opgehangen om de kille wind en de tocht buiten de kathedraal te houden.

De paus, die nu al een paar jaar in Florence woonde, glimlachte vanaf het altaar. Giannozzo Manetti was net klaar met de toespraak die hij speciaal voor de gelegenheid had geschreven onder de titel *Oratio de secularibus et pontificalibus pompis*, waarin hij de grootsheid van de koepel had geroemd.

De kardinalen hadden de kaarsen aangestoken, neergezet voor de twaalf houten apostelen die deel uitmaakten van het koor, dat ook ontworpen was door Filippo Brunelleschi. Zodra de twaalf vlammetjes begonnen te dansen in de naar bloemen en wierook geurende lucht, nodigde de paus met een hoofdknikje de cantorij uit om het motet in te zetten dat speciaal voor de plechtigheid was gecomponeerd door Guillaume Dufay, het *Nuper rosarum flores*, 'Onlangs de rozenbloesems'.

De heldere stemmen klonken wondermooi en terwijl de cantorij over de melodielijnen van de gedurfde compositie zweefde, begon Eugenius IV de relikwieën op het altaar uit te stallen, waaronder de vinger van Johannes de Doper en de stoffelijke resten van de heilige Zenobius, de patroon van de Santa Maria del Fiore.

Het motet ging verder, de ijle stemmen dwaalden door de gewelven van Arnolfo di Cambio en leken krijgertje te spelen in de pracht van die schitterend ontworpen ruimte.

Cosimo voelde dat er eindelijk harmonie neerdaalde over zijn geliefde stad. In dat mystieke visioen van een Florence dat voor het eerst na honderdveertig jaar weer was verenigd onder de gewelven en de koepel van haar eigen kathedraal, zag hij een eensgezindheid die hij nooit eerder had ervaren.

Hij keek verrukt naar de witte lelies die in kransen het middenschip, de zijbeuken en het altaar sierden en vroeger dan anders tot bloei waren gekomen, alsof ook de natuur stilletjes haar steentje bijdroeg aan deze dag van triomf en vreugde.

Nu hij heer van de stad was en de laatste twee jaar een hechte en serieuze vriendschap met de paus had opgebouwd, kon Cosimo wel zeggen dat hij vertrouwen had in de toekomst.

Contessina zag er betoverend uit in haar ivoorkleurige japon en ook Ginevra en de jongens waren prachtig gekleed.

Er zat iets in de melodie wat hem ontroerde. Hij liet zich meevoeren door de klanken en sloot zijn ogen.

Wat had hij graag zulke prachtige muziek kunnen componeren, hij zou er het hele vermogen van de Bank voor overhebben om een motet als dit te kunnen schrijven, of een mis! Hij voelde zijn hart opstijgen tot boven de beuken, tot de tamboer en nog verder omhoog naar de top van de koepel. Zijn gedachten zweefden rond en alle spanningen, angsten en zorgen leken als sneeuw voor de zon te verdwijnen.

Hij keek naar Giovanni en glimlachte. Hij had grootse plannen met hem. Hij hield ook veel van zijn zoon Piero, maar de jongste stak anders in elkaar dan zijn broer. Hij studeerde, deed voorbeeldig zijn best, en in plaats van tijd te verdoen met absurde, onverschrokken fantasieën, benutte hij zijn lessen en ontpopte zich al als een uitstekend econoom. Hij vermoedde dat Piero's hang naar actie een reactie was op zijn tere gestel en zwakke gezondheid. Cosimo wist dat hij in stilte leed onder het feit dat hij fragiel en mager was. Maar Piero had veel gereisd en bewezen dat hij uitblonk in talenkennis. Aan de andere kant moest Cosimo ook realistisch zijn en hij zou liegen als hij niet zou toegeven dat hij zijn grootste hoop had gevestigd op Giovanni. Hij was van plan hem binnenkort de leiding te geven over het bankfiliaal in Ferrara en later zou hij vast en zeker carrière maken in de politiek. Giovanni was knap, sterk, lang en slank. Een temperamentvolle, intelligente jongeman met als enige minpunt misschien zijn neiging tot overdaad, maar desondanks was hij zeer geliefd. Alle meisjes lonkten naar hem. Die dag droeg hij een hemelsblauw wambuis, zijn korte haar was netjes gekamd en zijn sprekende ogen verrieden een open en intelligente blik op de wereld. Hij had flair, straalde een en al vitaliteit uit en wist alle blikken naar zich toe te trekken.

Cosimo voelde zich eindelijk veilig, beschermd en geliefd, met voor de toekomst uitstekende vooruitzichten. Wat wilde hij nog meer?

Zo zat hij, meegevoerd door de melodie, te dromen. Maar op het moment dat hij zijn ogen weer opendeed, wist hij dat hij niet verder naast de waarheid kon zitten. Want toen hij zijn blik over de menigte liet gaan en even achteromkeek, registreerde hij vanuit zijn ooghoeken iets verrukkelijks en verontrustends tegelijk.

In eerste instantie kon hij niet zeggen wat het was, maar even later zag hij achter in het middenschip, helder en duidelijk, een gruwelijke, kwaadaardige fonkeling.

Toen hij besefte wat hij had gezien, voelde hij al zijn zekerheden afbrokkelen. Als een kaartenhuis zakten ze in elkaar, de een na de ander.

Want naast het hoofdportaal van de kathedraal zag hij het beeldschone, angstaanjagende gezicht van Laura Ricci.

Een moment lang zat hij als versteend. Een onweerstaanbare kracht leek hem aan de grond te nagelen. Was ze het echt? Hij herinnerde zich wel dat Ludovico Mocenigo hem een tijdje geleden een brief had geschreven waarin hij vertelde dat die vermaledijde vrouw uit de gevangenis van het Palazzo Ducale was ontsnapt. Maar dat ze zou opduiken bij de wijding van de kathedraal had hij nooit verwacht. Het kwam vast omdat hij zo had zitten dromen, een andere verklaring had hij niet.

Maar opeens werd hij nerveus en fluisterde tegen zijn broer: 'Ik ben zo terug.' Hij stond op uit de bank en liep rustig, om niet te veel aandacht te trekken, door het gangpad naar het hoofdportaal waar hij die vervloekte dame van Rinaldo degli Albizzi had gezien of had gedacht te zien.

Maar hij vond haar niet.

Natuurlijk kon hij niet verwachten dat ze hem stond op te wachten. En dan nog, had hij haar echt gezien of had het zich slechts in het zieke deel van zijn geest afgespeeld? Was het misschien een projectie van zijn meest verborgen en onuitgesproken angsten?

Hij bleef staan. Zocht met zijn ogen het interieur van de kathedraal af. Hij zag de allerarmsten, dicht op elkaar gepakt op de achterste banken. De voorste banken waren gereserveerd voor de adel, in het midden zat eerst de gegoede burgerij, daarachter het lagere volk en tot slot het plebs. Kinderen op blote voetjes en in lompen gehulde mannen. Moeders met getekende gezichten die hun kroost als pasgeboren dieren tegen zich aan geklemd hielden. Maar in die ellende en armoede lag een waardigheid die zelfs de grootste cynicus moest kunnen overtuigen. Cosimo kende sommigen van hen, omdat hij hen, voor zover mogelijk, dagelijks probeerde te helpen.

Hij keek door de wijd openstaande deuren van de kathedraal naar buiten, waar nog meer arme gezinnen samendromden in de hoop dat er een sprankje van de zegeningen die de paus uitsprak bij de wijding van dit magnifieke huis van God zou overspringen naar hun eigen levens.

Maar hoe hij ook tuurde, Cosimo slaagde er niet in het raadsel op te lossen. Had hij het dan toch gedroomd?

Hij keek verder over het plein. Tot aan de bronzen panelen van Lorenzo Ghiberti op de oostelijke deur van het baptisterium stond het vol met mensen. En in die zee van opgetogen gezichten zag Cosimo ineens weer de groene flits van die katachtige ogen.

Het was of hij een klap in zijn gezicht kreeg.

41

Naar een nieuwe oorlog

Vier mannen zaten in het midden van een monumentale zaal met hoge houten plafonds, ingelegd met gouden biezen. De ruimte werd verlicht door vuurpotten en massief zilveren kandelaars en aan de wanden hingen kleurige gobelins. Op de langste wand hing er een van bijzondere afmetingen. Daarop prijkte het wapen van de Medici, de zes bollen op een gouden achtergrond. De zaal was smaakvol ingericht met meubels van kostbare makelij en marmeren bustes, en in de hoeken stonden rekken met hellebaarden en lansen. Er stonden vier feestelijk gedekte tafels vol heerlijkheden die voor de gelegenheid waren bereid: geroosterde lamsbout en fazant, wildpasteien, taarten en kazen, en verder nog fruit, druiven, noten en gevulde pasta. Cosimo had het personeel weggestuurd, omdat hij geen luistervinken in de buurt wilde hebben.

'We stevenen regelrecht af op een nieuwe oorlog, let op mijn woorden. Lucca was niet genoeg, Volterra was niet voldoende. Rinaldo degli Albizzi wil déze oorlog. Hij is er al tijden op uit. En nu heeft Cosimo die vrouw gezien! Venetië en Florence hebben toenadering gezocht en Milaan wil niets liever dan dat verbond verbreken.'

De woorden stroomden als gloeiende lava uit Lorenzo's mond. Hij was moe van alle listen, de ballingschap, de maatregelen die het probleem nooit bij de wortel aanpakten. Alle ergernis en woede van de afgelopen jaren leken zich samen te ballen in wat hij zei. Sinds hun terugkeer waren er zeker dingen veranderd, maar nu had het vermoeden dat ze door Laura Ricci werden bespioneerd de angst weer aangewakkerd. Ze wisten inmiddels maar al te goed waartoe deze vrouw in staat was.

Zij en die duivel van een Reinhardt Schwartz, want waar de een was, was de ander vrijwel zeker ook.

'Aarzelen is nutteloos,' ging hij verder. 'Florence sleept zich al meer dan tien jaar voort in de oorlog tegen Lucca, zonder enig resultaat. Niccolò Piccinino is sterker gebleken dan al zijn rivalen. Niccolò Fortebraccio en Guidantonio da Montefeltro hebben gefaald. Zelfs Filippo Brunelleschi heeft gefaald, waardoor uiteindelijk onze eigen kampementen onder water kwamen te staan. Volgens mij bent u de enige die ons de overwinning kan bezorgen, Francesco.'

Sforza keek Lorenzo aan. Hij had manhaftig en gepassioneerd gesproken, hij was onder de indruk. Hij was heel anders dan Cosimo, die naar hem zat te kijken, nieuwsgierig naar zijn reactie.

In een hoek van de zaal kuchte Ludovico Mocenigo, de luitenant van het Venetiaanse leger.

'Als ik ook wat mag zeggen,' begon hij, 'ik denk dat het idee van een antihertogelijk verbond de enig mogelijke oplossing is tegen de Milanese oppermacht. Want, *rebus sic stantibus*, zou Filippo Maria namelijk omsingeld zijn door Venetië en Florence, nog los van Genua, dat het hem dezer dagen ook niet gemakkelijk maakt. En het is geen geheim dat jullie ook nog goede contacten hebben met de paus,' vervolgde Mocenigo met een blik op Cosimo. 'Vergis ik me of heeft hij onlangs de kathedraal van Santa Maria del Fiore gewijd?'

'U vergist zich zeker niet,' antwoordde Cosimo. 'En het was bij die gelegenheid dat ik onze aartsvijandin zag.'

'U bedoelt Laura Ricci? De vrouw die mijn naam misbruikte om uit de kerkers van het Palazzo Ducale te ontsnappen?'

'Ik wilde u niet aan die onaangename gebeurtenis herinneren, maar haar bedoel ik. Er is geen twijfel over mogelijk dat zij op dit moment in dienst is van Rinaldo degli Albizzi en dat ze, zo heb ik gehoord van onze spionnen, het lievelingetje is van Filippo Maria Visconti.'

'Die man is gek.' Francesco Sforza zei het zonder nadenken. Zijn toon had iets fatalistisch, alsof hij zich al bij het onbetwistbare feit had neergelegd.

'Misschien is hij dat, maar er zit een methode in zijn gekte. In elk geval bedreigt hij ons momenteel op meerdere fronten, en dan heb ik het nog niet eens over zijn recente steun aan Alfons van Aragón in diens strijd om de troonopvolging in het Koninkrijk Napels,' ging Lorenzo door.

'Maar daar verloor hij,' zei Mocenigo.

Sforza keek naar de elegante man met het dunne snorretje die de Republiek Venetië vertegenwoordigde. 'Wat adviseert u dan?'

'Ik zal eerlijk zijn, capitano. We zijn op de hoogte van uw band met Milaan en Filippo Maria. Het is geen geheim dat hij u een paar jaar geleden zijn dochter Bianca Maria ten huwelijk heeft aangeboden en u daarnaast het grondgebied van Castellazzo, Bosco en Frugarolo heeft geschonken. Ik zeg dit niet omdat ik me met uw zaken wil bemoeien, maar om erop te wijzen dat het naar mijn bescheiden mening op dit moment belangrijk is een helder en coherent beleid te voeren. Filippo Maria moet zo snel mogelijk worden tegengehouden. Voor het te laat is. Als dat verbond van ons standhoudt, kunnen we de hegemonie over het hele schiereiland bemachtigen. Ik denk dat u het hierin met me eens kunt zijn, of zie ik dat verkeerd?'

'Dat ziet u goed,' antwoordde Sforza.

'Maar bovenal, mijn vriend,' voegde Cosimo eraan toe, 'moet u aanspraak maken op wat u tot nu toe ten onrechte is onthouden. U kaart het zelf niet aan omdat u misschien bang bent om het uit te spreken, en dat begrijp ik, maar ik durf hier wel te zeggen dat ik naar ú kijk als ik denk aan het hertogdom Milaan. Ik zei het u een paar jaar geleden al en ik zeg het nu nog een keer: mijn broer en ik zullen altijd achter u staan als en wanneer u wilt proberen te bemachtigen wat u toebehoort.'

Lorenzo knikte.

'Vrienden,' vervolgde Cosimo, 'ik denk dat het tijd is om te stoppen met oorlogvoeren, zodat we ons eindelijk kunnen concentreren op vrede en schoonheid, die de voedingsbodem vormen voor voorspoed. Florence bloeit op nu Albizzi en Strozzi weg zijn. De wijding van de Santa Maria del Fiore is slechts de eerste stap op een weg die in mijn verbeelding is bezaaid met prachtige kunstwerken en verworvenheden op het gebied van de wetenschap. Om dit te bereiken moet de situatie zich stabiliseren en Lucca definitief onder onze heerschappij gaan vallen. En kapitein Sforza weet hoe lang deze oorlog al duurt, want het is al vijf jaar geleden dat we elkaar ontmoetten in zijn tent. Toen begon onze vriendschap met zijn beslissing het slagveld te verlaten. Daarmee liet hij het aan ons een stad te veroveren die tot op de dag van vandaag nog niet is bedwongen. Venetië daarentegen voelt de noodzaak haar grondgebied op het vasteland veilig te stellen, dat is mij wel duidelijk, als het klopt dat Gattamelata de troepen van Visconti onder druk zet bij Padua en Piove di Sacco. Tot slot koestert paus Eugenius IV, die Rome moest ontvluchten, de terechte ambitie om naar de eeuwige stad terug te keren, ondanks de geweldige gastvrijheid waarmee we hem in Florence hebben omringd.'

'We zijn het allemaal eens met wat u hebt gezegd,' zei Mocenigo, 'maar mijn vraag is: wat is uw punt precies?'

'Mijn punt is dat ieder van ons een helder en precies doel heeft, maar ten opzichte van het hertogdom Milaan te zwak is om dat doel te bereiken. Als we iets breder zouden kijken en het nut van samenwerking inzien, denk ik dat we de oplossing hebben voor al onze problemen. Als we kortom bereid zijn om onze eigen zorgen opzij te zetten en in plaats daarvan alles op alles zetten om een antihertogelijk verbond te sluiten dat nu eens ten gunste van de een, dan weer ten gunste van de ander opereert, zou dat dan niet de voorwaarden scheppen voor algehele stabiliteit, iets wat ons allemaal ten goede komt?'

Die laatste vraag bleef in de lucht hangen.

Francesco Sforza was de eerste die de stilte verbrak.

'Cosimo, dank voor uw woorden. Misschien ben ik te vrijpostig, maar ik vraag het toch. Wat zou u doen om mijn aanspraak op het hertogdom te steunen?'

'Francesco, ik zal eerlijk zijn, omdat ik niet wil dat er tussen ons misverstanden bestaan. Ik zal u helpen met alles wat nodig is. Denk aan de Medici-bank, we zouden u bijvoorbeeld financieel kunnen steunen.'

Even lichtten Francesco Sforza's ogen op. Cosimo kende zijn zwakke plek. Niet dat er veel fantasie voor nodig was, maar dit was precies waarvoor zo'n verbond diende. De Medici waren geen militairen, maar bezaten een financieel imperium. Hijzelf en het Venetiaanse leger konden een belangrijke gewapende vleugel vertegenwoordigen, Venetië had toegang tot zee en Rome zou met Eugenius IV garant staan voor de spirituele invulling van het verbond. En voor een behoorlijk aantal soldaten.

Was dit niet hoe een despoot dacht?

Francesco Sforza was geïntrigeerd. Maar ja, hoe hadden de Medici anders zover kunnen komen dat Florence onder hun bestuur stond, als ze de zaken niet in een breder perspectief zagen, zoals Cosimo kon?

'Goed,' zei hij ten slotte, 'u hebt gelijk. Net als vijf jaar geleden bezegelen we vandaag een overeenkomst, een verbond, en net als toen zullen de banden die ons verenigen ons sterker maken. Ik ben bereid u te hulp te komen en ik verwacht dat u met mij hetzelfde doet. Samen kunnen we evenwicht brengen in dit gebied en het uit handen houden van een man die even machtsbelust als gek is. Laten we het dus proberen, laten we strijden tot het einde en zorgen dat er vrede komt in Milaan, Venetië, Florence en Rome. Als we samenwerken, kan het niet mislukken.'

Cosimo's ogen glansden. 'Zo is het,' zei hij, 'en wee degene die zich tegen ons keert.'

42

Gif en troeven

Laura zat aan een tafel. Voor haar lag het kaartspel als een waaier uitgespreid.

Filippo Maria Visconti keek hoe haar mooie, donkere vingers met de roodgelakte nagels vliegensvlug over de kaarten bewogen, alsof ze een web vlochten dat bestond uit onzichtbare draden.

De hertog was volkomen in de ban van die vrouw, van haar schoonheid, van haar stem. Het was niet alleen haar uiterlijk dat hem in verwarring bracht, bijna bedwelmde, maar ook haar uitstraling, vol rampspoed en magie. Hij kon niet uitleggen wat voor web aan emoties in zijn binnenste werd gesponnen als hij haar zag, want ze had wel iets van een spin: ze bezat een verleidelijkheid die gevaarlijk en onbetrouwbaar was, wat haar in zijn ogen des te begeerlijker maakte.

Toen hij haar voor het eerst zag viel hij als een blok voor die donkergroene ogen waarin goudstofjes blonken, en hij besloot direct om haar tot zijn favoriete dame te maken, maar wel een met heel bijzondere taken.

Dus staarde Filippo Maria haar op dat moment, zoals steeds wanneer hij haar zag, gebiologeerd aan, in ongeduldige afwachting van haar voorspellingen en adviezen. Die vrouw verstond niet alleen de kunst om de uitkomst van veldslagen te voorspellen, maar kon ook aardse zaken beïnvloeden door levens te beëindigen met de drankjes, aftreksels en mengsels van kruiden die hij haar vroeg te maken al naar gelang de verdorven plannen die in zijn zwarte hart opkwamen.

De troefkaarten lagen midden op de grote, ronde tafel. Ze waren stevig en mooi. Ze hadden gouden randen en versiersels en er stonden prachtige afbeeldingen op. Rond de kaarten stond een wirwar aan flesjes in verschillende kleuren, potjes en bakjes vol gekleurde poeders, gedroogde bloemen en kruiden en doorzichtige, geurloze, maar dodelijke drankjes waarmee uitstekend een eind kon worden gemaakt aan het leven van verraders.

Laura was in het zwart gekleed. Haar lange gewaad was bezet met zilver en kostbare steentjes. De mouwen van lichtblauw brokaat, versierd met parels en vastgezet met leren veters, lieten een stuk van haar bovenarmen bloot. Haar ogen waren dik aangezet en haar lange wimpers leken wel vogelveren. Over haar volle, donkerrood gestifte lippen lag een paarsige gloed, waardoor ze haast blauw leken.

Ze was een droom. En ze zat daar alleen voor hem. Filippo Maria staarde haar aan, terwijl zij zwijgend terugkeek. Ook hij zweeg, maar in zijn hart galmde een lied waarvan de tekst rook naar seks.

'Allereerst wil ik u eraan herinneren,' zei Laura, 'dat ik in de troefkaarten niet de toekomst lees, maar slechts datgene wat ik in de loop der jaren heb geleerd. Ik geef u niet meer dan een mogelijke interpretatie van wat de figuren ons proberen te vertellen, maar beweer daarmee niet de waarheid te spreken. Ik weet dat u denkt dat ik in de kaarten zie wat gaat gebeuren, maar ik waarschuw u nogmaals dat dat niet zo is.'

Terwijl ze de hertog bleef aankijken, draaide Laura de eerste kaart om.

'Ziet u deze man die met zijn hoofd naar beneden hangt, met een voet vastgebonden aan de tak, mijn heer?' Met haar rechterwijsvinger wees ze de figuur aan. Haar rode nagel blonk in het licht van de kaarsen en de vuurpotten in de kamer.

Filippo Maria knikte zwijgend.

'De man die is opgehangen houdt zijn handen op zijn rug. Zoals u kunt zien, is zijn gezicht rustig, ontspannen, hij toont geen angst of onzekerheid. Al wekt de afbeelding de indruk van een marteling, toch moeten wij verder kijken dan die eerste simpele conclusie. Het is de uitdrukking op het gezicht van de jongeman die ons aan het denken moet zetten. De jongeman verbeeldt onmiskenbaar het offer, maar staat ook voor de acceptatie van een verandering die nabij is. Deze raadselachtige figuur wijst op een keuze die een radicale verandering tot gevolg heeft, een vernieuwing van onszelf. De kaart lag recht, dus er is geen twijfel over de betekenis.'

'Kan het slaan op onze ontmoeting? Op de verandering die ik voel sinds ik u ken, madonna?'

Laura leek er even over na te denken. 'Dat zou ongetwijfeld zo kunnen zijn, mijn heer, maar alleen als u van mening bent dat onze ontmoeting u heeft veranderd als man én in de wijze waarop u uw keuzes maakt...' Laura aarzelde en vervolgde toen: 'Kan ik vrijuit praten?'

'Dat kúnt u niet alleen, u hebt de plicht dat te doen, dat eis ik!' bulderde Filippo Maria.

'Goed dan. Ik denk dat deze kaart aangeeft dat u een andere positie moet kiezen in de oorlog die u te wachten staat. We weten hoe wankel en veranderlijk bondgenootschappen zijn, en met dat voortdurende spel tussen de partijen hebt u, mijn heer, steeds geprobeerd uw voordeel te doen, vaak door listig onverwachts een andere kant te kiezen, maar op den duur zou deze wispelturigheid zich tegen u kunnen keren. Maak dus een keuze. U hebt eindelijk mannen gevonden die u de overwinning kunnen garanderen.'

'Niccolò Piccinino? De commandant van mijn leger?'

'Niet alleen hij.'

'Wie nog meer?'

'Denk eens aan de man die u in de laatste veldslag tegen de Genuezen en Venetianen meer dan wie ook heeft bijgestaan. De man die nog niet zo lang geleden tot uw gelederen is toegetreden.'

'Reinhardt Schwartz?'

'Precies, mijn heer. Hij en Niccolò zullen u de overwinning bezorgen. Als u er vanaf nu voor kiest om niet met Sforza maar met hen de strijd aan te gaan met uw vijanden, zullen die u, hoe goed ze ook georganiseerd zijn, nooit kunnen verslaan. Dat is wat de afbeelding van de opgehangen man mij vertelt. Maar laten we even verder kijken...' Laura draaide de tweede kaart om.

Filippo zag een jong meisje met goudblond haar en een bloemenkrans op haar hoofd, gekleed in een donkerblauw gewaad bezaaid met bloemblaadjes. Haar sierlijke handjes rustten op de snuit van een vervaarlijke leeuw met ontblote tanden en golvende manen. Maar de uitstraling van de leeuw was verre van woest en gevaarlijk, eerder mak, vredelievend, haast vriendelijk jegens het jonge meisje.

'Dit is de Kracht,' ging Laura verder. 'Deze keer ligt de kaart ondersteboven. Zoals u kunt zien, mijn heer, verbeeldt de ongewone combinatie van onschuldig meisje en wild beest hier geen conflict maar eerder harmonie, wat betekent dat bij het gebruik van geweld gestreefd moet worden naar een evenwicht tussen verstand en, waar nodig, meedogenloze wreedheid, mits de laatste wordt aangestuurd door het eerste. Dit betekent dat u uw mannen moet leren ook mededogen te hebben, om te voorkomen dat ze zich overgeven aan verkrachting en beroving. Laat uw loon voor hen de beste betaling zijn.'

'Dus ik moet mijn bloeddorstige temperament, waar mijn mannen altijd zo hoog van opgeven, intomen?' vroeg de hertog met iets van teleurstelling in zijn stem.

'Precies.'

'Weet u zeker dat dat nodig is?'

'Zoals ik al zei, mijn heer, de kaarten bieden geen enkele zekerheid. Wat dat betreft is gif betrouwbaarder. Er zit altijd een component van waarschijnlijkheid in, daarom is wat ik zeg geen voorspelling. De kaarten hebben hun eigen taal. En wie die taal weet te interpreteren, kan er zijn voordeel mee doen. Het is ook geenszins mijn doel u te bedriegen. Ik zeg slechts wat ik weet en probeer dat samen met u toe te passen op de werkelijkheid. U bent niet verplicht mijn raad op te volgen. U kunt alleen proberen te achterhalen of er in mijn verhaal aspecten zijn die, naar uw mening, houtsnijden.'

Filippo Maria genoot van Laura's verrukkelijke hese stem. Er zat iets in wat hem betoverde en tot stilte bewoog. Elke week keek hij vol verwachting uit naar het moment waarop Laura langskwam om zijn kaarten te lezen.

'Het is aan u wat u ermee doet, maar weet dat het, als er in de boodschap iets van waarheid ligt, en dat kan alleen de toekomst uitwijzen, uw nederlaag kan betekenen als u er niet naar luistert. Denk dus goed na over de keuze die u maakt, vooral omdat deze kaart ondersteboven ligt, wat een bevestiging is van het feit dat u niet in staat bent om de gewelddadige kant van uw temperament in toom te houden. Als onzekerheid en bruutheid de overhand hebben en u te veel op uw instinct afgaat, leidt dat alleen maar tot verlies. Misschien wel voor altijd. Agressie kan ook de verhoudingen met anderen negatief beïnvloeden. Als de Kracht-kaart ondersteboven ligt, wijst dat namelijk op het onvermogen om positieve gevoelens te ervaren, waardoor u verwijderd kunt raken van sommige mensen.'

'Laten we verdergaan,' smeekte de hertog haar met een stem die trilde van woede, de toon hoog als die van een lastig kind.

Laura draaide de derde kaart om.

Het was de Dood.

Nu vlamde er pure angst op in de ogen van de hertog.

Het was een verschrikkelijke kaart om te zien.

Een geel skelet zat schrijlings op een paard met een gitzwart glimmend dek. Het leek een ruiter die rechtstreeks uit de hel kwam gereden. De Dood had een zeis met een lange houten steel in zijn hand en met het grote, gebogen mes harkte hij afgehakte hoofden bijeen onder de benen van het paard.

Het was een ijzingwekkend beeld.

Laura voelde de angst van de hertog en stelde hem direct gerust. 'De Dood is niet per se een negatief figuur, mijn heer. Net als de kaart met de opgehangen man kan ook deze worden uitgelegd als een einde met daarin een kiem van verandering en wedergeboorte. Temeer omdat ook deze kaart recht ligt. De precieze betekenis is duister en niet eenduidig, maar staat hoe dan ook symbool voor een wankel evenwicht en een plotselinge, ingrijpende verandering. Ook in het licht van wat ik zei over de Kracht-kaart. Persoonlijk denk ik dat het moment voor een belangrijke strijd nabij is.'

'Wanneer zou dat zijn?'

In Filippo Maria's ogen blonk de waanzin. Laura kende zijn stemmingswisselingen, hoe hij zich plotseling als een bang jongetje kon gedragen en vreselijke huilbuien kreeg, gevolgd door onverwachte woede-uitbarstingen. En haar woorden leken dergelijk gedrag nu juist uit te lokken. Toch wilde hij dat ze doorging. Daarom besloot ze hem tevreden te stellen, ongeacht de consequenties. Ze wist dat haar bevoorrechte positie aan het hof direct afhing van het geluk van de hertog die zich, juist omdat hij pervers en ziek was, laafde aan deze kaartsessies en aan de momenten waarop hij toekeek als zij gif stond te mengen. En het leven had haar maar al te goed geleerd dat ze niet al te veel problemen moest maken. Ze zou hem aanpakken zoals ze altijd deed.

'Ik heb geen datum, mijn heer, maar ik voel dat we die dag zullen herkennen als het zover is. Het zal een groots moment zijn, waarop u en uw troepen moeten profiteren van alle kwaliteiten en deugden die we tot nu toe hebben besproken.'

'Laat me de laatste kaart zien,' kraste de hertog met een stem die inmiddels schor was van emotie. Zijn ogen waren groot als schoteltjes, zijn pupillen speldenknoppen.

Laura draaide de laatste troefkaart om.

'De Duivel,' zei ze. Zodra ze dat woord uitsprak, voelde ze een steek in haar hart, omdat ze merkte dat er iets vreemds de stilte binnendrong. Een soort aanwezigheid die ze niet kon verklaren, maar die de rust verstoorde, een heimelijke, duistere luchtstroom die plotseling had besloten de kalmte te vervangen door een ijzingwekkende leegte.

'Hij ligt gelukkig recht,' merkte de hertog op.

'Helaas, mijn heer, de Duivel is de enige troefkaart waarvoor tegengestelde regels gelden. Als deze kaart recht ligt, zoals nu, is er maar één uitleg mogelijk, namelijk duisternis, zwakte en angst om verantwoordelijkheid te nemen. De Duivel kondigt aan dat een grote tragedie ophanden is, een tragedie die wordt ontketend doordat we de grote gebeurtenissen in ons leven met angst en onkunde tegemoet treden.'

De hertog begon te beven. Hij stond op, wankelde, verloor zijn evenwicht. Hij viel op de koude, marmeren vloer en barstte in huilen uit. Zijn schouders schokten van het snikken, hij klonk als een kind dat een pak slaag had gehad.

Laura stond op en knielde bij hem neer.

'Mijn heer,' zei ze zacht, 'kom bij me, mijn heer, wees maar niet bang.'

Filippo Maria Visconti draaide zich om. Zijn borst ging op en neer, zijn schouders trilden nog na van het huilen. Hij bleef naar haar kijken. Toen kalmeerde hij, beetje bij beetje. Hij kroop naar haar toe. Belachelijk en dwaas, zoals alleen hij dat kon doen. Hij omhelsde die prachtige vrouw. Hij zag in haar zijn redding, het enige schepsel dat hem begreep, hem kon vergeven, dat bij hem bleef en hem alles gaf waar hij zo wanhopig naar hunkerde.

Hij klemde zich aan haar vast.

Hij liet zich wiegen in haar zachte, gulle armen. Zijn tranen droogden op.

'Kus me, mijn engel,' jengelde hij.

Laura drukte haar mooie lippen op de zijne.

Filippo Maria begon erop te zuigen, eerst zacht en voorzichtig, gaandeweg intenser, en uiteindelijk met een schaamteloze begeerte. Zijn enorme tong schoof tussen haar lippen, zocht en vond haar tong en kronkelde zich eromheen als die van een reptiel.

Laura streelde hem over zijn hoofd. De hertog gaf zich aan haar over, hij wilde genieten en zo vergeten wat hij had gehoord.

Angst, pijn en genot.

Het leek de formule voor een gif.

Het krachtigste dat bestond.

Laura kende de ingrediënten maar al te goed, ze had er haar hele leven al mee te maken gehad.

Met zijn dikke vingers begon hij haar uit te kleden. Gulzig. Alsof hij door haar kleren uit te trekken zijn lege, verlaten hart kon vullen. Zijn ogen verdronken in Laura's vormen. Zijn tong in haar mond. De stinkende adem, vanwege zijn rotte tanden. Het gekreun van een angstig en pervers kind. De tranen die opnieuw vloeiden en haar donkere huid nat maakten. De vingers die haar in een mengeling van angst en woede drukkend, wringend en knijpend aftastten.

Laura liet hem begaan.

Hij deed haar geen pijn. Niet meer dan ze al te verduren had gehad.

Ze ging op het ijskoude marmer liggen terwijl de hertog haar lijfje losmaakte. Het gehijg, het geile gegrom vermengd met de angst voor wat hij zojuist via de kaarten had ontdekt. Alles in hem was walgelijk en afstotelijk, maar niet meer dan zijzelf was, zij, die elk compromis, hoe verachtelijk ook, had geaccepteerd om maar iets van het gevoel te ervaren dat in de buurt kwam van liefde.

Ze voelde zich verloren zonder Reinhardt, ze zou alles doen om in zijn buurt te blijven.

Iets in haar was lang geleden al kapotgegaan, en het kwijl van de hertog, zijn zaad en zijn stank waren daarom niets anders dan de bizarre grappen van een hofnar die geen gelegenheid onbenut liet om haar belachelijk te maken.

Ze voelde zich machteloos, alles om haar heen werd wazig, terwijl Filippo Maria boven haar zijn gang ging.

Ze keek naar de dichte deur.

Ze glimlachte.

Ze wist dat er niemand binnen zou komen.

Dus zette ze haar nagels in de rug van de hertog en bewoog met haar heupen mee op het ritme van de furieuze en bezeten stoten.

FEBRUARI 1439

43

Een moeilijke keuze

Lorenzo keek naar zijn broer.

Hij kon het nog steeds niet geloven.

'We hebben de reis van zevenhonderd prelaten en Griekse intellectuelen bekostigd om een bisschoppelijk concilie van Ferrara naar Florence te verplaatsen, realiseer je je dat wel? Ik hoop dat jij weet waarom je het hebt gedaan, want ik kan er de zin niet van inzien. Volgens mij zijn we deze keer echt te ver gegaan.' Lorenzo's stem verried woede en ongeloof. 'Wat zit er achter die investering? Je maakt mij niet wijs dat het puur je geloof in de eenwording van de Kerk van Rome en die van Constantinopel is!'

'Het is niet wat je denkt,' zei Cosimo.

'Geen raadsels graag! Ik ben naar Ferrara gegaan om de paus te smeken, om op z'n zachtst gezegd bizarre onderhandelingen te voeren, met een aanbod dat een gek nog niet zou afslaan. Er moet meer achter zitten! Zeg wat het is, maak me deelgenoot van je geheimen. Daar heb ik recht op! Al was het maar omdat ik je broer ben...'

Cosimo zuchtte.

'Excuus, Lorenzo. De enige reden dat ik niet duidelijker ben geweest over mijn motieven is dat ik zo snel mogelijk moest handelen. We konden deze kans niet laten lopen, snap je? We hebben het hier wel over de vergadering die tot doel heeft de rooms-katholieke en de orthodoxe kerk te herenigen, de Griekse doctrine en cultuur te verzoenen met de Ecclesia Romana. Mannen als Johannes Bessarion behoren tot de laatste intellectuelen van het Oost-Romeinse Rijk! En Constantinopel dreigt in handen te vallen van de ongelovige Ottomanen, en daarom poogt dit concilie, waarin gedebatteerd zal worden over religieuze grondbeginselen, in feite een brug te slaan tussen culturen. Daarmee wordt de geschiedenis die ons allemaal heeft gevormd, gered. Althans gedeeltelijk.'

Lorenzo schudde zijn hoofd.

'Soms denk ik dat je te veel belang hecht aan kunst en cultuur. Nu weer die nieuwe bevlieging van je. Als het aan jou ligt wordt de bibliotheek waar we hier zitten de grootste ooit. Kasten vol handschriften en antieke wetboeken, perkamenten en rollen papier, ik begrijp werkelijk niet waarom je het allemaal wilt verzamelen. Het lijkt wel of kunst en wetenschap de enige dingen zijn waar je van houdt. Ik zeg niet dat je ermee moet stoppen, ik weet hoeveel de restauratie en het onderhoud van paleizen en kerken onze familie aan prestige en macht hebben opgeleverd... Maar verdorie, zevenhonderd mensen, Cosimo, zevenhonderd mensen, dat is een heel leger, besef je dat wel?'

De donkere ogen van Cosimo lichtten op.

'Goed gezegd, broer! Waarom dat geld uitgeven om een oorlog te financieren en soldaten te huisvesten? Moeten onze florijnen alleen worden geïnvesteerd in dood en verderf? Waarom niet om van Florence het centrum te maken van een concilie dat geschiedenis zal schrijven? Weet je wel hoeveel dichter dit avontuur ons bij de paus zal brengen? Paus Martinus v heeft het ons in het verleden niet gemakkelijk gemaakt, maar met Eugenius iv zijn de verhoudingen uitstekend.'

'Dat mag ook wel, kijk wat we hem hebben gegeven!'

'Hadden we het concilie dan in Ferrara moeten laten, nu daar de pest is uitgebroken?'

'Dat heb ik nooit gezegd! Ik ben niet imbeciel! Waar zie je me voor aan!'

Cosimo stak zijn handen op. 'Goed, goed. Je hebt gelijk. Maar, denk hier dan eens over na...' daagde hij hem uit. 'Heb je enig idee met hoeveel het bedrag dat we hebben uitgegeven zich in de toekomst zal vermenigvuldigen? En denk daarbij niet alleen aan aflaten, maar ook aan de gevolgen over een maand, een jaar, twee jaar misschien, van het feit dat we, naast de paus, ook de mensen met de hoogste functies binnen de Griekse Kerk hebben ontvangen, en dat we de vreedzame ontmoeting van deze twee culturen en een rustig verloop van het concilie hebben mogelijk gemaakt! Weet je wat dit ons kan opleveren? Dat zal ik je eens zeggen, broer! Wanneer het moment aanbreekt dat we oorlog moeten voeren tegen de hertog van Milaan, die nu al het platteland laat uitbranden en leegplunderen door de roofhonden van Niccolò Piccinino en Rinaldo degli Albizzi, zullen we niet alleen kunnen rekenen op de hulp van Sforza en van Venetië, maar ook van de pauselijke troepen. En gezien de deplorabele staat waarin onze Republiek verkeert dankzij die vervloekte Filippo Maria Visconti, is de steun van paus Eugenius IV van fundamenteel belang! Snap je? Dus vergeef me dat ik cryptisch was, het spijt me, maar zoals je ziet was er geen moment te verliezen!'

'Ik weet niet of het genoeg is...' antwoordde Lorenzo.

'Klopt. Dit is ook nog maar het eerste voordeel. Want bedenk ook eens wie er op dit moment profiteren van de routes naar Byzantium en dus van de handel met het Oosten.'

'Venetië en Genua.'

'Precies! Kooplieden! Of misschien zou ik moeten zeggen piraten! Mannen die zo gewiekst en gewetenloos zijn dat ze de stad, wat zeg ik, de hele regio laten leegbloeden! En vind jij dat ik dat moet laten gebeuren? Dat wij maar moeten blijven toekijken? Echt niet! Onze stad heeft op dit moment genoeg macht over Pisa om aanspraak te kunnen maken op hun haven aan de Middellandse Zee. Denk je dat het openen van een zeeroute naar het Verre Oosten nadelig voor ons zal zijn? En om terug te komen op mijn eerste opmerking, als we Byzantium in handen van de Ottomaanse sultans laten, en daarmee toestaan dat de moslims de controle krijgen over de zee, is dat een verstandige zet om onze wereld die we met zo veel moeite hebben opgebouwd te behouden? Het enige echte probleem is dat het Westen verdeeld is in allerlei rijken, stadsstaten, hertogdommen en monarchieën. Verbrokkeld, versnipperd. Daarom is er eenheid nodig!'

Toen hij uitgesproken was keek Cosimo zijn broer aan alsof hij wilde zeggen: heb ik gelijk of niet?

Er daalde een absolute stilte neer in de bibliotheek.

Lorenzo zweeg. Hij besefte dat zijn broer niet alleen met de beste bedoelingen en in het belang van de hele familie had gehandeld, maar ook met een grote tegenwoordigheid van geest en uitzonderlijke alertheid. En hij had het heel goed gezien: Frankrijk en Engeland kwamen uit een oorlog die honderd jaar had geduurd. Duitsland was zo verdeeld in koninkrijken en staten dat je daarop niet kon vertrouwen. Genua, Milaan, Venetië, Florence, Rome en Napels zaten elkaar voortdurend in de haren om de macht, zonder die vervolgens definitief te grijpen. Kortom, ze waren allemaal zo druk met hun onderlinge oorlogen, dat ze niet doorhadden hoe groot het gevaar was dat ze werden weggevaagd door de Ottomanen, als die erin slaagden Constantinopel ten val te brengen.

'En dus?' vroeg Lorenzo. 'Wat ben je nu plan? Een kruistocht organiseren?'

'Ja, als dat nodig mocht zijn. Maar voorlopig wil ik me alleen verzekeren van de steun van de paus in de oorlog tegen Milaan en van de benoeming van een bevriende bisschop in Toscane, iemand die als geestelijk scharnier kan fungeren tussen Florence en Rome. Of heb jij misschien een beter idee?'

Lorenzo haalde diep adem.

'Goed. Ik snap het.' Hij glimlachte en stak zijn hand uit. 'Je hebt correct gehandeld. Alleen zou ik graag willen dat je me meer bij je keuzes betrekt. Je weet dat ik geloof in wat je doet, en dat ik er op mijn beurt alles aan doe om ons fortuin te laten groeien. Ik heb de onderhandelingen met de paus gevoerd omdat ik je vertrouw, maar geef me alsjeblieft de volgende keer meer inzicht in je beweegredenen.'

Cosimo omhelsde hem.

'Je weet niet hoe opgelucht ik ben dat je me vergeeft,' zei hij. 'Nooit, nog geen moment, heb ik je willen buitensluiten bij een gezamenlijke beslissing, maar alles gebeurde zo snel dat ik geen tijd had. We konden niet langer wachten en je hebt een geweldige prestatie geleverd in Ferrara. En laat het duidelijk zijn, ik weet hoe groot jouw aandeel is geweest in deze zaak, dat onderschat ik absoluut niet.'

'Ook toen jij het te druk had met je favoriete kunstenaars,' plaagde Lorenzo.

'Ook toen ik het te druk had met mijn favoriete kunstenaars,' gaf zijn broer toe.

'En nu?' vroeg Lorenzo.

'Wat bedoel je?'

'Nou, nu het concilie in Florence gaat plaatsvinden...'

'We zullen er waar mogelijk bij aanwezig zijn.'

'Maar... je weet dat ik niets van die dingen afweet.'

'Dat is niet waar. En trouwens, Marsilio Ficino zal ons helpen. Zijn kennis van het Grieks en Latijn is op z'n zachtst gezegd fenomenaal.'

'Als ik me goed herinner ken jij ook Latijn.'

'Maar lang niet zo goed als hij.'

'Oké, ik geef het op. Ik heb het al begrepen. Ik kijk wel toe...'

Niccolò Piccinino reed of de duivel hem op de hielen zat. Zijn zwaard blikkerde en elke keer als hij een tegenstander tegen de vlakte had gewerkt vertrok hij zijn gezicht in een wrede grijns, waarna hij het slachtoffer ook nog eens onder de hoeven van zijn paard vertrapte.

Die man was een geboren condottiere en kwam volgens Reinhardt Schwartz regelrecht uit de hel.

Wat hem nog het meest trof was het gemak en de toewijding waarmee zijn leger hem gehoorzaamde. Na gevlucht te zijn uit het beleg van Verona was Piccinino erin geslaagd om zijn mannen in één nacht tijd een schipbrug te laten aanleggen die de Veronese oever van de Adige verbond met de oever aan de kant van Mantua. Zo zou hij gemakkelijker kunnen vluchten en hoefde hij minder lang te wachten op versterking en bevoorrading.

En nu slachtte hij de Venetiaanse zeelieden af die toevallig het doelwit van zijn compagnie waren geworden omdat de rivier deels bevroren was. De galjoenen, die waren vastgelopen en geen kant meer op konden, hadden geen enkele hoop dat ze hun mannen met hun kanonnen zouden kunnen dekken, omdat de vijand zich ver buiten schootsafstand bevond. Geluk? Het geluk was deze keer dus met de onverschrokkenen. En Piccinino was meer dan onverschrokken. Niet gehinderd door enige vorm van doodsangst stortte hij zich in de aanval. En zijn mannen volgden hem, al was het alleen maar vanwege de rijke oorlogsbuit die hun kapitein vaak wist te bemachtigen.

Met hun buksen met loden kogels doodden de soldaten de zeelui in de sloepen en op de oever van de Adige maakte Piccinino met zijn cavalerie de rest van de Venetianen af.

Reinhardt hoorde een pijl rakelings langs zich heen suizen. Hij stormde met zijn paard naar de boogschutter die had geprobeerd hem te treffen, en hakte met zijn zwaard de arm waarin hij zijn boog hield af. Het bloed spoot uit de stomp. De Venetiaan schreeuwde het uit. Schwartz reed eerst door, maar trok toen aan de teugels en bracht zijn paard tot stilstand. Het paard steigerde, maar voor het kon uitglijden op de moerassige oever, liet Schwartz het dier keren en joeg het in galop terug.

De Venetiaan was op zijn knieën gezakt. Met zijn linkerhand omklemde hij de stomp. Hij zag Schwartz op zich afkomen.

Hij sloot zijn ogen en wachtte gelaten op de dood.

Toen het paard in volle draf zijn geknielde tegenstander had bereikt, gaf Schwartz een houw en sneed de keel van de man door.

De Venetiaanse soldaat viel voorover.

Om hem heen vormden de wanhopige kreten van de stervenden een monsterlijk contrapunt met het bloeddorstige en opgewonden geschreeuw van de mannen van Filippo Maria Visconti, wiens vaandel triomfantelijk klapperde in de koude wind van die januarimiddag.

44

De aartsbisschop van Nicea

Cosimo was al vroeg de deur uit gegaan. Er hing een bijzonder soort energie in de straten van Florence in die koude winterdagen. Een week eerder nog maar, op 27 januari, was de paus met een deel van zijn gevolg uit Ferrara aangekomen. De dag was tot feestdag uitgeroepen, om alle burgers in staat te stellen deel te nemen aan de uitbundige festiviteiten.

Voor Eugenius IV betekende het de terugkeer naar de stad die jarenlang zijn tweede thuis was geweest. Florence had de paus groots onthaald en bereidde zich nu voor op de viering van de komst van Jozef II, de Griekse patriarch van Constantinopel die over enkele dagen zou arriveren met dertig bisschoppen, het hele pauselijke hof en meer dan vijfhonderd ruiters. Na hem zou de Byzantijnse keizer Johannes VII Paleologus aankomen.

Om hen op een gepaste manier te ontvangen bereidde Leonardo Bruni een prachtige rede voor in het Grieks.

Maar nu was Cosimo er, dankzij tussenkomst van de paus, in geslaagd een afspraak te maken met een van de Griekse kerkvorsten die al in de stad waren gearriveerd.

Hij haastte zich dus naar de San Lorenzo.

In de kerk aangekomen ging hij rechtstreeks naar de sacristie waar zijn vader en moeder begraven lagen. Als het maar enigszins kon koos hij die plek om belangrijke kwesties te bespreken, want alleen daar voelde hij de band met het verleden die hij wilde blijven vasthouden. Een paar jaar geleden was hij bang geweest dat zijn geheugen met het verstrijken der jaren achteruit zou gaan. Dat het beeld van zijn vader en moeder zou vervagen, verbleken.

Cosimo kon nu zeggen dat dat niet het geval was geweest. Hij was hen niet vergeten. Zelfs niet een beetje. En de sacristie met de familietombe, recht onder het altaar, had een belangrijke rol gespeeld in zijn wens de herinnering aan hen levend te houden.

In de sacristie aangekomen zag hij dat de man die hij zou ontmoeten al was gearriveerd.

Cosimo was verrast door zijn voorkomen. Hij had een elegante intellectueel verwacht, een man van de kerk, en hem in gedachten lang en slank voorgesteld. Maar Johannes Bessarion was een imponerende verschijning, sterk, gespierd, breedgeschouderd. Hij droeg een donker gewaad, afgezet met gouden borduursels en edelstenen. Hij had een lange volle baard en ogen zo zwart als onyx knopen die begonnen te schitteren als iets zijn aandacht had.

Paus Eugenius IV had Cosimo bij de kerkvorst geïntroduceerd als heer van Florence, intellectueel en mecenas, en had benadrukt hoe genereus zijn bijdrage was geweest om het concilie te laten plaatsvinden in een van de mooiste steden ter wereld.

Voor Cosimo was de man een van de laatste boegbeelden van de kennis van de Byzantijnse cultuur uit het Oost-Romeinse Rijk. Bessarion was de aartsbisschop van Nicea en het jaar daarvoor in gezelschap van kardinaal Cusano naar Ferrara gekomen. Men zei dat hij een van de aanhangers was van de zogeheten Partij van de Eenheid, het handjevol geestelijken dat nog droomde van een verzoening tussen de Latijnse en Griekse Kerk, al werd die droom in het thuisland tegengewerkt door de monniken en een groot deel van de Griekse Kerk.

Het moment was daar. De aartsbisschop wekte een afwachtende indruk, dus probeerde Cosimo het ijs te breken.

Hij sprak in het Latijn.

'Eminentie,' zei Cosimo, 'uw aanwezigheid is een grote eer voor mij en onze nederige stad. Ik ben een vurig voorstander van de zaak die u zo aan het hart gaat, en hoop van harte dat het concilie onze twee Kerken weer kan verzoenen.'

Bessarions donkere ogen glimlachten even oprecht.

'Beste vriend,' antwoordde hij, 'ik ben blij in u een Latijnse voorstander van de hereniging te leren kennen. Helaas moet ik constateren dat de toenadering tussen Rome en Byzantium tot nu toe nog niet echt van de grond komt.'

Het speet Cosimo die zweem van bitterheid in de woorden van de aartsbisschop van Nicea te horen. Hij wilde er graag meer van weten, om, zo mogelijk, samen met hem een weg te vinden die misschien niet direct tot een oplossing leidde, maar dan tenminste een sprankje hoop kon bieden.

'Mag ik u vragen waarom niet, eminentie?'

'Ziet u, de oorzaak van de scheiding is geen kwestie van verschillen in doctrines. Dat de term *filioque* door de Latijnen in de geloofsbelijdenis is toegevoegd aan het *qui ex Patre procedit*, wat betekent dat de Heilige Geest voortkomt uit de Vader én de Zoon, is dus niet de echte aanleiding van het conflict.'

'Werkelijk niet?' Cosimo wist er niet veel van, maar met behulp van zijn informanten had hij het hele verloop van het concilie in Ferrara gevolgd. En voor zover hij had begrepen was juist de suggestie dat de Heilige Geest voortkwam uit de Vader én de Zoon het heikele punt en daarmee het belangrijkste onderwerp van debat tussen de Latijnse en Griekse Kerk.

'Niemand zal dit punt ook tegenspreken, zo lang de formele, conciliaire uitdrukking van het Credo maar niet wordt geschonden. Maar wat de verzoening tussen de twee Kerken werkelijk in de weg staat is een onderliggend probleem, dat te maken heeft met complexe politieke en culturele motieven die hun wortels hebben in de geschiedenis.'

Cosimo was verbijsterd.

'Ik dacht dat het conflict geen verband hield met politiek.'

'Natuurlijk speelt het meningsverschil over de doctrines wel een belangrijke rol. Vooral omdat er een tweede kwestie uit voortvloeit, die ik u zal uitleggen. Als de Kerk van Rome, eenzijdig en met instemming van de oecumenische concilies, een gemeenschappelijk Credo kan wijzigen door de term *filioque* toe te voegen, dan bevestigt zij daarmee in feite de eigen superioriteit, wat natuurlijk onaanvaardbaar is. En wat te zeggen van de puinhoop die het Westen en in het bijzonder de kruisvaarders hebben gemaakt van een stad als Byzantium, zonder ook maar een vinger uit te steken om de stad te behoeden voor de Ottomaanse invloeden? Zijn dit volgens u niet meer dan genoeg redenen om de gevoelens van afkeer, sterker nog, van haat van de monniken, prelaten en archonten uit ons gebied te rechtvaardigen? Ik behoor inderdaad tot degenen die niets liever willen dan een hereniging. Zeker, Byzantium heeft fouten gemaakt. Het heeft zich geïsoleerd en een autonomie opgeeist die in de loop der eeuwen is uitgegroeid tot zelfgenoegzaamheid, en dan heb ik het nog niet over de buitensporige corruptie van de laatste jaren en de ongeschiktheid van enkele van haar keizers. Dit zijn geen kleinigheden. Toch leek het opeisen van die autonomie en dat arrogante isolationisme de enig mogelijke manier om te overleven toen de kruisvaarders de stad meerdere malen hadden beroofd van haar kunstschatten en, erger nog, toen de Genuese en Venetiaanse kooplieden haar beschouwden als een plek die ze naar hartenlust konden plunderen voor hun eigen handelsverkeer. En ondanks dit alles, en dat zeg ik u in alle oprechtheid, is de Byzantijnse keizer nu in eigen persoon naar uw stad gekomen om hulp te vragen aan de westerse wereld. Het Westen dat ons eeuwenlang aan ons lot heeft overgelaten, dat ons heeft geplunderd en beroofd van onze waardigheid. U begrijpt dat mijn hart bloedt als ik u dit vertel. En dus hopen wij, met de aanstaande hereniging, ook op overleving van een cultuur die dreigt verloren te gaan onder het Ottomaanse juk.'

Cosimo werd getroffen door de diepe droefheid die uit de woorden van de aartsbisschop sprak. Hij besefte eens te meer dat dit concilie niet alleen een poging tot synthese tussen de verschillende posities van de kerkelijke gemeenschappen was, maar misschien ook de enige kans om het laatste beetje christelijke overtuiging in het Oosten levend te houden. Het verdwijnen daarvan zou alle herinneringen aan Rome uitwissen en daarmee de nietigverklaring betekenen van duizend jaar geschiedenis.

'Wat u zegt maakt me zo moedeloos, dat ik er haast geen woorden voor vind. Aan de andere kant besef ik nu hoe groot onze fouten zijn geweest. En ik weet zeker dat de verdeeldheid van het Westen met zijn vele stadsstaten en hertogdommen niet bijdraagt aan één gemeenschappelijke visie, waardoor de kans op verzoening er niet groter op wordt. Toch is dat het doel van dit concilie. Ik zie het daarom als mijn taak een bondgenootschap te vormen, een alliantie die met behulp van onze paus de partijen kan verenigen en er spoedig in zal slagen om, in goed overleg met de vorsten en christelijke heersers, opdracht te geven tot een nieuwe kruistocht om Constantinopel weer onder eigen bescherming en voogdij te brengen. Om een cultuur te redden die ons dierbaar is omdat we er allemaal van afstammen. Bekijkt u onze kerken, onze palazzo's, bezoek als u tijd hebt onze bibliotheken. God is mijn getuige als ik zeg hoezeer wij ons in Florence voor het grote doel inzetten. Uw aanwezigheid, evenals die van de vele andere intellectuelen die naar onze stad gekomen zijn, kan een waardevol voorbeeld blijken en hierin een cruciale rol spelen!'

Cosimo zag dat de frons op het voorhoofd van Bessarion even was verdwenen. Zijn ogen stonden minder ernstig en somber, er leek een sprankje hoop in te ontvlammen.

'Beste Cosimo, uw woorden doen me goed. Paus Eugenius IV heeft veel vertrouwen in uw capaciteiten en ik moet zeggen dat ik dat volledig begrijp op grond van wat ik tot nu toe van u heb gehoord. Zoals u terecht hebt aangevoeld is eenheid alleen mogelijk door een politieke en culturele toenadering van onze werelden. Ik zal proberen de kans die mij gegeven is te benutten en ben vastbesloten uw stad zo goed mogelijk te leren kennen. Ik hoop dat ik daarbij mag profiteren van uw gezelschap als gids om alle schatten te leren kennen. De dagen die mij wachten zijn de mooiste die ik mij zou kunnen wensen.'

Bij die woorden liep Bessarion op Cosimo af en omhelsde hem. De heer van Florence was zo beduusd door dat onverwachte, oprechte gebaar van genegenheid, dat hij even aarzelde, maar het daarna van harte beantwoordde.

Toen ze elkaar loslieten keek Bessarion hem in de ogen. Cosimo zag niet alleen vriendschap en welwillendheid, maar ook een onverzettelijkheid en overtuiging die hij nooit zou willen teleurstellen.

45

Krijgsraad

'We moeten Florence uitschakelen, excellentie, we kunnen niet langer wachten. De Medici worden te machtig,' hield Rinaldo degli Albizzi vol. 'Het was een meesterzet om het oecumenisch concilie naar zijn eigen stad te halen. Cosimo probeert een bondgenootschap met de paus te bestendigen.'

'Inderdaad,' bevestigde Niccolò Piccinino, 'en als ik u was zou ik die slang van een Francesco Sforza ook in de gaten houden. Die man is onbetrouwbaar, hij waait met alle winden mee en als u hem blijft beschermen, keert zich dat op een dag nog eens tegen u, mijn heer.'

'Stilte!' bulderde Filippo Maria Visconti.

Hij stond op uit zijn houten zetel en beende de zaal door. Híj was de hertog van Milaan, hij en niemand anders, en hij had geen enkele behoefte aan advies van kerels die het nog niet waard waren zijn laarzen te poetsen. Hoe durfden ze! Die mannen bestonden slechts omdat hij het wilde. Hij hoefde maar met zijn vingers te knippen of ze waren verdwenen en vervangen door anderen. Zeker die imbeciel van een Albizzi was aan zijn genade overgeleverd, al was hij dat zelf blijkbaar vergeten. Hij keek rond en zijn blik viel op Reinhardt Schwartz. Die man beviel hem. Hij was een waardevol soldaat, had lef, wist hij van Piccinino, en hij sprak nooit als hem niets werd gevraagd. Geweldige gewoonte! Schwartz zat in een hoekje een appel te snijden met een groot mes.

Filippo Maria knikte, alsof die vrucht precies was wat hij op dat moment nodig had.

'En u, mijn beste Schwartz,' vroeg de hertog, 'hoe denkt u erover?'

‘Ik?’ vroeg de Zwitserse huurling, eerder verbaasd dan boos.

‘Zit er dan nog iemand naast u? Ja, ik heb het tegen u en ik wil uw mening horen.’

Schwartz nam zoals gebruikelijk de tijd. Dat het de hertog was die hem een vraag had gesteld, maakte voor hem geen enkel verschil. Hij kauwde op een stukje appel. Slikte het door. Stak toen van wal.

‘Ik denk dat er veel waars zit in wat Rinaldo degli Albizzi zegt, mijn heer. En ook in de woorden van mijn kapitein. Het is geen geheim dat Francesco Sforza erover denkt de Venetiaanse troepen te steunen. En we weten allemaal hoe nauw de vriendschapsbanden zijn tussen Venetië en de Medici. Ik geloof dat er in het leven een moment komt waarop de beslissende veldslag, de definitieve strijd die de overwinning van de ene en de nederlaag van de andere partij betekent, niet meer uit te stellen is. Er komt een moment, excellentie, waarop het een kwestie is van doden of gedood worden, van winnen of verliezen, en dan is er geen weg terug.’

‘En volgens u is dat moment aangebroken? Is dat nu?’

‘Dat kan ik niet precies zeggen.’ Wat waren dat voor vragen die de hertog hem stelde? Hoe kon hij denken dat hij daar een antwoord op wist? Zo te zien had Filippo Maria ze niet meer allemaal op een rijtje.

‘Wat heb ik dan aan u, Schwartz? U praat al net zo in raadsels als mijn gifmengster! U bent verdorie soldaat!’

Reinhardt at nog een stukje appel.

Het was zoet en sappig.

Filippo Maria werd zenuwachtig van zijn kalmte.

Hij wierp een boze blik in de richting van Rinaldo degli Albizzi, en zag tot zijn ergernis dat die al weer klaarstond met een volgende vraag.

Hij was hem voor.

‘Wat is er nu weer?’ schreeuwde hij kwaad.

‘Ziet u, excellentie…’ probeerde Albizzi opnieuw, ‘het is een feit dat Cosimo de’ Medici met het Concilie van Florence inzet op eenheid van de Kerken, om zo in de gunst te komen bij Eugenius IV. Daarnaast herwint de paus, ondanks de laatste controverses met keizer Sigismund, in rap tempo aan macht en prestige. Het zal niet lang meer duren voor hij terugkeert naar de eeuwige stad, het is slechts een kwestie van tijd, en dan zal zijn vriendschapsband met de Medici u behoorlijk in de weg kunnen zitten. Mijn voorstel is om toe te slaan nu die machtspositie nog niet is bereikt.'

Rinaldo had zijn zinnen uiterst behoedzaam gekozen. Hij had in de afgelopen jaren geleerd zijn woorden te wegen. Althans, dat hoopte hij. Inmiddels leidde hij het leven van een balling en in die hoedanigheid kon hij het zich niet permitteren betweterig te zijn.

Die jaren van wachten hadden zijn fanatisme niet gebroken, maar zijn brutaliteit was getemperd, en nu klonken zijn verzoeken eerder als de smeekbeden van een arme man. Hij had zijn droom om terug te keren naar Florence niet opgegeven, maar het omzichtige weefwerk, gesponnen met het geduld van een spin die wacht tot de prooi eindelijk zijn web in vliegt, had hem afgemat. Hij was moe. Hoe meer hij probeerde zijn droom vast te houden, hoe meer die leek te vervliegen. Zelfs over zijn blik, ooit hard en onbeschaamd, lag nu permanent een schaduw.

'Mijn beste Albizzi,' zei de hertog, plotseling rustig, 'u kunt het geloven of niet, maar ik deel uw zorgen. En u zult blij zijn te horen dat uw tijd eindelijk is gekomen. U krijgt uw revanche, daar kunt u op rekenen, maar u moet nooit vergeten aan wie u trouw en dankbaarheid verschuldigd bent. In de afgelopen jaren hebt u geleerd zich te beheersen. Ik weet nog hoe u hier kwam, vloekend, met de staart tussen de benen. Ik beken dat uw houding nu mij veel beter bevalt. Dit gezegd hebbend wil ik eraan toevoegen dat u, en ook u Piccinino, zich hogelijk vergist als u denkt mij te kunnen zeggen wanneer en hoe ik moet aanvallen. Die beslissing ligt altijd en alleen bij mij. Wat ik wel kan zeggen, is dat de actie tot in detail moet worden voorbereid. We kunnen niets aan het toeval overlaten. Zo ben ik steeds te werk gegaan en heb ik mijn vijanden vaak kunnen aftroeven. Bij deze draag ik u, Piccinino, op om samen met Gian Francesco Gonzaga in de Veneto op te trekken tegen Gattamelata en Bartolomeo Colleoni, om Venetië, dat me veel te ver naar het binnenland optrekt, eindelijk eens de pas af te snijden. Daarna wil ik dat u de Po oversteekt en optrekt naar Florence en samen met Albizzi en de mannen die hij weet te verzamelen de stad inneemt. Dit alles geldt natuurlijk ook voor u, mijn beste Schwartz. Ik weet dat het juiste moment nog niet is aangebroken, maar daarom is het wel goed om alvast in actie te komen.'

De Zwitserse huurling knikte zwijgend.

'Daar is geld voor nodig, mijn heer,' merkte Piccinino op.

'Kapitein, wat geld betreft bent u goed voorzien. Stil de honger van uw mannen met de oorlogsbuit die u weet te veroveren. Plunder, verkracht en moord. Ik wil dat alleen het horen van uw naam al angst zaait. Iemand heeft mij een tijdje geleden geadviseerd genade te hebben voor de overwonnenen, maar dat vind ik geen geweldige strategie, ik denk namelijk dat respect voortvloeit uit angst. Ik word liever gevreesd dan beklaagd.'

Piccinino was niet blij met dit antwoord. Hij hoopte bij Filippo Maria wat dukaten los te krijgen. Hij probeerde het opnieuw.

'Mijn heer, u hebt uiteraard gelijk. Aan de andere kant, de mannen zijn moe. Door de koude winter zijn de velden en de rivieren bevroren. En dan heb ik het nog niet over de eindeloze problemen die dat met zich meebrengt, over de wegen die zo slecht begaanbaar zijn geworden dat het transport van levensmiddelen voor de troepen lastig of welhaast onmogelijk is geworden. Mijn mannen in het winterkampement aan de Riviera di Salò zijn uitgeput en verzwakt door ziekte, en desondanks vechten ze om de Venetiaanse vloot tegen te houden. Daar moet iets tegenover staan. Ze moeten een reden hebben om door te gaan. Als ze stil blijven zitten sterven ze nog eerder van de kou. Daarom smeek ik u, help mij. Anders sta ik niet voor hen in.'

Filippo Maria pufte, hij kon zijn irritatie niet verbergen. Zijn mannen werden steeds hebberiger en deden voortdurend een aanslag op zijn middelen. Aan de andere kant, als er iemand was die hen altijd probeerde tevreden te stellen met oorlogsbuit, dan was het Piccinino. Dus moest zijn verzoek wel oprecht zijn. De situatie die hij beschreef klonk aannemelijk.

Om helemaal zeker te zijn vroeg hij Schwartz om zijn mening.

'Kunt u bevestigen wat mijn gewaardeerde kapitein zegt?'

Het was natuurlijk bizar dat de hertog niet volledig vertrouwde op Piccinino, die onder zijn vlag streed. Aan de andere kant was het bekend dat Filippo Maria ontzettend achterdochtig was en bang te worden verraden. Hij verbleef al sinds tijden in de rotsburcht van Porta Gioia en kwam er maar zelden uit. Hij had zich daar op z'n zachtst gezegd verschanst en beschikte over zo'n dicht netwerk aan spionnen die toezicht moesten houden op zijn mannen, dat het was voorgekomen dat de ene groep spionnen de andere controleerde, waardoor hij zichzelf, onvoorzichtig genoeg, haast had verraden. Iedereen klikte over iedereen en de hertog deed niets liever dan zich terugtrekken in zijn toren om met zijn spionnen te praten, en te horen wat de mannen die voor hem werkten allemaal deden. Het was niet eenvoudig om bij hem in de gunst te komen, dat lukte maar weinigen, maar iedereen probeerde zich trouw en meegaand op te stellen. Juist die mannen wantrouwde Filippo Maria het meest.

Schwartz' manier om levend uit dat web aan obsessies te komen, was om simpelweg ronduit te zeggen wat hij dacht, want het was onmogelijk ook maar te denken dat je die man kon bedriegen.

En daarom antwoordde hij zo eerlijk mogelijk op deze zoveelste vraag.

'Wat mijn kapitein zegt is helaas waar, mijn heer. Dit is de strengste winter die ik ooit heb meegemaakt en de mannen die niet gewond of gedood zijn in de afgelopen veldslagen tegen de Venetianen zijn nu het slachtoffer van kou en sneeuw. Natuurlijk, het zijn soldaten, ze weten wat hun te wachten staat, maar deze gedwongen inactiviteit vanwege de vorst en de kou, en als gevolg daarvan het gebrek aan geld, stelt hun motivatie zwaar op de proef. Een aanzienlijk deel van hen dreigt uw leger te verlaten, ondanks de steeds grotere druk die de kapitein op hen uitoefent.'

'Jezus, Reinhardt, het zijn maar huurlingen, die kunnen we zo vervangen!' brulde de hertog van Milaan kwaad.

'Zeker, excellentie, u hebt gelijk, maar denk niet, als ik zo vrij mag zijn, dat het vervangen van mannen een simpel karwei is. De compagnie heeft haar eigen regels en codes en als die worden verbroken is het haast onmogelijk die breuk te herstellen door er andere mannen bij te halen. Vandaag iets geven is de beste manier om morgen meer terug te krijgen. Zo denk ik erover.'

'Dat moet dan maar! Ik geef u vijfduizend dukaten om deze ellende te stoppen, maar ook geen cent meer! En sneeuw of niet, ik wil dat u zo snel mogelijk vertrekt naar Verona en Soave om die vervloekte Venetianen terug de lagune in te jagen. Daarna komt Florence aan de beurt, ben ik duidelijk? Ah, en neem vooral Rinaldo degli Albizzi mee! Hij staat te popelen om te vertrekken en ik denk dat een robbertje vechten voordat hij teruggaat naar zijn stad hem alleen maar goed zal doen. Ben ik duidelijk? En nu uit mijn ogen! Alle drie!' bulderde de hertog die niet wist hoe snel hij zich moest ontdoen van die drie bloedzuigers.

Zonder te antwoorden knikten Albizzi, Piccinino en Schwartz gedag en vertrokken in stilte.

Terwijl zijn kapitein en zijn voormalige heer in een nis even buiten de deur bleven smoezen, ging Schwartz op weg naar de vertrekken van Laura Ricci.

In gedachten verzonken liep hij de trap af naar de binnenplaats en sloeg af naar de oostvleugel waar de vrouw woonde die de persoonlijke gifmengster van de hertog was geworden.

Sinds ze allebei in dienst waren getreden bij Filippo Maria Visconti, waren de momenten die ze samen doorbrachten niet alleen zeldzamer geworden maar in een bepaald opzicht ook triester. Reinhardt droeg al sinds lang een geheim bij zich, dat hij nooit had onthuld en nu opeens op het puntje van zijn tong leek te liggen.

Hij wist niet waarom. Misschien omdat hij het al te lang verborgen hield en hij, al wilde hij het niet toegeven, werkelijk heel veel om Laura gaf.

Hoe kon hij anders verklaren dat hij haar was gaan redden? Ook begreep hij niet waarom hij niet samen met haar was gevlucht. Hij had het gevoel haast gevangen te zitten in wie hij was geworden. Hij vond het inmiddels vreselijk om beroepssoldaat te zijn, maar het was het enige wat hij kon en op het laatste moment had hij niet besloten alles voor Laura op te geven en zich alleen aan haar te wijden.

Misschien was hij gewoon een lafaard.

Of misschien vond hij diep in zijn hart dat hij het niet verdiende om gelukkig te zijn. Want hij wist dat hij, als hij zich eraan over kon geven, alleen met haar iets van vreugde en rust ervoer.

Maar dat innerlijke gevecht, aan de ene kant de behoefte om te praten, aan de andere kant de angst haar pijn te doen, was zo heftig dat hij vluchtte in de strijd, zich terugtrok in kampementen zodat hij haar maar niet hoefde te zien of in elk geval zo weinig mogelijk. Ook al bloedde zijn hart. Tegelijkertijd wilde hij haar niet kwetsen met het geheim dat hij diep vanbinnen meedroeg. In het verleden was hij ervan overtuigd geweest dat hij die herinneringen kon uitwissen, maar de jaren waren voorbijgegaan en nu was het geheim, ook vanwege het geweld van de afgelopen veldslagen, als een oprisping naar boven gekomen en sloegen de rafelranden van zijn geschonden geest hem in het gezicht.

Dus waren de dagen donkerder geworden, de ontmoetingen zeldzamer en de momenten van passie verbleekt tot een soort trieste onvermijdelijkheid.

Het leek wel of de tijd simpelweg lang had gewacht met het kiezen van het moment dat tussen hen vroeg of laat zou aanbreken. Misschien was het wel vandaag.

Sinds Laura naar het hof van Visconti was gekomen had ze zonder morren het leven geaccepteerd dat daar voor haar was weggelegd, wat overigens niets nieuws was. Toch had ze zich met het verstrijken van de dagen op een haast verstikkende manier aan hem vastgeklampt.

En als hij haar nu zag, kwam zijn gewelddadige kant, die hij nooit helemaal onder controle had gekregen, allesoverheersend terug, precies zoals in die nacht, jaren geleden.

Terwijl hij naar haar vertrekken liep, besloot hij het te laten zitten. Hij zou haar wel een andere keer zien. Hij was er niet klaar voor.

Zou hij dat ooit zijn?

Zeker, dat moest wel.

Maar niet vandaag.

Dus keerde hij op zijn schreden terug.

Hij zou naar zijn mannen gaan en zijn gedachten begraven in de bevroren grond van het kampement.

JULI 1439

46

De hereniging der Kerken

De kathedraal was stampvol. Rechts zaten de kardinalen en bisschoppen van de Kerk van Rome, links de hoge prelaten en monniken van de Griekse Kerk. Allemaal droegen ze lange gewaden, die van de katholieken waren rood met goud, die van de Grieken zwart met zilver.

Paus Eugenius IV stond in zijn pauselijk gewaad op het hoogaltaar onder de koepel van Brunelleschi, met voor zich, op het fijnste perkament, de tekst van de verzoening en hereniging van de twee Kerken: de westerse en de oosterse.

Het decreet dat de hereniging moest bekrachtigen was eensgezind opgesteld en maakte de weg vrij voor een politiek en zelfs militair akkoord, met als doel de christelijke wereld te beschermen tegen het Ottomaanse geweld. Kardinaal Giuliano Cesarini las het voor.

Cosimo had bij hoge uitzondering toestemming gekregen om aanwezig te zijn bij het plechtige moment en zat in een van de voorste banken aandachtig te luisteren.

De woorden van Cesarini klonken aangenaam en ondubbelzinnig in de oren van de aanwezigen en waren de vrucht van een overleg dat alleen al in Florence maanden had geduurd, om nog maar te zwijgen van de jaren die het daarvoor, eerst in Basel en daarna in Ferrara, had gekost.

'De Grieken hebben bevestigd dat ze, met hun bewering dat de Heilige Geest voortkomt uit de Vader, niet de bedoeling hebben gehad de Zoon uit te sluiten. De Latijnen hebben op hun beurt benadrukt dat ze met de stelling dat de Heilige Geest voortkomt uit de Vader én de Zoon, op geen enkele manier hebben bedoeld te ontkennen dat de Vader de bron is van al het goddelijke, dus ook van de Zoon en de Heilige Geest, en menen om die reden dat er geen sprake is van twee grondbeginselen of twee verschillende "geesten". Er is één uniek grondbeginsel en één unieke voortbrenging van de Heilige Geest, en dus één unieke, identieke waarheid. Op grond hiervan zijn we gekomen tot de volgende heldere en onweerlegbare formulering van de heilige eenheid, God welgevallig.'

Niemand leek de essentie van die passage te ontgaan. Zeker Cosimo niet, die er in het licht van wat Johannes Bessarion hem een paar maanden eerder had opgebiecht, de opportunistische draagwijdte in herkende.

Er begon een plan te rijpen in Cosimo's geest, zo geweldig dat hij bijna bang was om het hardop uit spreken, ook al was alles mogelijk als hij luisterde naar de woorden die hij net gehoord had. Hij wist dat hij een grote verantwoordelijkheid had. Hij wist dat de verwachtingen op dat moment enorm hooggespannen waren. Zo hoog dat je alleen maar kon vallen. Toch zou het verbond tegen de hertog heel goed de seculiere steun kunnen zijn voor die juist genoemde eenheid.

Was hij een idealistische dwaas? Lorenzo was het vast niet met hem eens. Meer dan eens had hij erop gewezen dat dat verbond zo fragiel was dat het bij de eerste de beste windvlaag uit elkaar zou vallen.

Maar dromen had nog nooit iemand kwaad gedaan, voor zover Cosimo wist. Het was eerder zo dat de bijzonderste ondernemingen juist waren ontsproten aan de ongeloofwaardigste visioenen.

'In naam van de Heilige Drieëenheid, de Vader, de Zoon en de Heilige Geest en met instemming van dit heilige en universele Florentijnse concilie, besluiten wij dat de volgende geloofswaarheid moet worden aanvaard door alle christenen. Iedereen moet belijden dat de Heilige Geest neerdaalt uit de Vader en de Zoon, uit zowel de een als de ander, als één enkel beginsel en één enkele voortbrenging; en we verklaren dat met de leer van de heilige kerkvaders, dat de Heilige Geest voortkomt uit de Vader via de Zoon, bedoeld wordt dat de Zoon, net als de Vader, volgens de Grieken de oorzaak, en volgens de Latijnen de oorsprong is van het bestaan van de Heilige Geest...'

Toen hij die woorden hoorde sloot Cosimo zijn ogen. Het wonder was geschied. De hereniging van de twee Kerken was een feit. Nu zou het werk dat in al die maanden was verzet vruchten gaan afwerpen. Hij glimlachte bij de gedachte dat er, alweer, zoiets belangrijks was gevierd in de Santa Maria del Fiore.

Misschien zou dat pronkstuk van de architectuur uitgroeien tot de tempel van successen en bereikte doelen. Hij bleef nog een poosje met zijn ogen dicht zitten en koesterde zich nog even in de laatste woorden van kardinaal Giuliano Cesarini.

'Is het waar wat ze zeggen?'

Cosimo keek op van de wisselbrief.

Contessina's gezicht stond donker. Haar samengeklemde lippen verrieden dat ze kwaad was. De hele week al had Cosimo het gevoel gehad dat haar wat dwarszat, en zoals hij altijd deed in zo'n situatie had hij afgewacht tot het vanzelf zou overgaan. Maar dat was niet gebeurd.

'Wat zeggen ze dan?' probeerde hij.

Contessina schudde ongelovig haar hoofd.

'Ik herken je niet meer!' zei ze verbitterd. 'Ooit zou je me in vertrouwen hebben genomen, had je me je twijfels ingefluisterd, je plannen voor de dag. Maar nu is alles leeg, afstandelijk, nutteloos. Toch?'

Cosimo wist niet wat hij moest zeggen.

'Piccinino heeft Verona ingenomen en is opgetrokken naar Padua. Zijn mannen zijn al onderweg naar Venetië en al schijnt je dierbare vriend en bondgenoot Francesco Sforza hem weerstand te bieden, toch wijst alles erop dat hij vroeg of laat voor de poorten van Florence zal staan. Lorenzo beweert dat het hele concilie in werkelijkheid een truc van je is geweest om de paus en de pauselijke troepen aan je kant te krijgen, los van de vereniging van geloofsbelijdenissen. En nu is mijn vraag: wanneer had je me dat willen vertellen?'

Had hij dat moeten doen? Cosimo trok een wenkbrauw op. Maar dat gebaar maakte Contessina alleen maar agressiever.

'Verbaast deze vraag je? Na alles wat ik voor je heb gedaan? In al die jaren? Heb ik je niet altijd, áltijd gesteund? Ook toen alles en iedereen tegen ons was? En nu, na de corruptie, de ballingschap, de scheiding en het lange wachten zou ik volgens jou braaf mijn mond moeten houden om op een dag te ontdekken dat je bent verdwenen om oorlog te voeren, en misschien te sneuvelen, zonder dat ik daar iets van weet? Dat gaat niet gebeuren, lieve schat. Als je zo over me denkt...'

'Over jou denk ik alleen maar het allerbeste. Vanaf de eerste dag dat ik je zag heb ik met heel mijn hart gewenst, gehoopt en geprobeerd een betere man te worden. Voor jou en voor onze familie. Misschien ben ik er niet altijd in geslaagd. Wat betreft mijn redenen om het concilie naar Florence te verplaatsen, tja, in Ferrara was de pest uitgebroken... Wat had ik anders moeten doen? En ja, het is waar, ik probeer ons te verzekeren van een verbond met de paus en de noodzakelijke aflaten... Ben ik een slechte echtgenoot omdat mijn familie mij ter harte gaat? En wie zijn de mensen die behoren tot mijn familie? Je bent al net zoals mijn broer! Ik begrijp jullie niet. Ja, goed, ik had jullie meer moeten betrekken bij mijn keuzes, op z'n minst bij deze laatste, maar er zijn situaties waarin het delen van ideeën en het vragen van advies alleen maar tot onnodige vertraging leiden. En verder begrijp ik niet waarom een belangrijke gebeurtenis als de vereniging van twee geloofsbelijdenissen moet worden afgedaan als een politieke zet om verzekerd te zijn van bondgenoten in de oorlog. De kwestie ligt veel ingewikkelder en je moet me geloven als ik zeg dat alles wat ik doe uitsluitend is bedoeld voor het welzijn en de toekomst van jou en onze kinderen!'

Contessina liep naar hem toe. Haar blik was al wat zachter. Niet veel, maar het was tenminste iets. Cosimo keek naar haar. Ondanks de jaren die waren verstreken was ze nog steeds mooi. In het groene, met zilver, parels en briljanten versierde onderkleed kwam haar blanke huid prachtig uit.

Contessina was een schoonheid. Hij nam haar handen in de zijne.

'Ik wil je niet buitensluiten, liefje,' zei hij, 'alleen maar beschermen. Is daar iets mis mee?'

'Nee,' antwoordde ze, 'maar je weet ook dat ik die bescherming niet nodig heb, en mocht dat al zo zijn, dan zeker niet meer dan jij. Ik ben alleen maar bang, Cosimo, dat snap je toch wel? Dat constante spel met verbonden, je politieke plannetjes, de hervormingen die je hebt doorgevoerd, je mannen die zitting hebben in het Palazzo della Signoria, je relaties en het contact dat je onderhoudt met Eugenius IV, de bijeenkomsten met Venetiaanse legerofficieren, het maakt je allemaal zo kwetsbaar. Je hebt inmiddels een legioen aan vijanden die je naar het leven staan. En het lijkt wel of het er nog niet genoeg zijn! Er zijn dagen dat ik echt in angst zit om je. Dat kan toch niet anders? Kun je in alle eerlijkheid zeggen dat ik ongelijk heb?'

Hij drukte zijn lippen op haar mooie voorhoofd. Wat was ze fijngevoelig, maar wat was ze ook sterk, als een bloem die bestand is tegen de wind en de strengheid van de winter. En hij hield van haar, hij hield ontzettend veel van haar omdat ze trots bezat en een zeldzame waardigheid. En als ze boos was, had ze daar een geldige reden voor. Hij prees zich gelukkig met haar.

Hij glimlachte.

'Ja, ik snap je wel. Je hebt gelijk wanneer je zegt dat ik verdragen en overeenkomsten met bondgenoten niet uit de weg ga. Aan de andere kant ben ik ervan overtuigd dat het beter is om te handelen dan af te wachten. Kijk wat er de laatste keer gebeurde toen we hebben afgewacht... Toen ben ik in het gevang beland en hebben we ternauwernood ons leven gered. En hebben we bovendien een jaar lang gescheiden van elkaar moeten leven.'

'En die straf wil ik nooit meer meemaken,' zei Contessina. 'Nooit meer.'

'Ik ook niet. En daarom ben ik van plan een einde te maken aan dit uitputtende schaakspel.'

'Wat bedoel je?'

'Ik zal eerlijk zijn. Ik zou niet anders kunnen, tegen de vrouw die ik liefheb. Rinaldo degli Albizzi is altijd een lafaard geweest. Hij heeft deze stad, waar hij jarenlang de hoogste positie heeft mogen bekleden, verraden, maar het zal hem altijd blijven dwarszitten dat hij eruit is weggejaagd. Ik hoef niet te zeggen dat hij al jaren plannen beraamt om terug te keren. Filippo Maria Visconti, de hertog van Milaan, kan niet wachten en heeft zijn bevelhebber Niccolò Piccinino gevraagd om een aanvalsplan. Dat is wat onze spionnen hebben verteld. Piccinino maakt echter dezelfde grote en fatale fout die ik jaren geleden heb gemaakt. Hij wacht. Te lang. Ja, als een verkapte bedreiging aan het adres van Florence verovert hij aan de lopende band onbelangrijke plaatsjes die hij vervolgens net zo snel weer verliest, dus dat zet geen zoden aan de dijk. Maar daarmee geeft hij ons wél de mogelijkheid ons voor te bereiden. En je hebt gelijk wanneer je zegt dat ook het aanhalen van de banden met paus Eugenius IV hiermee te maken heeft. Er wacht ons nog een laatste uitdaging, liefste. En daar kunnen we niet omheen. Vroeg of laat komt de dag waarop het lot zijn beloop moet krijgen. Jij noch ik kan dat voorkomen. Daarom vraag ik je nog een laatste keer sterk te zijn. Ik weet niet hoe lang het nog zal duren, maar die dag komt en als hij komt reken ik erop dat je me steunt.'

'Zoals altijd,' zei ze, en haar ogen vulden zich met tranen.

Cosimo omhelsde haar.

'Zoals altijd, liefste. Het spijt me. Ik weet dat ik veel van je vraag, maar probeer me te geloven als ik zeg dat dit de laatste keer is. Het laatste obstakel dat ons scheidt van vrede en welvaart. Helaas is het lot ons niet altijd gunstig gezind geweest en ik weet dat ik veel fouten heb gemaakt. Maar het lot is ook iets wat de mens creëert voor zichzelf en zijn dierbaren. Ik voel dat wat er staat te gebeuren ons lot zal vervullen en dat daarna eindelijk vrede en schoonheid zullen heersen in onze geliefde stad.'

'Dat hoop ik, liefste,' zei Contessina, 'maar in mijn hart ben ik bang voor de dag waarop dat gebeurt, want de dingen gaan niet altijd zoals we willen of hebben gepland. Eerlijk gezegd hoop ik dat die dag nooit zal komen.'

Cosimo reageerde niet, maar hield haar stevig in zijn armen.

'Zo zou ik de rest van mijn leven wel willen doorbrengen,' zei Contessina, 'maar dat kan niet. Hou me nog even vast, want ooit zal het lot ons weer scheiden. Ik voel het.'

Al was ze wat gekalmeerd, in haar hart bleef Contessina een vreemd en duister voorgevoel houden. Ze prentte zich in dat ze er niet aan moest denken, dat alles goed zou komen. Maar ze wist dat ze zichzelf voor de gek hield.

47

De bekentenis

Ze had de hele dag op hem gewacht. De zon brandde toen hij arriveerde, de junihitte deed de kasteelmuren en de lucht eromheen gloeien.

Reinhardt zat onder het stof, zweet en bloed.

Laura had hem geholpen bij het afdoen van zijn wapenrusting. Ze had een lauwwarm bad voor hem klaargemaakt, niet te heet, daar hield hij niet van.

Toen hij in de badkuip was gestapt en zich overgaf aan de doorzichtige streling van het water, had zij haar kleren uitgetrokken en was naakt voor hem gaan staan.

Haar olijfkleurige huid gloeide in de zonnestralen die door de grote ramen naar binnen vielen, haar litteken liep als een bochtige draad over haar lange, slanke, gespierde been.

Ze had hem aangekeken en meteen gezien dat iets in hem voorgoed was veranderd. Een martelende zelfhaat knaagde in zijn binnenste als een kooi vol ratten, en ze vroeg zich af of ze hem nog kon kalmeren.

Ze had besloten die pijn met open vizier tegemoet te treden, zoals ze altijd had gedaan in het leven.

Ze was bij hem in de badkuip gestapt.

Hij gaf haar niet eens de tijd hem aan te raken. Alsof de dijken waren doorgebroken gooide hij alles wat hij te lang voor haar verborgen had gehouden, er in één keer uit.

Eindelijk had hij de moed gevonden om te praten en de waarheid op te biechten, de schaamte die hij in al die jaren alleen maar had getrotseerd om vals te spelen aan de tafel van het leven.

Jarenlang had hij de man die hij echt was verborgen gehouden, maar nu was het of de duivel was gekomen om hem de rekening te vragen van dat geleende leven, alsof hij het van iemand anders had gestolen.

Reinhardt begon te vertellen met een stem die gebroken was van verdriet en onmacht. Elke zin vormde een nieuw station op die reis langs kwaad en leugens.

Laura had wel iets voorvoeld, maar niets van wat Reinhardt zei kwam ook maar in de buurt van wat ze had verwacht.

'Ik merkte dat ze me op de hielen zaten,' begon hij. 'Jachthonden, stemmen die brulden. Ik zette het op een rennen maar het was al te laat.' Hij stopte.

Een ogenblik leek hij te aarzelen, Laura keek naar hem alsof ze vermoedde wat er ging komen. Op een bepaalde manier was het alsof ze allebei altijd hadden geweten dat de vreemde betovering die hen verbond ooit verbroken zou worden. En dat ze, wanneer dat zou gebeuren, daar veel verdriet van zouden hebben.

'Stropen was niet zo'n goed idee, maar ik had honger en was gebeten door een vos. Hoe die me te pakken had gekregen was me een raadsel. Voor zo'n klein dier was hij behoorlijk agressief. Hij had zijn kleine scherpe tanden als scheermessen in mijn vlees gezet en sindsdien voelde ik me niet goed. Een paar dagen lang was ik duizelig en had ik spierkrampen. Ik had het ongelooflijk heet, alsof er een vuur in me brandde.'

'Net als nu?' vroeg Laura.

'Nee, het was iets lichamelijks, geen schuldgevoel, het was een ziekte, het zat in mijn lijf. Het gescheurde uniform van Zwitserse huurling maakte mijn positie er ook niet rooskleuriger op. Maar mijn maag rammelde en ik had een schuilplaats nodig. Met een hert op mijn schouders rende ik door het bos, achternagezeten door die honden. Van achter de donkere bomen hoorde ik geschreeuw, maar ik kon niet meer, ik was uitgeput. Dus besloot ik te stoppen en te wachten.'

'Waarom doe je me dit aan?' vroeg ze schor. 'Waarom wil je me alles afnemen?' Ze zei het zachtjes, bijna verontschuldigend, alsof het hardop uitspreken de pijn nog heftiger kon maken. Maar erger dan wat ze op dat moment voelde kon het niet worden.

'Omdat ik wil dat je weet wat voor man ik ben,' zei hij.

'Zodra de honden me gevonden hadden, kwam de voorste op me af, sprong tegen me op en vloog me naar de keel. Met een laatste restje koelbloedigheid stootte ik mijn dolk in zijn borst. Daarna heb ik hem met nog twee steken afgemaakt. Een tweede hond trapte ik weg en ik trok mijn zwaard om op alles voorbereid te zijn. De situatie werd er niet beter op toen er twee kerels verschenen die blijkbaar in dienst waren van de eigenaars van het landgoed en toezicht hielden op het terrein waar ik was terechtgekomen. Ze waren vast met meer, maar op dat moment was er niemand anders. Ze waren opvallend gekleed in leren wambuizen met zes rode bollen op een gouden achtergrond.'

Laura begon te huilen. Ze keerde in gedachten terug naar die nacht, naar de man met de gele ogen. Het werd haar in één klap duidelijk dat haar hele leven een vergissing was geweest, en dat ze door een simpele speling van het lot de vrouw was geworden die ze was.

Maar ze zei niets. Wat had ze kunnen zeggen?

'Toen ze een hond met een opengesneden buik aan mijn voeten zagen liggen, en een andere met een gebroken poot die onophoudelijk lag te janken, trokken ze direct hun zwaard en stortten zich op me om het me betaald te zetten. Maar dat liep niet zoals ze hadden verwacht. Toen het eerste lemmet door de lucht zwiepte, kon ik net op tijd bukken, ik hoorde het suizen en voelde hoe het rakelings over mijn hoofd ging. Terwijl de man heel even weerloos was, uit evenwicht gebracht door de gemiste slag, vond ik met mijn dolk bijna op goed geluk zijn buik en stak in het wilde weg op hem in. Hij zakte in elkaar en liet zijn zwaard vallen. Toen de andere vent zag wat er gebeurde, aarzelde hij een ogenblik en dat ogenblik kwam hem duur te staan. Binnen een tel had ik mijn dolk dwars door zijn laars gestoten en zijn voet aan de grond gespietst. Een dof geluid en toen een schreeuw. En een seconde later had ik met het zwaard zijn keel doorgesneden. De andere honden waren jankend afgedropen, bang voor mijn onverwachte, beestachtige woede. In allerijl sjorde ik de man die ik net had gedood de wambuis van het lijf en trok hem aan. Dat deed ik ook met zijn laarzen.'

Laura dacht dat ze doodging. Tot op het laatst had ze gehoopt dat hij die laatste zinnen niet zou uitspreken, maar hij deed het.

Ze stapte langzaam uit de badkuip. Alleen het idee al dat ze zo dicht bij hem was maakte haar misselijk. Niet eens zozeer omdat ze hem verweet wat er was gebeurd, maar vanuit een soort natuurlijke reflex, alsof haar lichaam een grotere afkeer voor hem voelde dan haar geest.

Schwartz leek afwezig, niet bij machte de stortvloed aan woorden te stoppen die meer pijn deden dan duizend zwaarden.

'Ik gooide het hert weer over mijn schouders en rende wanhopig en overstuur verder, tot ik bij de ingang van een grot in elkaar stortte. Ik sleepte mezelf naar binnen en verloor mijn bewustzijn, ik heb geen idee hoe lang. De koorts had me gevloerd. Zodra ik weer een beetje op mijn knieën kon zitten maakte ik een vuurtje, slachtte het hert en at het geroosterde vlees. Aan het eind van wat volgens mijn berekeningen de derde dag moest zijn, voelde ik me wat beter, al waren de koorts en de spiertrekkingen nog niet over. Mijn ogen brandden verschrikkelijk. Toen ik weer kon staan ben ik weggegaan uit de grot. Ik stopte wat vlees in een zak en ben gaan lopen. Ik voelde hoe een ongelooflijk vuur me vanbinnen verteerde, me verscheurde, me als een onlesbare dorst uitdroogde. Ik moest op een of andere manier afkoelen. Maar ik wist niet hoe. Toen ik het bos uit kwam zag ik een weg, en die ben ik gevolgd tot ik een kar in het oog kreeg. Het werd al donker. Bij de kar stonden paarden die waren uitgespannen en vastgebonden, wat betekende dat de eigenaar niet in de buurt was. Toen ben ik op de kar geklommen. Ik wilde kleren zoeken om de gehavende en veel te opzichtige wambuis te vervangen. En op die kar zag ik een beeldschoon meisje met zwart haar en groene ogen. En wat er daarna is gebeurd... dat weet je maar al te goed. Je draagt er nog de sporen van.'

Laura zei niets. Als versteend keek ze hem nog een laatste keer aan. Haar tranen waren opgedroogd en alles wat ze voelde was een grote, onbeschrijflijke en onmetelijke leegte.

Ze hoorde hoe hij de badkuip uit kwam, zich afdroogde en daarna aankleedde.

'Ga weg,' zei ze, 'en zoek me nooit meer op. En als je me toevallig nog eens tegenkomt kun je me beter niet aankijken, want dan heb je kans dat ik je vermoord.'

En daar hield hij zich aan.

Hij zou haar nooit meer zien.

Juni 1440

48

Naar het slagveld

Contessina had wel gezien hoe moe hij was.

Hij oogde zelfs uitgeput.

Cosimo had zoals altijd geprobeerd met een lieve glimlach haar ongerustheid weg te nemen, maar deze keer voelde ze dat het gevaar dat voor hun deur stond zó groot was, dat het hen voorgoed te gronde kon richten. De oorlog tegen Milaan kon hen werkelijk fataal worden. Contessina had een akelig voorgevoel.

'Zweer me dat je terugkomt,' zei ze met tranen in haar ogen. 'Deze oorlog was niet nodig! Waarom heb je dit gedaan? Waarom willen jij en Lorenzo ons opnieuw pijn doen? Was de gedwongen scheiding tijdens de verbanning niet voldoende? Was het niet genoeg dat je, overgeleverd aan je vijanden en met de dood voor ogen, opgesloten zat in de toren? Waarom moeten de Medici het lot altijd tarten? Proberen het naar hun hand te zetten, zonder daarin te slagen?' Vragen, alleen maar vragen. Ze kwamen als een oorlogszuchtig leger haar mond uit gedenderd, een onstuitbare stroom die recht uit haar hart opborrelde en een verklaring eiste voor deze nieuwe periode van wachten die haar werd opgelegd. En natuurlijk zou ze wachten, zou ze haar man eren door te vasten en te bidden. Maar waarom moest hun leven altijd aan een zijden draadje hangen?

Ze wist dat niets hem kon tegenhouden. Deze keer niet. Niet na alles wat er de afgelopen tien jaar was gebeurd. Hoe kon Cosimo nog tolereren dat Albizzi voor de zoveelste keer probeerde Florence te heroveren?

Hij zou ten strijde trekken. En Lorenzo met hem. Dat moment voelde ze al tijden aankomen. Het maakte niet uit hoe veel kerken hij liet bouwen, hoe veel kunstwerken hij bekostigde of hoe veel bankfilialen hij met hard werken en zelfopoffering had weten te openen.

Zo lang Rinaldo degli Albizzi en Filippo Maria Visconti actief waren, zou er geen vrede heersen in Florence.

'Ik moet gaan, mijn lief. Ik kan niet wegblijven, deze keer niet. Ik moet op het slagveld zijn. Samen met mijn broer en met neef Bernardetto, die onze mannen aanvoert. Ik wil laten zien dat ik niet bang ben voor de verantwoordelijkheden die bij het leiderschap horen.'

'Maar het heeft geen enkele zin dat je gaat! Laat de soldaten voor je vechten!'

'Ik ben niet zo gek dat ik me in de vuurlinie stort. Ik ben geen soldaat! Ik wil erheen om dicht bij de soldaten die voor ons vechten te zijn. Ze moeten mij zien, begrijpen dat ik geloof in het verbond tegen Filippo Maria Visconti, snap je? Anders zullen al mijn beloftes leeg en hol klinken.'

Contessina boog haar hoofd en omhelsde hem, liet toe dat hij haar tranen droogde.

'Beloof me dat je uit de vuurlinie blijft,' zei ze met een klein stemmetje.

'Ik hou te veel van jullie allemaal om me te laten verblinden door woede. Ik ken mijn grenzen. En Lorenzo ook.'

En met die belofte kuste Cosimo haar op haar lippen, besteeg zijn paard en vertrok.

Contessina zag hoe hij naar zijn broer reed, waarna ze samen op weg gingen naar de poorten van de stad.

Ze bleef hen nakijken tot ze uit het zicht verdwenen.

Contessina wendde haar blik naar de prachtige David. Haar echtgenoot had het beeld besteld bij Donatello, een van zijn lievelingskunstenaars, voor op de binnenplaats van het Palazzo Medici. Ze keek naar de gespierde figuur met de haast engelachtige trekken. Er lag iets ondoorgrondelijks in die blik, bedacht ze. Je kreeg absoluut geen hoogte van wat er in het hoofd van de kunstenaar was omgegaan toen hij eraan werkte, en al helemaal niet van de figuur zelf, die haar brutaal aankeek vanaf zijn sokkel.

Zo had haar man ook gekeken toen hij daarnet vertrok. Er had iets uitdagends geblonken in zijn doorgaans rustige oogopslag.

Cosimo en Lorenzo waren te paard vertrokken om zich bij Bernardetto de' Medici, Micheletto Attendolo en Ludovico Mocenigo te voegen. Ze zouden de strijd aangaan met de mannen van Niccolò Piccinino, die hun tenten hadden opgeslagen bij Borgo Sansepolcro.

Piccinino was de afgelopen jaren onoverwinnelijk gebleken. En dat maakte haar doodongerust.

Ze bad. Want dat was het enige wat ze kon doen.

Reinhardt Schwartz had precies begrepen wat Niccolò Piccinino van plan was. Hij vocht al een tijd aan zijn zijde en kende de aanvoerder inmiddels door en door.

Er was niemand zo wispelturig als hij. Misschien was hij juist daarom wel zo populair onder de huursoldaten. Daar had hij ook nu weer een sterk staaltje van laten zien. In de afgelopen dagen was hij met toestemming van de pauselijke gouverneur naar Perugia getogen. Met vijfhonderd ruiters was hij door de poort van Sant' Angelo de stad binnengetrokken en voor het Palazzo della Signoria afgestegen. Daar had hij de pauselijke schatmeester, Michele Benini, in de kerkers laten werpen op beschuldiging van oplichting, en de gouverneur, de aartsbisschop van Napels, zover gekregen dat hij de stad verliet met een bericht van hem voor Eugenius IV. Hij had zich vervolgens achtduizend dukaten laten overhandigen, of beter gezegd, hij had ze geconfisqueerd, en was stukken rijker dan hij was vertrokken naar zijn troepen teruggekeerd.

En dat was nog maar één van zijn talloze manoeuvres!

Daarna was hij naar de Mugello getrokken waar hij flink aan het plunderen was geslagen, totdat Filippo Maria Visconti hem had bevolen zijn pijlen op Florence te richten.

De hertog van Milaan was woest dat Piccinino daar zo lang mee had gewacht en eiste nu een definitieve overwinning. De wreedste en imponerendste. Maar ook de lastigste.

Daarom had de kapitein diezelfde avond nog besloten om met zijn mannen de tenten op te slaan in Sansepolcro, op de helling van de heuvels tussen de Val Tiberina en de Val di Chiana.

Bij de duizend ruiters van zijn eigen leger hadden zich nog eens tweeduizend mannen van de plaatselijke bevolking aangesloten. Ze hoopten op een gemakkelijke buit. Piccinino stond bekend als wreed en onverschrokken en alleen zijn naam al bood garantie voor succes. Zoals altijd had hij ingespeeld op haat en afgunst, gevoelens die de bevolking van Sansepolcro in overvloed koesterde jegens hun buren uit Anghiari, een plaats nauwelijks twee mijl verderop.

En daar had Piccinino zijn zoveelste geniale inval. Hij was van plan om Anghiari aan te vallen en te verwoesten, om vervolgens met zijn mannen als een zwerm kraaien neer te dalen op de stad van de Medici. Maar hij had buiten de vijand gerekend. De mannen van het verbond tegen de hertog hadden zich breeduit voor het plaatsje verschanst en wachtten daar rustig af tot Piccinino zou optrekken. Hun tenten staken duidelijk af tegen de heuvel van Anghiari. Ze waren er allemaal: de Genuezen en Venetianen, de pauselijke troepen en de Florentijnen. Wie er ook zou winnen, de uitkomst van deze slag zou een nieuwe verdeling van de macht tussen de staten betekenen.

Nu waren de Milanezen niet optimaal in vorm voor zo'n gevecht. Al dat rondzwerven door Toscane als een zwerm sprinkhanen zonder werkelijk doel en zonder uitgesproken strategie was bepaald geen goede voorbereiding op de strijd. Ook omdat het verrassingseffect was verdwenen en het leger van Piccinino, ondanks de tweeduizend nieuwkomers, duidelijk in de minderheid was.

En nu stond Piccinino tegenover Schwartz om hem een of andere prachtige tactiek voor te leggen waarmee de overwinning te behalen viel.

Alleen een dwaas kon nog hoop koesteren in een situatie als deze, vooral als hij werd opgehitst door Albizzi, die in de afgelopen maand al zijn beperkingen en mankementen had getoond.

Schwartz kende Albizzi als samenzweerder, maar wist niet hoe laf hij was. En in de afgelopen dagen had hij zijn voormalige heer van zijn slechtste kant leren kennen. Gefrustreerd en teleurgesteld door de vele nederlagen die hij in de loop der tijd had geleden, onzeker en boos vanwege al die jaren die in het teken stonden van wachten en stonken naar een aangekondigde dood, was Albizzi een schaduw geworden van de man die hij ooit was. Hij zou haast medelijden wekken, als hij niet zo laf en wreed was.

Ze zouden hoe dan ook aanvallen.

Al viel er te vrezen voor het ergste.

Schwartz had de hele dag in het zadel gezeten en hoopte nog een paar uur te slapen. In zijn oren klonken nog de wanhoopskreten van de afgelopen nachten, toen Niccolò de bevolking van Monte Castello di Vibio had afgeslacht. Het gebrul van de mannen die op straat werden vermoord, het gekrijs van de vrouwen die verkracht werden op de tafels van de geplunderde huizen die daarna in brand werden gestoken, het gehuil van de kinderen. De dwaze, zieke blik van Albizzi die leek te genieten van de vuurzee en het bloedbad.

Ze hadden zelfs de veestapel geplunderd.

Maar Schwartz had de indruk dat Niccolò nog niet tevreden was.

De aanwezigheid van het verbond tegen de hertog leek het perfecte excuus. De rechtvaardiging om direct de volgende dag tot de aanval over te gaan. Niccolò bezat een overmoed die leek te groeien naarmate de onderneming moeilijker werd.

'Mijn beste Reinhardt,' zei hij, en ondanks zijn volle snor werden, tijdens het spreken, de glimmende puntjes van zijn hoektanden zichtbaar die, vanwege hun ongewone lengte, leken op slagtanden van een wild beest, 'ik ben van plan morgen Anghiari aan te vallen, waar ik reken op een ruime buit. Bovendien meent de hertog van Milaan dat Anghiari de poort is naar Florence, en ik moet toegeven dat ik het deze keer helemaal met hem eens ben. Dit is wat we gaan doen. Ik vraag jou de mannen in de aanval aan te voeren. Ik ga net doen of we naar de Romagna terugkeren, maar als we eenmaal bij de Ponte delle Forche zijn aangekomen, steek jij, terwijl de lichte cavalerie verdergaat naar Citerna, met de zware cavalerie en het voetvolk de rivier over en neem je in Anghiari de troepen van het verbond tegen de hertog, die nergens op voorbereid zijn, te grazen.'

Dat is nog eens goed nieuws, dacht Schwartz. Hij zuchtte.

'Ik weet dat je liever een simpeler strategie had gekozen, maar in je tent wacht een verrassing. Een kleine compensatie voor wat ik van je vraag. Maar wel de best denkbare, als ik je goed ken.'

'Ik schat in dat Rinaldo degli Albizzi en de andere heren veilig op afstand van de strijd zullen blijven.'

'Dat schat je goed in.'

'Ik schat ook in dat het geen zin heeft me tegen uw orders te verzetten.'

'Je inzicht is bijna net zo groot als je moed.'

'Goed, als de zaken er zo voor staan, ga ik nog een nachtje lekker slapen.'

'Rust maar lekker uit. We staan ruim na zonsopgang op, want ik ben van plan op het heetst van de dag aan te vallen, wanneer die schurken het het minst verwachten. Alleen een gek zou op dat uur aanvallen.'

'Inderdaad,' zei Schwartz laconiek, inmiddels gewend zich neer te leggen bij de beslissingen van zijn kapitein.

En na die opmerking ging hij op weg naar zijn tent.

Hij had wel begrepen wie er daar op hem wachtte en hij was bang. Voor zichzelf, voor zijn lafheid. Voor de manier waarop hij voorgoed het leven had verwoest van Laura, die in dat leven al zo weinig cadeau had gekregen. Alleen leugens en geweld, en daarvan was hij, Reinhardt, de belangrijkste oorzaak.

Die zware last, die hem al zo lang had gemarteld, zou hem kapotmaken, als de mannen van het verbond dat tenminste niet eerder deden.

Hij was er niet klaar voor om haar onder ogen te komen, niet na wat er was gebeurd.

Hij haatte zichzelf.

En daarom besloot hij niet naar zijn tent te gaan.

Hij liep naar een verlaten hooischuur. Daar kon hij beter gaan slapen.

Als hij de veldslag zou overleven mocht Laura alles tegen hem zeggen wat ze wilde, ze mocht hem zelfs doden als ze dat terecht vond. En terecht was het. Maar tot die tijd wilde hij aan niets anders denken dan aan de komende strijd.

De komende dag zou een bloedbad worden en hij had al zijn krachten nodig om daarin overeind te blijven.

49

De Ponte delle Forche

Vanaf de muren van Anghiari inspecteerde Cosimo de lagergelegen vlakte. Er klopte iets niet die ochtend. Het was te rustig. Bij het ochtendgloren was Sansepolcro een en al activiteit geweest, één groot gonzend wespennest. Maar nu waren het gezoem en het wapengekletter opgehouden en leek het stadje vredig te zijn ingedommeld onder de zon die de hemel in een gouden gloed zette.

Hij had erover gesproken met Lorenzo en met Ludovico Mocenigo, met Micheletto Attendolo en zijn neef Bernardetto de' Medici. Hij wist het niet zeker, maar hij zou er iets onder durven verwedden dat die wolf van een Piccinino wat in zijn schild voerde. Zijn reputatie als meedogenloze vechtjas, als man die ervan hield het lot te tarten, was legendarisch. Om die reden besloot Cosimo uit voorzorg met een paar honderd man in de richting van de Ponte delle Forche te trekken.

Tussen Anghiari en Sansepolcro lag minstens twee mijl, maar Cosimo had het voorgevoel dat zijn tegenstander die afstand met een of andere truc wilde verkleinen. Hij was bang dat Piccinino van plan was een verrassingsaanval uit te voeren op het nietsvermoedende leger van het antihertogelijk verbond.

Dus had hij de Venetianen gevraagd in de zinderende junihitte op te trekken naar de weg die de ene kant op naar Citerna, en de andere kant op naar Anghiari voerde.

Hij kon zich natuurlijk vergissen, maar hij keerde liever bezweet en al onverrichter zake terug naar het kamp op de heuvel van Anghiari, dan onverwachts overrompeld te worden door de Milanezen die het stadje ongetwijfeld met de grond gelijk zouden maken. Het nieuws van een nederlaag uit nalatigheid zou binnen de kortste keren Florence bereiken.

De zon stond loodrecht boven de velden. De intense geur van vers gemaaid hooi hing zwaar in de vochtige lucht. Ze waren stapvoets vertrokken, behoedzaam, en na een uurtje hielden ze halt in de buurt van de Ponte delle Forche.

Cosimo pufte. Het zweet gutste uit zijn nek en droop langs zijn borst en rug onder de wambuis en het kuras. Hij zocht wat koelte onder een boom die een minuscuul stukje schaduw op de grond wierp. Zijn ogen brandden en hij zette een veldfles aan zijn uitgedroogde lippen.

Het water was warm geworden door de zon, maar verzachtte in elk geval zijn brandende keel. Hij bleef op zijn paard zitten. De mannen waren moe en wilden uitrusten, maar Cosimo, Lorenzo en ook kapitein Attendolo en Ludovico Mocenigo spoorden hen aan de ogen goed open te houden en alert te blijven. Ze stonden verdekt opgesteld achter een rij bomen. Er vloog een zwerm kraaien voorbij, hun gekras klonk als een macaber slaapliedje.

De tijd verstreek. Langzamerhand dachten Cosimo en zijn mannen dat ze zich hadden vergist.

Maar net toen ze op het punt stonden om te keren en naar Anghiari terug te gaan, zagen ze dat ze toch gelijk hadden gehad. Voor hen doemde ineens een donkere stofwolk op die steeds dichterbij kwam. Al snel onderscheidde Cosimo de helmen en harnassen, de zwaarden en schilden, de vaandels met de zwarte slang van de Visconti en de wapenschilden met het luipaard van Niccolò Piccinino.

'Ze komen precies onze kant op,' zei Cosimo.

'Geen twijfel mogelijk,' bevestigde Mocenigo.

Toen de colonne de brug naderde werd alles duidelijk. Een klein deel van de troepen leek door te gaan naar Citerna en de Romagna, maar het grootste deel van de soldaten, infanteristen en zware cavalerie trok in stilte op in de richting van de brug.

Ze zagen dat Piccinino had besloten een aanzienlijk aantal speren in te zetten, om daarmee een eerste verpletterende klap uit te delen en zo het slagveld vanaf het begin onder controle te hebben.

'Het ging precies zoals je had gezegd, Cosimo,' zei Micheletto Attendolo. 'Ze vertrouwden op de hitte en op onze luiheid om de afstand op het open terrein te verkleinen. Ze dachten ons op het heetst van de dag te verrassen door af te snijden naar de Ponte delle Forche in de hoop dat wij tot de avond ons kampement niet uit zouden komen. Wat een hoerenzoon, die Piccinino!'

'Dat is hij altijd al geweest.'

'Dat is zo. Maar we hebben nu wel een probleem...' vervolgde Attendolo.

'We zijn met te weinig,' constateerde Lorenzo bitter.

Mocenigo knikte. 'We hebben de rest van het leger nodig, anders worden we weggevaagd. Cosimo, jij en je broer gaan samen met twee van mijn mannen terug om versterking te halen.'

'En wat doen jullie in de tussentijd?'

'We zullen alles op alles zetten om de brug te behouden. En nu gaan! We kunnen geen moment verliezen! Als we hier heelhuids uit willen komen moeten jullie paarden pijlsnel zijn.'

Zonder nog een moment te aarzelen keerden Cosimo en Lorenzo hun paarden om en vertrokken samen met twee Venetianen in galop naar Anghiari.

De soldaten waren nog niet gaan rennen of Reinhardt zag dat er iets mis was. Aan de overkant van de brug had hij gemeend de schittering van een helm te zien, een zonnestraal die werd weerkaatst door staal. Het had de mannen niet weerhouden, ze liepen met grote passen door, zwetend in de felle zon.

Het was geen goed idee geweest om kracht en energie te verspillen aan een verrassingsaanval. Het was een vergissing, hij besefte dat nu pas goed. De mannen zouden uitgeput zijn als ze de poorten van Anghiari bereikten en deze manoeuvre, hoe goed doordacht ook, vormde een groot risico. De hele operatie was gebaseerd op de gedachte dat niemand aan de andere kant zou vermoeden dat het grootste deel van het leger van Piccinino de laagvlakte zou overspoelen. De condottiere had blind vertrouwd op de onoplettendheid van de tegenstander.

Maar wat als die gedachte niet juist bleek te zijn? Dan stuurde hij zijn mannen rechtstreeks naar de slachtbank.

Inmiddels vreesde Schwartz dat dat het geval was.

En dan had hij ook nog de ergste nacht van zijn leven achter de rug. Dat hij zijn zondige hart had verborgen voor de enige vrouw, wat heet, het enige schepsel om wie hij ooit had gegeven, had hem tot in het diepst van zijn ziel geraakt.

Uit zelfbescherming was hij haar uit de weg gegaan, maar daar had hij zo'n verdriet van dat het hem nu niets zou kunnen schelen als hij werd gedood.

Lusteloos zat hij op zijn paard, zwetend als een rund, en vroeg zich af wat hem te wachten stond aan de overkant van die vermaledijde Ponte delle Forche. Daar kwam hij snel achter.

Nog voor zijn mannen de brug over konden steken, verduisterden donkere wolken van pijlen de hete lucht. De kleurige veren boorden zich als dodelijke strikken in de borst van zijn mannen. De ijzeren punten vonden hun fatale weg door de kieren van hun stalen harnas. Aan alle kanten klonken kreten van pijn en ontzetting. Lichamen zakten in elkaar op de aarde en het gele gras. Een van de mannen stortte met een plons de rivier in.

Hij zag hoe een paar van zijn soldaten probeerden de pijlen uit hun hals te rukken. Een ander maaide met zijn armen door de lucht, hij had geprobeerd te vluchten maar kreeg een pijl in zijn rug. Hij liet zijn zwaard vallen en viel voorover, zijn gezicht vertrokken van woede en verbijstering over zo'n absurde en onverwachte dood.

De vijandelijke bogen spanden zich om hun helse boodschap met een dodelijk gesuis weg te schieten.

De hele voorste linie van cavaleristen en infanteristen werd neergemaaid door het salvo van pijlen. De mannen leken een helse trechter in te worden gezogen. Ze dromden vergeefs samen voor de brug en vormden zo het ideale doelwit voor de schutters die hen aan de overkant stonden op te wachten. Ook kwamen er Milanezen onder de stervende paarden terecht, waardoor er een muur van vlees en harnassen ontstond waarop de pijlen vrij spel hadden.

Het was, kortom, één grote gruwelijke slachtpartij en het water van de rivier kleurde rood van het bloed.

Reinhardt kon zich niet langer verstoppen. Hij besloot zijn voorhoede tot in het blikveld van de vijand te leiden en af te wachten wat er zou gebeuren. Om de kans op succes iets te vergroten beval hij de infanterie zich te verspreiden en te voet de rivier te doorwaden om de vijanden via de zijkanten te omsingelen.

Hij wist niet of hij daarmee de strijd zou kunnen keren, maar op deze manier zouden de Milanezen tenminste niet meer het gemakkelijkste doelwit zijn.

Hij hoopte van harte dat hij gelijk had.

50

Het duel

De paarden schuimbekten, hun kloppende spieren glansden in de zon. Cosimo en Lorenzo wisten dat de afloop van de veldslag afhing van hun snelheid en joegen hun paarden op tot een duivels tempo.

De troepen die het antihertogelijk verbond had weten te verzamelen overtroffen die van Piccinino ruimschoots in aantal, maar zo lang ze zaten te niksen in het kamp aan de voet van de muur van Anghiari, waren ze natuurlijk nutteloos. Attendolo was zeker niet van plan de verdediging op te geven, maar als de troepen van Visconti de tijd kregen zich te verspreiden, zouden zijn weinige manschappen zonder meer worden afgeslacht.

Op dat moment hadden ze nog maar te maken met de voorhoede, het grootste deel van het leger van Piccinino zou nog komen wanneer ze eenmaal de Ponte delle Forche over waren, en als het aantal tegenstanders toenam zouden de Venetianen verpletterend worden verslagen.

Dat wilde Cosimo niet op zijn geweten hebben.

Hij gaf zijn paard nog eens de sporen, dreef het dier tot het uiterste.

De velden flitsten in allerlei geeltinten voorbij. Lorenzo reed naast hem. Hij dankte God dat zijn broer bij hem was en dacht eraan hoeveel ze samen al hadden meegemaakt. Het toverde, heel even maar, een glimlach op zijn gezicht, die meteen weer verdween bij de gedachte aan wat hen te doen stond, maar toch gaf het hem nog meer vertrouwen in hun rit.

Al snel kwamen ze in het zicht van het kampement voor de poorten van Anghiari. Cosimo wenkte de schildwachten.

‘Snel, snel!’ schreeuwde Cosimo. ‘Er wordt gevochten bij de Ponte delle Forche! Mannen! Hierheen!’ En terwijl hij schreeuwde had zijn paard het midden van het kamp bereikt en draaide nerveus om zijn as, stampte met de hoeven op de klei en steigerde. Cosimo volgde geroutineerd de onverwachte bewegingen van het dier en commandeerde het weer omlaag. Hij riep Simonetto da Castel San Pietro en zijn pauselijke troepen bij zich.

‘Simonetto! Hierheen!’ schreeuwde hij nog een keer. ‘Stuur je mannen naar de Ponte delle Forche. Als je niet snel bent blijft er van Micheletto en de Venetianen niets over!’

De situatie verslechterde in rap tempo. Na een formidabel begin, waarbij de boogschutters de eerste vijandelijke linies hadden uitgeschakeld, leken de troepen van Visconti zich te hergroeperen. De gelederen waren versterkt met de mannen van Astorre Manfredi en waren op hun beurt overgegaan tot het schieten van pijlen en het uitvoeren van verrassingsaanvallen. Al snel verplaatste de strijd zich naar het midden van de stenen brug over de rivier. Geen van de twee partijen wist van wijken. Ludovico Mocenigo, die niet van plan was de defensieve lijn te verliezen, bevond zich in het hart van de strijd. Hij zat onder het zweet en het bloed.

Met een neerwaartse houw hakte hij de arm van een tegenstander af, draaide een rondje en haalde vervolgens nog een keer horizontaal uit. Het bloed trok een karmijnrood spoor in de lucht. Hij kon bijna geen kant meer op vanwege de lijken die zich ophoopten op de brug. De stenen lagen vol bloed en ingewanden. De geur van de dood en de stank van uitwerpselen van soldaten die het letterlijk in hun broek hadden gedaan van angst, was ronduit ondraaglijk. En dan brandde de zon ook nog eens genadeloos. Ludovico ontweek een houw die uit het niets kwam. Een pijl miste op een haar na zijn ogen en boorde zich in de borst van een van de Milanezen, vlak achter hem.

Hij moest in zijn poging de vijanden op afstand te houden zo ver naar voren zijn doorgedrongen dat hij over zijn eigen helft van de brug was terechtgekomen. Hij durfde niet te hopen de mannen van Astorre

Manfredi terug te kunnen dringen. En helemaal niet toen hij opeens een bekend gezicht zag. Een verschrikkelijk gezicht.

Het was van een man die met een hellebaard zwaaide. Het snavelvormige lemmet drong zich tussen de harnassen van gehard staal. De strijder hanteerde het wapen met een ongelooflijke vaardigheid, slingerde het rond als een molenwiek, gebruikte het als een stormram om de verdediging te doorbreken en maakte gehakt van de tegenstanders.

Ludovico had eerst niet door wie het was, maar toen bracht dat met bloed bedekte gezicht met de dikke snor en de lichtblauwe waterige ogen hem een paar jaar terug, naar Venetië, naar een feest, naar de man die de dame had verdedigd die een aanslag wilde plegen op Lorenzo de' Medici.

Juist toen hij begreep wie hij voor zich had stormde de Zwitserse huurling op hem af.

Toen die hem ook herkende, glimlachte hij en gooide zijn hellebaard aan de kant.

Hij trok een gigantisch zwaard uit de schede, een kolossale Zweihänder, en maaide ermee door de lucht. De beweging vereiste een bovenmenselijke kracht.

Toen zijn lemmet tegen dat van de Zwitser stootte, moest Mocenigo alle zeilen bijzetten om het gevest niet los te laten en over de balustrade van de brug te worden gesmeten. Er gloeide een moordlustig vuur in de ogen van die man.

'Je gaat eraan, Mocenigo!' schreeuwde hij tegen hem. 'Zo waar als mijn naam Schwartz is!' Hij zwaaide het gigantische zwaard omhoog. Mocenigo pareerde de houw met beide handen. Het zweet gutste van zijn gezicht. Zijn armen trilden onder de confrontatie met het zwaard van Schwartz. Hij besefte dat dit duel al zijn krachten zou vergen, en hij was al zo verschrikkelijk moe.

'Dat zullen we nog wel eens zien!' blufte hij en hij haalde zigzaggend uit met een neerwaartse houw. Schwartz pareerde die met gemak en reageerde met een reeks snelle stoten. Mocenigo werd achteruit gedrongen en merkte op dat moment dat niet alleen hij zich terugtrok, maar ook het hele leger van Attendolo, die aan het hoofd van zijn mannen verwoede pogingen deed niet te veel terrein te verliezen. De gelederen dunden uit, de doden en gewonden bij de Venetianen waren niet meer te tellen, maar hij zag ook dat er achter zijn rug een stroom van ijzer en leer vanuit het kampement in de richting van de brug bewoog.

'We houden stand!' schreeuwde hij, al wist hij dat dat ijdele hoop was, want op dat moment werden ze omsingeld door de troepen van Visconti, inmiddels veel talrijker. Ze waadden door de rivier, verspreidden zich vanaf de brug en vormden om hen heen een kring van harnassen, lemmeten en leer, die hen als een tang dreigde te vermorzelen.

Het was slechts een kwestie van tijd.

En Mocenigo wist dat hij weinig tijd had.

'Reken daar maar niet op!' treiterde Schwartz met dat angstaanjagende, kille, met bloed besmeurde gezicht, alsof hij zijn gedachten had gelezen. Met het schuim op de lippen liet hij nog een keer zijn dodelijke Zweihänder op hem neerdalen.

Een slag, daarna nog een. Een fel gekets van lemmeten. Mocenigo raakte uit balans en belandde met een knie op de grond. Langzamerhand brak Schwartz zijn weerstand. Met zijn laatste krachten deed Mocenigo een wanhopige poging tot een ultieme, bevrijdende houw die hij uit zijn tenen haalde.

Maar de Zwitser, die nu hoog boven hem uittorende, pareerde die gemakkelijk en sloeg hem met de volgende houw het zwaard uit de handen. Het vloog wiekend als een windmolentje door de lucht, en boorde zich een paar meter verderop in de zachte, met bloed overstroomde aarde, waar het bleef staan schudden als een gammel kruis.

Mocenigo spreidde zijn armen en wachtte.

De slag kwam meteen.

Cosimo galoppeerde wanhopig naar de brug. Hij was moe. Bernardetto de' Medici en Simonetto da Castel Pietro waren vooruitgesneld op hun verse paarden en hadden de Ponte delle Forche al bijna bereikt. Cosimo zag de gevechten in de voorhoede, de stotende zwaarden, de cavalerie die zich meedogenloos in het gevecht stortte en de soldaten van Astorre Manfredi neermaaide.

Om hem heen was het een en al bloed, stof en zweet.

Toen hoorde hij een schreeuw die hem door merg en been ging. Hij volgde de stem die over het slagveld scheurde, het in tweeën spleet, leek toe te behoren aan een oorlogsgod.

Toen zag hij hem.

Daar stond Reinhardt Schwartz, met één hand leunend op een gigantisch zwaard dat hij in de grond had gestoken.

In de andere hand had hij het hoofd van Ludovico Mocenigo.

Cosimo begreep het niet.

Toen slaakte hij een kreet, waarna er via de flanken een regen van pijlen werd afgevuurd op de troepen van Visconti.

De hel brak los.

51

Schaamte

De pijlen hagelden neer alsof legioenen krijgszuchtige engelen het bevel hadden gekregen ze allemaal tegelijk af te schieten.

Cosimo had nog nooit zoiets gezien.

Hij liet zijn paard omkeren en zocht beschutting.

Het had geen zin om midden in het krijgsgewoel te blijven staan en het risico te lopen doorboord te worden door een verdwaalde pijl.

De stortvloed aan pijlen ging onverminderd door en dunde de gelederen van Visconti uit.

Terwijl hij zich verder terugtrok, zag Cosimo dat vanaf de kant van de heuvel van Anghiari troepen Genuese kruisboogschutters de vallei bestookten met een lawine aan dodelijke punten.

Laura keek naar het slagveld. De tranen rolden over haar gezicht. Midden in het strijdgewoel zag ze Reinhardt vechten als een leeuw. Het leek of hij de dood niet ontvluchtte maar juist opzocht, ermee danste, verleidelijk, smekend hem mee te nemen.

Alsof hij, nu hun vervloekte relatie voorbij was, die dood juist wanhopig liefhad.

Meer dan wie ook. Meer dan haar.

Ze had gehoopt met hem te kunnen praten, een manier te vinden om de laatste ogenblikken met hem samen door te brengen, want ze voelde dat hij deze strijd niet ongeschonden zou verlaten. Het was een voorgevoel dat ze niet kon verklaren, maar dat duidelijk aanwezig was, wanhopig. Iets wat ze wilde tegenhouden, maar voor haar ogen werkelijkheid werd.

Machteloos bleef ze staan kijken, terwijl in haar binnenste het schuldgevoel groeide als een kwaadaardige slingerplant die zijn donkere takken uitstrekte en haar uiteindelijk de adem benam.

De waarheid, die ze uit zijn mond te horen had gekregen, had haar volledig overrompeld.

Hoe had hij al die tijd kunnen zwijgen? Zij had gehouden van haar beul, achter de verkeerde mensen aan gezeten. De Medici waren niet onschuldig, maar ze waren om de verkeerde, even belachelijke als tragische reden, het mikpunt geworden van haar gewelddadige acties.

Tegelijkertijd had Reinhardt haar ook gered, haar verdedigd. In het drama dat haar leven was, had hij als enige haar kant gekozen. Hij had haar beschermd, was bij haar geweest.

Had hij dat gedaan uit barmhartigheid? Uit medelijden? Uit wellust?

Ergens wist Laura het antwoord op die vragen wel. Ze had het altijd geweten. Er was iets zieks en pervers aan hun verhouding, iets wat alleen paste bij twee verloren zielen zoals zij.

Maar toch was er af en toe ook echte liefde opgevlamd. Dat wist ze zeker en die momenten miste ze vreselijk. En ook al was hij dan een gewelddadige, brute man, toen hij die wreedheden beging was hij niet zichzelf. Ja, hij had gelogen, ja, hij had gezwegen. Maar waren de andere mannen die ze in haar leven had gekend een haar beter dan hij? Rinaldo degli Albizzi? Palla Strozzi? Filippo Maria Visconti? De beesten die haar hadden uitgewoond in de tijd dat ze aan de ketting had gelegen op de kar van die vervloekte koopman? En de Florentijnse heren die niet aarzelden om mensen om te kopen? Die mannen betaalden om hun kant te kiezen? Hoe waardig en eervol was dat?

Laura had spijt.

Spijt dat ze die verdorven liefde niet had geaccepteerd. Spijt dat ze een man had gehaat vanwege zijn stilzwijgen, zijn angsten. Spijt dat ze de tijd niet kon terugdraaien.

Ze keek naar het slagveld en voelde haar bitterheid groeien.

Ze snikte omdat ze besefte dat ze het beste deel van haar leven had vergooid, of het nu groot was geweest of klein. Voor haar was het ruim voldoende.

En nu was ze het kwijt.

En zou ze het ook nooit meer terugkrijgen.

Ze keek naar het staal dat blikkerde in de zon. Reinhardt joeg mannen de dood in. Het kon haar niet schelen. Al doodde hij er honderden. Zo was het gegaan. Zij had ervoor gekozen zich tegen de Medici te keren, en nu stonden de Medici op het punt haar geliefde te doden.

Het was oorlog, zeker.

Maar dat was geen rechtvaardiging. Dat mocht het nooit zijn. Wat deed zij voor haar liefste? Wat was zij bereid om op te offeren? Na al die tijd, na de stilte die haar geest had gebroken, nadat ze alles wat ze voelde had verdrongen, weggedrukt, laten gaan. Wat was er nog over?

Niets.

Wilde ze dat?

Blijven toekijken?

Nee, dat wilde ze niet!

Ze wilde niet langer de courtisane zijn van een man die ze minachtte.

Albizzi bevond zich tussen de wapendragers van de hertog, goed verschanst tussen de karren met munitie en voorraden. Hij zorgde er wel voor dat hij zijn handen niet vuil maakte en ver bij het slagveld vandaan bleef.

Laura liep naar een kar waarop iemand een aantal zwaarden had neergelegd. Ze pakte er een dat in een schede zat en maakte het vast aan haar riem.

Daarna keerde ze de lafaards die alleen maar bleven toekijken de rug toe en rende het slagveld op.

Op weg naar haar geliefde en naar de droom een andere vrouw te worden.

Lorenzo zag hoe de pijlenregen de hemel donker kleurde. Een grillige vlek die het blauw overschaduwde, neerdaalde op het slagveld, de vijand lamlegde. Het was een geslaagde aanval.

De vijandelijke soldaten vielen bij bosjes onder de luchtaanval.

Daarna begonnen de eerste bombardes te dreunen, van achter uit het kampement. Het waren ijzeren bussen, vastgezet in de grond die, eenmaal geladen, de hel op aarde ontketenden.

En Lorenzo zag het.

De hel op aarde.

De artilleristen laadden de kogels die in een boog werden afgevuurd en ontploften tussen de mannen van Astorre Manfredi.

Zodra ze de grond raakten, explodeerden ze en reten de soldaten aan stukken. Rode vuurzuilen stegen op vanaf de plekken waar de kogels neerkwamen. Gras vloog de lucht in, kluiten modder en stukken vlees spatten in het rond.

Het slagveld trilde onder het gedreun.

Het kabaal van de schoten was oorverdovend. De soldaten verdrongen zich om de brug in te nemen. De vijandelijke linie week achteruit, beduusd na die laatste, verwoestende explosies. De vaandels waren besmeurd met modder en bloed. Lorenzo, die in de achterhoede bij de reservetroepen stond, viel op zijn knieën. Hij kon zijn ogen niet geloven, want wat hij zag ontsteeg alle verbeelding.

De strijd om de macht was geen rechtvaardiging voor een bloedblad waarin uit naam van de eenheid zo veel mannen werden afgeslacht.

Hij hapte naar adem in de hitte van die vervloekte middag.

De dood, van zo dichtbij, was niet te beschrijven, laat staan te begrijpen.

Hij kon er zijn blik niet van losmaken en na de walging volgde de schaamte.

Hij en zijn broer zouden hun heerschappij grondvesten op bloed.

Die pijn, dat bloedbad, zouden een vervloekte erfenis worden, waar ze dag en nacht mee moesten leven. Voorgoed. Zij moesten regeren met in hun hoofd de waanzin van deze apocalyptische taferelen die zich nooit meer zouden mogen herhalen.

Nooit meer, zei hij bij zichzelf. Nooit meer.

Maar ergens was hij God ook dankbaar. Nu hij zelf getuige was geweest van zo'n afschuwelijk bloedbad, was hij zich ervan bewust geworden dat hij en zijn broer maar al te vaak hadden weggekeken, zichzelf hadden afgeschermd, alsof ze hun handen niet wilden vuilmaken.

Nu had hij het bloed van de gesneuvelden en de modder van het slagveld gezien, en zou hij het nooit meer kunnen negeren.

Hij bad dat de strijd snel voorbij zou zijn.

Zijn broer had beloofd dat uit dat gevecht een nieuwe stateneenheid zou voortkomen. Hij hoopte maar dat hij gelijk had.

JULI 1440

52

De terechtstelling

Het eerste wat Cosimo trof toen hij de trappen naar het podium op klom was het lawaai. Hij ging zitten op een van de houten zetels met hoge rugleuningen die waren klaargezet voor de Raad van Acht. Om zich heen zag hij honderden, zo niet duizenden mensen die vol woede op het plein stonden te wachten in een bijna dierlijke zucht om bloed te zien vloeien.

Het volume van het gebulder leek te verdubbelen toen de kar die de gevangene naar de galg bracht het plein op reed.

Het volk joelde zijn naam alsof het een vloek was en in zekere zin was het dat ook.

'Schwartz! Schwartz! Schwartz!' schreeuwden mannen en vrouwen.

Iemand riep: 'Dood aan de verrader!' waarop de menigte uitbarstte in een instemmend tumult.

Er werd gevloekt, gedreigd. Veel toeschouwers gooiden met spullen, bekogelden de man op de kar met fruit en verrotte groenten. Toen hij voor hem verscheen, keek Cosimo hem aan. Hij was verbaasd op zijn gezicht een uitdrukking van intense vrede te zien, alsof zijn bitterheid was bedaard. Alsof hij zich uiteindelijk had overgegeven en in die overgave een rust had gevonden die door niets en niemand kon worden verstoord.

Het leek of het Schwartz niet kon schelen dat hij zou sterven. Zijn blote armen zaten vastgebonden aan een balk. Zijn lange, rossige haren hingen vettig voor zijn gezicht, als smerige stukken touw. Hij zat op zijn knieën, zijn benen geketend, maar desondanks hield hij voor zover mogelijk zijn borst vooruit en zijn rug recht.

Na alles wat hij had doorstaan toonde hij een onvoorstelbare kracht. In de gevangenis van het Palazzo del Podestà waren de gevangenbewaarders zeker niet zuinig geweest met straffen en martelingen. Om zijn brede borstkas hing een zwart hemd dat praktisch aan flarden was en scherp afstak tegen zijn witte huid. Zijn gezicht was een masker van snijwonden en blauwe plekken, paarsig van geronnen bloed. Zijn lippen waren opgezet en zaten vol korsten. Zijn helderblauwe ogen waren donker geworden als putten waarin je, op de bodem, puur verdriet zou kunnen vermoeden.

Maar dit alles deed niets af aan de waardigheid en de trots waarmee de soldaat de dood tegemoet trad.

Cosimo merkte dat hij bewondering voor hem voelde. Uiteindelijk had hij goed gevochten. Hij had verloren. Maar dat was geen schande. Op het slagveld van Anghiari waren er zeker zes man voor nodig geweest om hem te overmeesteren.

Wat een verspilling van talent.

Hij had iemand als Schwartz in zijn eigen leger moeten hebben. Zeiden ze. Maar nu kon dat niet meer.

Hij schrok van zijn eigen gedachten. Het cynisme, de onverschilligheid die eruit sprak. Was hij een man geworden op wie de dood van een soldaat geen indruk meer maakte?

Toen hij het trapje was opgeklommen naar het podium had hij verwacht medelijden en afschuw te voelen, maar ergens was het of de politiek en de macht, de ellende en de tegenslagen van het lot hem meer hadden veranderd dan hij ooit zou willen toegeven.

Was hij zo bedreven geraakt in de kunst van compromis en berekening dat hij niet eens meer in staat was de waarde van een mensenleven te erkennen? Juist hij, die de vernederingen van gevangenschap aan den lijve had ondervonden en niet had geaarzeld zijn vijanden om te kopen om de doodstraf te ontvluchten die deze man nu kreeg opgelegd.

Hij was niet trots op zichzelf, absoluut niet, maar de schaamteloze, ja, bijna ongepaste moed die Schwartz toonde, was het schrijnendste dat hij in zijn hele leven had meegemaakt.

Maar hij was een leider, hij was heer van Florence en moest zijn taak uitvoeren, voor het welzijn van zijn stad. Hij zou niet wijken. En hij zou zich niet aan zijn lot onttrekken.

Niet nu het zover gekomen was.

En hij kon het zich ook niet veroorloven dat de executie zou veranderen in een lynchpartij. De menigte was uitzinnig van woede.

In de afgelopen dagen werd het Piazza della Signoria gedomineerd door een kolossale houten constructie, een zwarte galg, in een week tijd gebouwd door een grote groep timmerlui. Het schavot was bijna vijf el hoog en de galg zelf torende luguber en angstaanjagend uit boven de zee van mensen die zich verdrongen op het plein.

Boven op de galg zaten kraaien, alsof ook zij niets wilden missen van het spektakel. Een lang, dik, gedraaid touw hing dreigend naar beneden en eindigde in een strop.

De beul stond al klaar. Het was een boomlange man en hij droeg een wapenrusting van donker leer met sierspijkers. De zwarte kap bedekte voor de helft zijn gezicht, er lag een grijns om zijn mond.

Cosimo had liever hém laten executeren. Hij verdiende het. De vele terechtstellingen de afgelopen dagen waren momenten gebleken waarop in de massa de laagste instincten naar boven waren gekomen. Hij kon zich hier niet tegen verzetten, want met dit ritueel werd ook de bevrijding van angst gevierd. Het Florentijnse volk, dat lange tijd de stille getuige was geweest van de vele nederlagen van condottieres die er niet in waren geslaagd Lucca in te nemen, dat lang had geleden onder de strijd tegen Volterra en Pisa, zag nu in Anghiari de overwinning die de poorten zou openen naar nieuwe veroveringen, en nog belangrijker, het begin van een periode van vrede en voorspoed.

Cosimo moest deze schreeuwende menigte in het gareel houden. Hij wilde niet dat wraak en revanche zwaarder telden dan rechtvaardigheid.

In de zetels naast hem zaten de andere zeven leden van de Raad van Acht, de hoogste rechterlijke macht op het gebied van strafzaken. Ze keken wat afwezig om zich heen en leken meer geïnteresseerd in de kostbare stoffen van hun toga's dan in wat zich voor hun ogen afspeelde.

De hitte was intens.

De kar was bij het houten schavot aangekomen. De stadswachten hadden Reinhardt Schwartz laten uitstappen. Ze hadden zijn armen losgemaakt van de balk waaraan ze vastgebonden zaten en hem de ketenen omgedaan.

De Zwitserse huurling klom de treden van de houten trap naar de galg op. De ketenen rinkelden sinister.

De menigte brulde toen de beul Schwartz tot onder het touw leidde, zijn hoofd in de strop duwde, en de lus rond zijn nek straktrok.

Reinhardt was niet bang. Hij was nooit bang geweest, behalve toen hij Laura de waarheid had verteld.

En nu vierde hij zijn eigen kleine triomf. Want hoe hard de massa op het plein ook brulde en hem met rot fruit bekogelde, hoe beledigend de beul hem ook in het gezicht spuugde toen hij zijn hoofd met zijn kolossale handen door de strop duwde, Reinhardt had geen moment zijn ogen losgemaakt van Cosimo de' Medici. Cosimo keek terug, maar het leek hem zo zwaar te vallen dat hij uiteindelijk als eerste zijn ogen neersloeg.

Het was een overwinning van niks, belachelijk, nutteloos zelfs, maar op Schwartz' gezicht verscheen een grijns die bijna voor een glimlach zou kunnen doorgaan.

Hij wist dat Cosimo de' Medici nu heer van Florence was. Met de overwinning bij Anghiari zou hij de absolute macht krijgen over het gebied, maar Reinhardt Schwartz hoopte van harte dat die macht hem na verloop van tijd de kop zou kosten.

De Signoria veroveren was één ding, de controle handhaven was een heel ander verhaal.

In zekere zin was het voor hem een opluchting om op deze manier van het toneel te verdwijnen. Hij had dapper gestreden en zijn voorouders eer aangedaan. Hij had veel vijanden gedood en een prachtige vrouw liefgehad. De meeste mannen zouden nog niet durven dromen van de helft van al het moois dat hij had meegemaakt.

Nu hij op het punt stond te sterven realiseerde hij zich dat voor het eerst.

Hij had nergens spijt van, bijna nergens.

En juist omdat het laatste restje spijt nog spartelde in de golven van zijn ziel, besloot hij zich ervan te bevrijden.

Hij schreeuwde.

Zo hard hij kon.

Hij proefde de schoonheid van haar naam. Eindelijk had hij de moed gevonden om de woorden uit te spreken die hij zijn leven lang, zonder reden, had besloten te negeren.

'Laura! Ik hou van je!' Toen sloot hij zijn ogen en wachtte op het moment dat alles voorgoed voorbij zou zijn.

Hij voelde het valluik plotseling opengaan onder zijn voeten. Zijn benen verloren het contact met het hout en de ruk van het touw was als een zweepslag.

Het kabaal van de menigte was oorverdovend.

Hij stierf niet meteen. Het duurde even. Eindeloze ogenblikken waarin het touw zijn ademhaling afsneed, de lucht leeg werd, toen van glas, en ten slotte een storm van onzichtbare naalden die hem de adem benamen en vernietigden.

En terwijl zijn lichaam vocht tegen de dood, vlogen zijn geest en zijn hart naar Laura.

Hij hoopte dat ze ergens op de wereld aan hem dacht.

Met dat laatste vleugje bewustzijn stierf hij.

53

Genade en wraak

Toen Reinhardt nog leefde had Cosimo nooit mededogen voor hem getoond. Na zijn dood wilde hij zich daarom milder opstellen.

Omdat hij voorvoelde wat er zou gebeuren, had hij de kapitein van de Stadswacht orders gegeven het lijk over te dragen aan de vrouw die het die nacht zou komen opeisen. Haar naam was Laura Ricci.

Hij wist het natuurlijk niet zeker, maar mocht het gebeuren dan wilde hij dat zij de beschikking kreeg over het stoffelijk overschot. Vriend of minnaar, voor haar was hij in elk geval belangrijk geweest. Cosimo wilde op dit moment maar één ding, en dat was vrede. En mededogen tonen voor de vijand was een goed begin.

De kapitein van de Stadswacht begreep zijn bedoelingen niet, maar had beloofd de ongewone order op te volgen.

Cosimo had hem bedankt en was naar huis gegaan. De afgelopen dagen hadden er aan de lopende band executies plaatsgevonden. Het was een ware slachtpartij geweest. Hij vreesde dat de mensen op het plein met elke ophanging of onthoofding iets meer van de menselijkheid die hun nog restte waren kwijtgeraakt.

Dit was de laatste executie geweest, zei hij bij zichzelf, nu moest de stad die afschuwelijke periode achter zich laten en gaan genieten van de vrede. Vrede zou de grondslag vormen voor zijn bestuur.

Zijn broer had er niet meer tegen gekund en zijn toevlucht gezocht in de villa in Careggi. Na die krankzinnige dagen had hij zich voorgenomen zich geleidelijk terug te trekken uit de leiding van de Bank en het politieke leven. Cosimo had hem gevraagd er nog eens over na te denken, maar wist dat dat niets zou uithalen.

Hij vond het jammer.

Hij zuchtte toen hij bij zijn huis aankwam.

Hij hoopte dat hij kon rekenen op medeleven van zijn vrouw en kinderen.

Zij vond het niet genoeg.

De Medici hadden haar weliswaar toegestaan het lijk van Reinhardt mee te nemen, maar haar verdriet, de haat die ze altijd voor hen had gevoeld, werd in die nacht van de waarheid alleen maar erger.

Zij hadden de stad in handen.

Om zover te komen hadden ze mensenlevens geofferd, de Medici, op het slagveld en op het plein. Onder het mom van rechtvaardigheid.

Toen Laura het zwaard had gepakt en zich naar het slagveld bij Anghiari had gerept, had ze niet veel kunnen uitrichten. Bij de vlakte aangekomen had ze gezien dat de grond bezaaid lag met mannen, doorzeefd met pijlen, verminkt, gewond, in doodsnood.

Bij het zien van al die verschrikkingen was ze als versteend blijven staan, had met haar ogen Reinhardt gezocht, in de hoop dat ze hem ergens ontdekte, maar al snel werd ze meegesleurd in de chaotische aftocht van wat er over was van de troepen van Piccinino. Ze had een klap op haar hoofd gekregen en was op de grond gevallen, in het bloed en het stof.

Toen ze even later weer bij haar positieven was gekomen had ze als een geest over het veld gedwaald. Ze had alleen maar doden gezien, maar Schwartz lag er niet bij. De geur was onverdraaglijk en werd nog versterkt door de hitte.

Ze was weggelopen, en op de weg naar Sansepolcro, ver van de plek waar de strijd had gewoed, had ze een paard gevonden dat stond te grazen in het gele gras. Ze was in het zadel geklommen en ervandoor gegaan.

Nu was het een week later en stond ze hier.

Aan de voet van de galg.

Ze was gekomen met een klein escorte. Bewakers die haar door Filippo Maria Visconti waren toegewezen voor als ze wilde reizen. Het waren Venetiaanse overlopers, dus ze zouden worden aangezien voor bondgenoten van Florence. Ze hadden een plaatselijke doodgraver geronseld die voor een paar dukaten een kar had geleverd om het lijk te vervoeren.

Toen ze waren aangekomen had de kapitein van de Stadswacht gevraagd of ze Laura Ricci was, want in dat geval had ze toestemming het lichaam mee te nemen. Die orders had hij gekregen van Cosimo de' Medici.

Even had Laura gedacht dat het een val was, maar daarna besloot ze het te vertrouwen. Wat had ze te verliezen na alles wat ze al was kwijtgeraakt?

De doodgraver had met hulp van de Venetianen Schwartz' lichaam voorzichtig op de kar gelegd.

Om te voorkomen dat ze problemen zouden krijgen had de kapitein van de Stadswacht hen laten begeleiden tot aan de Porta di San Giorgio, en vanaf daar waren ze alleen verdergegaan.

In het holst van de nacht waren ze gestopt bij een villa op het platteland.

De eigenaar was goed betaald.

Laura had Reinhardts lichaam naar een kamer laten brengen, waar het op een donkere houten tafel was neergelegd.

En nu lag hij daar.

Ze keek naar hem. Nu ze eindelijk met hem alleen was, liet ze haar tranen de vrije loop. Tranen van vergiffenis. Voor Reinhardt en voor haarzelf, als verzachting van haar schuldgevoel omdat ze hem had verlaten.

Toen ze al haar tranen had vergoten, waste ze haar gezicht en handen en ging aan het werk.

Ze liep naar Reinhardt toe.

Ze begon met het schoonmaken van zijn mond, ogen, neus en oren. Ze gebruikte een mengsel van azijn, citroen en calendula dat ze speciaal voor de gelegenheid had gemaakt. Ze nam er de tijd voor, deed het grondig en zorgvuldig.

Toen ze daarmee klaar was bracht ze een laag olijfoliezeep aan op zijn gezicht, waarna ze hem schoor om zijn huid zo glad mogelijk te maken. Daarna waste ze zijn krachtige ledematen met zachte sponzen en natte linnen doeken.

Hij was koud als marmer en zijn huid, die al bleek was tijdens zijn leven, was nu bijna blauw. Het kon haar niet schelen, ze vond hem nog steeds mooi. Voor het wassen gebruikte ze ijskoud rozenwater. Daarna masseerde ze zijn lichaam tot haar spieren er pijn van deden. Ze werd er doodmoe van, maar juist dat schonk haar een grenzeloze vreugde. Ze wilde perfect zijn, ze wilde de sporen van de dood uitwissen.

Nadat ze zijn prachtige blauwe ogen voorgoed had gesloten, wreef ze het lichaam in met geurige zalven en oliën om de geur van de dood die al in de grote, ruime kamer hing te verdrijven.

Tot slot sloot ze zijn lippen door ze met een dunne draad te hechten.

Ze wilde alles voor hem doen wat ze in dat laatste jaar niet had gekund. Ze wilde voor zijn stoffelijk overschot zorgen zoals niemand anders dat had kunnen doen. Wat ze op dat moment deed moest één grote liefdesverklaring zijn van haar aan Reinhardt.

Toen ze klaar was wikkelde ze het lichaam in linnen doeken, geparfumeerd met munt en brandnetel. De zon stond inmiddels hoog aan de hemel.

Ze sloot de gordijnen tot op een kiertje, zodat er nog net een smal straaltje licht door kwam. Ze hulde de kamer daarmee weer in het schemerdonker en zonk neer in een fauteuil van fluweel met ingeweven damastpatronen.

Ze probeerde wat te slapen, maar het lukte niet.

Na de concentratie en de fysieke inspanning kon haar fantasie nu vrijelijk ronddwalen in de duisterste uithoeken van haar door woede en wraaklust verteerde geest.

Ze had nog maar één doel.

Het hele Medici-geslacht zou worden uitgeroeid. Ze wilde hun achtste plaag van Egypte worden. Ze zou kinderen krijgen, ze zou ze opvoeden met haat jegens de Medici en die kinderen zouden op een dag verraders en moordenaars worden, mannen die zouden afrekenen met de nakomelingen van Cosimo en Lorenzo.

Ze was nog mooi.

En vruchtbaar.

Ze was slim en haar meedogenloosheid zou geen grenzen kennen. Haar wraak zou neerdalen op de Medici als een gevleugelde demon. Een demon die met zijn klauwen hun harten zou uitrukken en die druipend van het bloed te kijk zetten op glimmende lanspunten.

Ze zwoer het op Reinhardt.

Ze beloofde het zichzelf.

Toen viel ze eindelijk in slaap.

54

De dood van Lorenzo

Het gebeurde allemaal zo onverwachts, dat het nauwelijks tot Cosimo doordrong. Nog geen maand geleden vocht hij nog samen met zijn broer bij Anghiari en nu vocht Lorenzo tegen de dood.

Hij had niet lang meer te leven.

Cosimo was net aangekomen in Careggi.

Na de terechtstelling van Reinhardt Schwartz was hij vlak bij huis een dienstmeid tegengekomen die erop uit was gestuurd om hem te waarschuwen. Ze zag er overstuur uit en vertelde dat de familie naar Careggi was vertrokken omdat Lorenzo die ochtend onwel was geworden.

Daarop was Cosimo meteen op zijn paard gesprongen en naar Careggi gereden, naar het landhuis waar Lorenzo zich had teruggetrokken om zich eindelijk te wijden aan zijn meest geliefde tijdverdrijf, de jacht.

Na het bloedbad van Anghiari was hij definitief op het platteland gaan wonen.

En nu zat hij daar.

'Het is niet eerlijk, het is niet eerlijk...' murmelde Ginevra, kijkend naar haar man die nauwelijks in staat was te praten.

Lorenzo zat in zijn lievelingsstoel, buiten op de galerij tegenover de binnenplaats, ondanks de hitte van die vervloekte julimaand.

Hij hield veel van die tuin. Als zijn leven moest eindigen, dan het liefst daar, had hij gezegd.

Voordat Cosimo naar zijn broer toe kon lopen omhelsde Ginevra hem, in tranen.

Het kostte Lorenzo moeite om te praten. Hij leek in één nacht tijd tien jaar ouder geworden. Zijn prachtige groene ogen stonden mat, leken uitgedoofd.

'Lieve broer,' zei hij, 'mijn tijd is gekomen. Eerlijk gezegd had ik het niet zo vroeg verwacht, maar ik aanvaard Gods wil.'

Cosimo nam de handen van zijn broer in de zijne.

'Dit is geen moment voor grapjes, Lorenzo.'

'Cosimo, eerlijk, ik heb nog maar een paar uur. Ik heb veel pijn op mijn borst en de artsen zeggen dat ik de ochtend niet meer haal, dus laten we geen tijd verliezen...' Lorenzo deed zuinig met zijn laatste energie, hij wilde nog kunnen zeggen wat hij kwijt moest. 'Eerst mijn gezin. Zorg voor Ginevra en mijn twee jongens Francesco en Pierfrancesco. Niemand kan dat beter dan jij.'

'Je weet hoeveel ik van hen houd. Ik zal net zo veel van hen blijven houden als van Giovanni en Piero,' antwoordde Cosimo ontroerd.

'Dank daarvoor. Het was een eer jouw broer te zijn... Ik denk vaak terug aan hoe we er samen opuit trokken om Niccolò da Uzzano te waarschuwen... en daarna... En daarna, naar het kampement van Francesco Sforza... weet je nog?'

'Natuurlijk weet ik dat nog, Lorenzo, hoe zou ik dat kunnen vergeten?'

Zijn broer knikte, maakte aanstalten om verder te praten, alsof hij in die laatste ogenblikken alles wilde opnoemen wat ze samen hadden beleefd. Cosimo begreep het en nam het, om hem niet verder te vermoeien, van hem over.

Om hen heen leek de tijd stil te staan. Vrouwen, kinderen, iedereen hield de adem in, als zwijgende getuigen van het eind van een tijdperk.

'En later het vonnis, mijn gevangenschap, jij, met een heel leger voor de poorten van Florence...' ging Cosimo verder, '... waar je hoort dat we worden verbannen. En dan Venetië, met die vervloekte vrouw, de aanslag...' Op dat moment werd de emotie te groot en brak zijn stem. De tranen kwamen, hij voelde dat hij een deel van zichzelf verloor.

'J-ja,' onderbrak Lorenzo hem en pakte zijn arm. 'En t-toen de terugkeer naar Florence... het verbond, het concilie... Ferrara, Florence en daarna Anghiari...' Zijn greep verslapte opeens, zijn hand liet Cosimo's arm los. Zijn stem werd nog zwakker, hij fluisterde, viel toen stil. Zijn altijd zo levendige ogen waren nu onbeweeglijk, dof als edelstenen die plotseling hun natuurlijke glans hadden verloren.

Cosimo omhelsde hem, drukte hem tegen zich aan.

Hij huilde.

Lorenzo was er niet meer. Hij zou zijn moed missen, zijn rechtvaardigheidsgevoel, zijn nobele geest, zijn gulle hart. Nooit meer zou hij zijn mooie, krachtige stem horen, zijn attente woorden, zijn schaterlach op vrolijke dagen, zijn troost in dagen van rouw.

Cosimo vond geen woorden om het de anderen te zeggen: Ginevra, die met behuilde ogen naar hen stond te kijken, Francesco en Pierfrancesco, die kapot waren van verdriet, Contessina, Giovanni, Piero. Het was alsof zijn woorden voorgoed op waren. Hij bedacht hoe oneerlijk de dood was, om Lorenzo als eerste bij zich te roepen. Hij, de jongste, de edelmoedigste, de eerlijkste. Hij die nooit had meegedaan aan samenzweringen, nooit anderen uit het zadel had gewipt, die altijd had verdedigd en nooit aangevallen omdat hij nu eenmaal niet agressief of vulgair was.

Cosimo was intens verdrietig. Wat stelde zijn leven nog voor zonder zijn broer?

Wat moest hij zonder Lorenzo? Lorenzo, die de ziel was van de familie, altijd aanwezig als hij te druk was met politiek. Lorenzo, die meer dan wie ook de activiteiten van de Bank had ontwikkeld en uitgebreid en er samen met Giovanni de' Benci op had toegezien dat de verschillende vestigingen deugdelijk werden beheerd. Lorenzo, die praktisch en zakelijk was en geen tijd verloor met geklets.

Cosimo vlijde zijn broer voorzichtig tegen de rugleuning van de mooie fluwelen stoel.

Toen liep hij naar Ginevra, naar Contessina, Francesco, Giovanni, Pierfrancesco en Piero. Hij omhelsde hen allemaal tegelijk. Zij waren zijn familie. Nu was hij het, hij alleen, die voor hen moest zorgen. Zeker, hij had hun verzekerd van een goede toekomst, hij had gevochten voor de vrede en veiligheid van de stad, maar nu waren de dagen aangebroken waarin hij wilde genieten van liefde en rust, de dagen van luisteren en het geven van goede raad.

Geen onderlinge strijd en corruptie meer, geen geheime verbonden, geen concilies, geen benoemingen of complotten om heersers van de troon te stoten.

Hij zou zich gaan wijden aan de familie. Beetje bij beetje zou hij zich terugtrekken uit het politieke leven en het aan zijn zonen overlaten om de Medici-partij te laten bloeien, de taak die hij zo lang had uitgevoerd en hem langzaam maar zeker zijn leven had ontnomen. Hij moest stoppen voordat het te laat was. Als eerbetoon aan zijn veel te vroeg gestorven broer.

Hij zou zich inzetten voor zijn familie, en nu niet alleen om erfgoed, eigendom en economische zekerheid veilig te stellen, maar ook, en vooral, omdat liefde, adviezen, onderricht en een goede opleiding onmisbaar waren, niet alleen voor zijn zonen en neven, maar ook voor hemzelf. Ginevra had hem nu meer dan ooit nodig, en Contessina ook.

Het was nu tijd voor reflectie en zorg.

Hij zou doen wat hij van Lorenzo had geleerd.

Hij maakte zich los uit de omhelzing en haalde de bedienden om hem te helpen het lichaam van zijn broer naar binnen te dragen. Ze zouden een rouwkamer inrichten zodat iedereen kon komen om Lorenzo de laatste eer te bewijzen. Daarna zouden ze een vorstelijke uitvaartmis houden in de San Lorenzo.

Hij keek omhoog naar de blauwe lucht, en zag hoe de zon als een vuurbal aan de hemel stond en haar stralen uitstrooide over de goudblonde korenvelden.

September 1453

55

ZOETE HOOP

Mijn beste Cosimo,

Ik hoop dat deze brief u in goede gezondheid bereikt. Ik verwacht dat uw scherpzinnigheid met de jaren alleen maar is toegenomen, verrijkt door ervaring en geduld, deugden die des te kostbaarder zijn wanneer ze gesmeed zijn in de schitterende smidse van de tijd.

Helaas schrijf ik u niet de brief die ik had willen schrijven. Dat heeft niet te maken met mijn achting voor u, die, zoals u weet, niet is afgenomen, maar met de strekking van mijn verhaal.

De inname van Constantinopel heeft mij namelijk zo aangegrepen dat het mij niet alleen moeite kost om daarvan te herstellen, maar ook om de omvang en de gevolgen van deze tragedie te bevatten. Het voelt of ik door de val van mijn geliefde stad ook voorgoed mijzelf ben kwijtgeraakt. En in zekere zin vrees ik dat dat ook zo is, want niets zal voor mij meer zijn zoals het was.

Als ik denk aan de onderdrukking van al die mensen en, erger nog, aan het feit dat ze vanuit een situatie waarin ze blij en gelukkig waren in een duistere, uitzichtloze afgrond van ongeluk zijn gestort, dan kan ik me daar niet bij neerleggen.

Dat ik jaren geleden ben gevlucht, want dat is het juiste woord, en bescherming heb gevonden bij de westerse Kerk van Rome, maakt die pijn er alleen maar erger op, en maakt me tot een lafaard en verrader, omdat ik, zelfzuchtig, voorgoed afstand heb genomen van wat me het liefst was. Die vlucht klinkt nu als een eeuwigdurende ballingschap. Ik weet dat u begrijpt wat ik bedoel, want lang voor mij hebt u het-

zelfde meegemaakt, toen mannen die van verraad en bedrog een kunst hadden gemaakt u onterecht verbanden uit uw geliefde Florence.

Wanneer ik maar even terugdenk aan de onbeschrijflijke schoonheid van de kerken en paleizen van Byzantium, aan de prachtige formuleringen in de wetboeken en gedenkschriften, aan onze mooie taal die nu voorgoed verloren is, keren mijn hart en mijn geest onwillekeurig terug naar het gesprek dat we dertien jaar geleden voerden in Florence, in de San Lorenzo, weet u nog wel?

We waren toen vol hoop en verwachting, en droomden van vrede tussen de Kerken, van een hechte eenheid, klaar om een front te vormen tegen de islamitische stootkracht die onoverwinnelijk leek. Maar toen is gebeurd wat er is gebeurd, en geen woord kan ooit de mislukking wegpoetsen van een man die nu iedereen beschuldigt van medeplichtigheid, zo niet openlijk verantwoordelijk stelt.

Als ik eraan denk dat met de val van het centrum van de politieke en spirituele macht ook mijn volk valt, en met het volk ook de boeken en de taal, het enige waarmee we ons tot nu toe onderscheidden van de barbaren, verloren zullen gaan, dan kan ik niet zeggen hoe radeloos ik ben en hoezeer de stroom aan bittere gedachten mijn geest sloopt.

Maar ik moet het dragen, en om me dichter bij God te voelen hoop ik spoedig deze aarde te verlaten en te vluchten naar de hemel, naar het hemelse koor.

Vergeef me, mijn vriend, want deze tirade is al even dwaas als nutteloos. Ik kan de tijd niet terugdraaien en de loop van de geschiedenis niet veranderen. Het hele gebeuren is al bijgeschreven in het grote boek van de herinnering en zal spoedig afbrokkelen, als de stenen van een door oorlog verwoest kasteel. Toch hoop ik op een dag iets van u te horen om uit uw woorden iets van troost te putten.

Met dank voor uw welwillende aandacht wil ik deze brief afsluiten.

Oneindig dankbaar omhels ik u,
Johannes Bessarion

Cosimo keek op van het vel perkament. De woorden die hij net gelezen had waren vlekkerig van zijn tranen. De brief verwoordde niet alleen het diepe verdriet van zijn vriend, maar ook het falen van het plan dat ze een paar jaar geleden hadden gehoopt samen te realiseren. Helaas was de tijd er niet rijp voor geweest, daar kon hij niets aan veranderen.

Hij zat in de bibliotheek. Er vielen een paar zonnestralen door een kier van de gordijnen die de grote ramen van de villa afschermden van de felle septemberzon. In tegenstelling tot wat je zou verwachten was de ochtend fris en stond er een licht briesje dat af en toe de berg papieren deed opwaaien op het bureau waaraan Cosimo graag een groot deel van de dag doorbracht.

Na zijn jaren in de politiek en in het bestuur van de Bank was er inmiddels een tijd van rust aangebroken en wijdde hij zich aan literatuur en filosofie. Hij had zich daarvoor teruggetrokken in Careggi, in de door Michelozzo verbouwde villa.

Die plek was hem lief vanwege de vele herinneringen. Zijn geliefde broer was er overleden en juist in die trieste, troosteloze dagen had Cosimo besloten geleidelijk aan afscheid te nemen van het politieke leven, om zich te wijden aan zijn familie. Daarnaast was de villa de plek waar hij ontspanning vond en tot rust kon komen, nu hij de leiding over de Medici-bank definitief had overgedragen aan zijn tweede zoon Giovanni en zijn verplichtingen op politiek terrein aanzienlijk had teruggeschroefd.

Inmiddels was zijn tijd ook voorbij.

Zijn grote vijanden, Rinaldo degli Albizzi en Filippo Maria Visconti, waren al geruime tijd dood. Zijn meest bijzondere bondgenoot, Francesco Sforza, was er eindelijk in geslaagd hertog van Milaan te worden, waarmee hij een verbond had bekrachtigd waarin Florence, ondanks haar verwijdering van Venetië, als belangrijkste stad de hoofdrol speelde.

Ook paus Eugenius IV was dood. Voor Cosimo, die een goede band met hem had, was dat een grote klap geweest. Dat gevoel van eensgezindheid ervoer hij bepaald niet bij de nieuwe paus, Nicolaas V, die van oudsher gelieerd was aan de Albizzi en de Strozzi. Cosimo hield hem ook verantwoordelijk voor het gebrek aan steun aan de Byzantijnse keizer Constantijn XII Paleologus in de strijd tegen de Turken.

De woorden van deelneming die de paus na de val van Constantinopel had uitgesproken hadden hem dan ook bijzonder wrang in de oren geklonken en in schril contrast met zijn werkelijke inzet, die vrijwel nihil was geweest. Dat alles maakte de woorden van Johannes Bessarion des te treuriger.

Het was waar dat Constantijn XII de eenheid der Kerken, zoals die gevierd was tijdens het concilie van 1439 in Florence, niet officieel had erkend en dat was een probleem geweest. Maar rechtvaardigde die nalatigheid de onverschilligheid van de nieuwe paus, die achteraf bezien daarmee de hele westerse wereld dreigde te verzwakken?

Cosimo wist het niet, maar na alle veldslagen en gevaren, na alle ballingschappen en conflicten, was dit misschien het moment om samen met zijn familie eindelijk van de rust te gaan genieten.

Hij schoof de gordijnen open en keek naar de prachtige tuin.

De tuin waar zijn broer zo van hield en die inmiddels geel en oranje kleurde door de herfst.

Hij herkende zichzelf in het seizoen. Hij was een oude man, goed voor adviezen en spelletjes met zijn kleinkinderen. De wereld zoals hij die kende was totaal veranderd, zo niet verdwenen. Wat op dat moment telde was de liefde voor zijn familie, vrede en welvaart. De vreugde dat hij Contessina nog aan zijn zijde had. De voldoening over zijn kinderen, die nu elk op hun eigen manier verantwoordelijk waren voor de toekomst van de Medici.

Over Giovanni was hij tevreden, maar over Piero maakte hij zich zorgen. Hij leed aan jicht, net als hijzelf, en had weinig talent voor de politiek, die hem weinig voldoening schonk. De positie van de Medici in de stad was buitengemeen sterk, maar dat was zeker niet te danken aan Piero.

Terwijl hij in gedachten verzonken stond te kijken naar de kleurnuances in de tuin voor hem, hoorde hij een zilverachtig stemmetje in de gang die naar de bibliotheek leidde.

Voor hij hem kon roepen stormde een kleine bruinharige wildebras de bibliotheek binnen.

‘*Nonno, nonno!*’ riep een jochie met een aanstekelijke lach en glinsterende ogen. ‘Eindelijk heb ik je gevonden! Waar had je je verstopt?’ De kleine Lorenzo keek hem onderzoekend aan, als een speurneus op zoek naar ook maar de kleinste aarzeling bij zijn grootvader.

Cosimo glimlachte. Hier was hij Piero in elk geval dankbaar voor, dat hij hem deze fantastische kleinzoon had geschonken. Het pientere kind dat altijd boordevol plannetjes zat was zijn oogappel.

‘Ik was de hele tijd hier, Lorenzo, waar dacht je dan dat ik was?’ antwoordde hij.

‘Zweer dat je niet liegt!’ volhardde het mannetje.

Grootvader vergaf het kind zijn brutaliteit en knikte deemoedig. ‘Ik spreek de waarheid, zo waar als we nu de tuin in gaan. Als je dat leuk vindt.’

‘Jááá!’ juichte de kleine kwajongen die niet kon wachten om door de boomgaard te rennen. ‘Naar de tuin! Naar de tuin!’

‘Maar als je dat echt wilt, moet je even geduld hebben, want ik moet nog wat warms aantrekken en mijn benen willen niet meer zo snel. Grootvader is niet meer zo jong als vroeger. Beloof je dat je me dat momentje gunt?’

‘Dat beloof ik,’ zei de kleine Lorenzo parmantig en trok er een ernstig gezicht bij.

‘Goed zo. Ik kom zo bij je.’

‘Zal ik dan alvast gaan?’ vroeg het jongetje, klaar om weg te rennen.

‘Ja, ga jij maar vooruit, stoere man. Wacht onder aan de trap op me.’

‘Joepie!’ riep Lorenzo en stoof de bibliotheek uit.

Toen grootvader Cosimo hem even vliegensvlug als hij gekomen was zag wegdraven kon hij een glimlach niet onderdrukken.

‘Kom op ouwe,’ zei hij tegen zichzelf, ‘of je zult je kleinzoon teleurstellen, zo waar je Cosimo de’ Medici heet.’

En dat, bedacht hij, zou hij niet kunnen verdragen.

Verantwoording

Het schrijven van een historische trilogie zoals deze vraagt, begrijpelijkerwijs, 'wanhopig veel' studie. Elk detail, elke scène, elke gewoonte, elk gebruik moet worden gelezen, overdacht en gereconstrueerd.

Wie de heldendaden van de Medici wil bezingen, heeft een lange adem nodig: de periode waarin de familie een prominente rol speelde in de stad Florence beslaat bijna driehonderd jaar, van het begin van de vijftiende tot de achttiende eeuw.

Om die reden moest ik keuzes maken: de eerste roman is gewijd aan Cosimo de Oude, de tweede aan Lorenzo *il Magnifico* en de derde aan Caterina de' Medici, koningin van Frankrijk.

Binnen die indeling heb ik gekozen voor een vertelling in scènes; dat was de enige manier waarop ik een ruime periode kon beslaan zonder de continuïteit te verliezen.

Ter voorbereiding op deze roman bestudeerde ik de *Istorie Fiorentine* van Niccolò Machiavelli en de *Storia d'Italia* van Francesco Guicciardini. Ik koos voor deze werken omdat ik behoefte had aan documenten waarin de taal en de kleuren van de tijd goed werden getroffen. Daarnaast heb ik enkele 'pelgrimages' naar Florence ondernomen, om met eigen ogen de pleinen, de koepels, de kathedralen en de *palazzi* te zien, want die stad ís geschiedenis.

En over koepels gesproken: alleen al het eerste hoofdstuk, gewijd aan Filippo Brunelleschi's werk aan de grote, imposante koepel van de Santa Maria del Fiore, vereiste aanzienlijk wat onderzoek.

Van de vele monografieën noem ik in elk geval die van Eugenio Battisti (*Filippo Brunelleschi*, New York 1981) en Ross King (*Brunelleschi's*

Dome. The Story of the Great Cathedral in Florence, New York 2000).

Ook de Slag bij Anghiari, een andere, zeer belangrijke passage in dit eerste boek, vereiste studie. Hier beken ik enige vrijheid te hebben genomen, het is aan u om die te ontdekken. Een romancier moet ook fantaseren: het is in de mengeling van waarheid en *inventio* dat de historische roman wordt geschapen.

Wel kan ik zeggen dat de gevechtstechnieken en verschillende fases in de Slag bij Anghiari met aandacht en brongetrouw zijn gereconstrueerd. Van de geraadpleegde monografieën noem ik graag die van Massimo Predonzani (*Anghiari 29 giugno 1440. La battaglia, l'iconografia, le compagnie di ventura, l'araldica*, San Marino 2010).

Een andere sleutelkwestie was die van het leger, de troepen huurlingen en de bijzondere relatie die bestond tussen Renaissance-heren en kapiteins. Het beroep van soldaat was, als ik Ermanno Olmi citeer, in de Renaissance bijzonder wijdverbreid en winstgevend, althans voor degenen die moedig en meedogenloos genoeg waren om voortdurend een andere vlag te kiezen. In dat verband was Ghimel Adars *Storie di mercenari e di capitani di ventura*, Genève 1972, van essentieel belang.

Daarbij moet ik benadrukken dat ik duels en veldslagen niet naar tevredenheid had kunnen beschrijven zonder Giacomo di Grassi's *Ragione di adoprar sicuramente l'Arme sì da offesa, come da difesa; con un Trattato dell'inganno, et con un modo di esercitarsi da se stesso, per acquistare forsa, giudizio, et prestezza*, Venetië 1570, en Francesco di Sandro Altoni's *Monomachia – Trattato dell'arte di scherma*, San Marino 2007. Dit alles heeft me er niet van weerhouden om aan de traditie een modern aroma toe te voegen, waardoor de termen niet altijd volgens het boekje worden gebruikt. Ik vertrouw op uw vergevingsgezindheid.

Ook wat betreft voedsel en de volgorde in maaltijden heb ik gekozen voor een 'cosmetische' oplossing, om leesbaarheid en begrip te bevorderen… maar dit zijn 'mindere zonden', hoop ik.

Dankwoord

Deze roman is de eerste in een trilogie die, althans voor mij, hét Verhaal der Verhalen vertelt: de sage van de machtigste familie van de Renaissance: de Medici. Voor mij als romancier geen gemakkelijke uitdaging; gelukkig had ik de perfecte uitgever voor een dergelijk project.

Al sinds lange tijd wilde ik publiceren bij Newton Compton. Als jongen ben ik opgegroeid met de romans van Emilio Salgari, een reus in de Italiaanse literatuur, auteur van geweldige personages als Sandokan en de Zwarte Piraat, over wie ik las in de prachtige Newton Ragazzi-reeks. Wanneer mijn vader deze heerlijke boeken met hun wit-met-rode banden mee naar huis bracht hield ik niet meer op met lezen. Het was dan ook de vervulling van een droom om, dertig jaar later, een van de stamvaders van de Italiaanse uitgeverswereld te ontmoeten: Vittorio Avanzini. Dat ik bij Newton Compton zou gaan publiceren maakte me zo blij… ach, ik kan het nog steeds niet geloven. Niet alleen was Vittorio Avanzini de grote vraagbaak voor de redactie van deze en de twee volgende romans; als kenner van de Italiaanse Renaissance en authentiek Medici-liefhebber deed hij me ook nog eens eindeloos veel ideeën en aanknopingspunten aan de hand. Naar hem gaat mijn diepste dankbaarheid uit.

Dank, ook, aan Raffaello Avanzini: voor zijn moed, zijn intelligentie, zijn energie. En voor de intuïtie en de overtuiging dat een verhaal als dat van de Medici en de Renaissance absoluut moest worden verteld. Het vertrouwen dat hij in mijn werk stelde is een kostbaar geschenk, zijn woorden zijn zo bemoedigend dat ze zelfs de luiste auteurs zouden aansporen. Elke ontmoeting met hem is verrijkend. Het doet me plezier te zien hoe diep hij gelooft in uitgeven, in boeken, en met welke vastberadenheid hij elk detail uitlegt als een nieuwe kans. Dank je wel, dus, mijn kapitein, voor dit prachtig avontuur.

Naast mijn uitgevers wil ik ook mijn agenten bedanken: Monica Malatesta en Simone Marchi, die, zoals altijd, het verschil maakten. Ze werkten, werkten en werkten… onafgebroken. Sinds ik hen ken, is mijn leven als romancier ongelooflijk veranderd. Ik wens alle auteurs een samenwerking met dergelijke professionals toe.

Alessandra Penna, mijn redacteur: dank je wel zeggen is niet genoeg. Haar geduld, de prachtige oplossingen die zij voorstelde, haar lessen, haar e-mails, de checks, de groeten in het Duits… alles was gewoonweg geweldig, zelfs zo geweldig dat ik – zeg ik dat? – sta te trappelen om weer te beginnen…

Dank aan Martina Donati voor haar adequate opmerkingen, die ze, uiterst vrijgevig en deskundig, rondstrooide.

Dank aan Antonella Sarandrea voor haar effectieve strategieën, de vindingrijkheid waarmee ze deze trilogie onder de aandacht van de pers wist te krijgen.

Dank aan Carmen Prestia en opnieuw aan Raffaello Avanzini voor hun geweldige inspanningen op de buitenlandse markt.

Tot slot dank ik de rest van het team van Newton Compton Editori voor hun vriendelijkheid, deskundigheid en professionaliteit.

Dank ook aan Edoardo Rialti, literair criticus, vertaler en groot kenner van zijn stad, Florence. Dank voor het gezelschap tijdens mijn wandelingen, dank voor de prachtige verhalen: ze waren bepalend.

Dank aan Patrizia Debicke Van der Noot voor het luisterend oor, voor het antwoord op een aantal prangende vragen.

Er zijn twee auteurs die, meer dan wie dan ook, de inspiratiebron vormden voor dit verhaal: Alexandre Dumas en Heinrich von Kleist. Alles wat ik over hun boeken zou zeggen is overbodig. De beste tip die ik kan geven is: lees hun romans.

Ik bedank natuurlijk Sugarpulp voor de gebruikelijke steun en de grote vriendschap: Giacomo Brunoro, Andrea Andreetta, Massimo Zammataro, Matteo Bernardi, Piero Maggioni.

Dank aan Lucia en Georgio Strukul, aan Leonardo, aan Chiara, aan Alice en Greta Strukul, mijn clan, mijn warme bende, mijn veilige haven.

Dank aan de Gorgi: Anna en Odino, Lorenzo, Marta, Alessandro en Federico.

Dank aan Marisa, Margherita en Andrew 'de Bull' Camporese: jullie zijn een geweldige 'triade'.

Dank aan Caterina die ik aanbid en aan Luciano die altijd bij mij is, zijn moed en zijn wijsheid.

Dank aan Oddone en Teresa, en aan de 'Afrikaanse' zee die we samen zagen.

Dank aan Silvia en Angelica.

Eindeloos veel dank, zoals altijd, aan Jacopo Masini en de Dusty Eye's.

Dank aan Marilù Oliva, Marcello Simoni, Francesca Bertuzzi, Francesco Ferracin, Gian Paolo Serino, Simone Sarasso, Giuliano Pasini, Roberto Genovesi, Alessio Romano, Romano de Marco, Mirko Zilahi de Gyurgyokai: mijn literaire schildpad.

Tot slot: dank aan Victor Gischler, Tim Willocks, Nicolai Lilin, Sarah Pinborough, Jason Starr, Allan Guthrie, Gabriele Macchietto, Elizabeth Zaramella, Lyda Patitucci, Alessandro Zangrando, Francesca Visentin, Anna Sandri, Leandro Barsotti, Sergio Frigo, Massimo Zilio, Chiara Ermolli, Giuliano Ramazzini, Giampietro Spigolon, Erika Vanuzzo, Marco Accordi Rickards, Daniele Cutali, Stefania Baracco, Piero Ferrante, Tatjana Giorcelli, Gabriella Ziraldo, Marco Piva alias de Grote Baljuw, Alessia Padula, Enrico Barison, Federica Fanzago, Nausica Scarparo, Luca Finzi Contini, Anna Mantovani, Laura Ester Ruffino, Renato Umberto Ruffino, Claudia Julia Catalano, Piero Melati, Cecilia Serafini, Tiziana Virgili, Diego Loreggian, Andrea Fabris, Sara Boero, Laura Campion Zagato, Elena Rama, Gianluca Morozzi, Alessandra Costa, Và Twin, Eleonora Forno, Davide De Felicis, Simone Martinello, Attilio Bruno, Chicca Rosa Casalini, Fabio Migneco, Stefano Zattera, Marianna Bonelli, Andrea Giuseppe Castriotta, Patrizia Seghezzi, Eleonora Aracri, Mauro Falciani, Federica Belleri, Monica Conserotti, Roberta

Camerlengo, Agnese Meneghel, Marco Tavanti, Pasquale Ruju, Marisa Negrato, Serena Baccarin, Martina De Rossi, Silvana Battaglioli, Fabio Chiesa, Andrea Tralli, Susy Valpreda Micelli, Tiziana Battaiuoli, Valentina Bertuzzi, Valter Ocule, Lucia Garaio, Chiara Calò, Marcello Bernardi, Paola Ranzato, Davide Gianella, Anna Piva, Enrico 'Ozzy' Rossi, Cristina Cecchini, Iaia Bruni, Marco 'Killer Mantovano' Piva, Buddy Giovinazzo, Gesine Giovinazzo Todt, Carlo Scarabello, Elena Crescentini, Simone Piva en de Viola Velluto, Anna Cavaliere, AnnCleire Pi, Franci Karou Kat, Paola Rambaldi, Alessandro Berselli, Danilo Villani, Marco Busatta, Irene Lodi, Matteo Bianchi, Patrizia Oliva, Margherita Corradin, Alberto Botton, Alberto Amorelli, Carlo Vanin, Valentina Gambarini, Alexandra Fischer, Thomas Tone, Ilaria de Togni, Massimo Candotti, Martina Sartor, Giorgio Picarone, Rossella Scarsi, Federica Bellon, Laino Mary, Gianluca Marinelli, Cormac Cor, Laura Mura, Giovanni Cagnoni, Gilberto Moretti, Beatrice Biondi, Fabio Niciarelli, Jakub Walczak, Lorenzo Scano, Diana Severati, Marta Ricci, Anna Lorefice, Carla VMar, Davide Avanzo, Sachi Alexandra Osti, Emanuela Maria Quinto Ferro, Vèramones Cooper, Alberto Vedovato, Diana Albertin, Elisabetta Convento, Mauro Ratti, Mauro Biasi, Giulio Nicolazzi, Nicola Giraldi, Alessia Menin, Michele di Marco, Sara Tagliente, Vy Lydia Andersen, Elena Bigoni Corrado Artale, Marco Guglielmi, Martina Mezzadri.

Ongetwijfeld ben ik iemand vergeten. Zoals ik inmiddels al een tijdje zeg… in het volgende boek ben je erbij, beloofd!

Een omhelzing en oneindige dank voor alle lezers en boekhandels die vertrouwen zullen stellen in deze historische trilogie, zo vol liefde, intriges, strijd en verraad.

Ik draag dit boek en de hele trilogie op aan mijn vrouw Silvia: omdat ze mij gelukkiger heeft gemaakt dan ik ooit had gedacht én omdat ze de mooiste vrouw is die ik ooit heb ontmoet.

LEES MEER VAN

Matteo Strukul

Florence, 1469. De voorbereidingen voor het huwelijk tussen Lorenzo de' Medici en Clarice Orsini zijn in volle gang. Dit huwelijk is niet makkelijk voor Lorenzo, want zijn hart behoort eigenlijk toe aan Lucrezia Donati, een buitengewoon mooie en charmante vrouw. Toch gehoorzaamt hij aan de wil van zijn moeder en trouwt met de dochter van een invloedrijke Romeinse familie om de banden tussen hen en de Medici te versterken.

Lorenzo wordt verscheurd door de liefde en overspoeld door alle financiële en politieke beslommeringen die bij het stadsbestuur komen kijken. Hierdoor verliest hij zijn tegenstanders, die erop uit zijn om de leiding over Florence over te nemen, uit het oog. Dit geeft Girolamo Riario, een neef van paus Sixtus IV, vrij baan om samen met twee aartsvijanden van de Medici en de aartsbisschop van Pisa een complot te smeden met een verschrikkelijke uitkomst: voor de ogen van Lorenzo wordt zijn broer Giuliano op gruwelijke wijze vermoord. Dit luidt een periode in van geweld en wraak, die nog lang zal duren…

Verkrijgbaar als
e-book
& papieren boek